THE

GREAT

Gatsby

了不起的盖茨比

〔美〕菲茨杰拉德 著

杨 博 译

生活·讀書·新知 三联书店

图书在版编目（CIP）数据

了不起的盖茨比／（美）菲茨杰拉德著；杨博译. —北京：
生活·读书·新知三联书店，2019.10
（三联精选）
ISBN 978 - 7 - 108 - 06445 - 5

Ⅰ.①了…　Ⅱ.①菲…②杨…　Ⅲ.①长篇小说－美国－现代
Ⅳ.① I712.45

中国版本图书馆 CIP 数据核字（2019）第 010678 号

责任编辑　赵庆丰
装帧设计　鲁明静
责任校对　张　睿
责任印制　卢　岳
出版发行　生活·讀書·新知 三联书店
　　　　　（北京市东城区美术馆东街 22 号　100010）
网　　址　www.sdxjpc.com
经　　销　新华书店
印　　刷　北京市松源印刷有限公司
版　　次　2019 年 10 月北京第 1 版
　　　　　2019 年 10 月北京第 1 次印刷
开　　本　850 毫米×1092 毫米　1/32　印张 10.875
字　　数　182 千字
印　　数　0,001－6,000 册
定　　价　39.00 元
（印装查询：01064002715；邮购查询：01084010542）

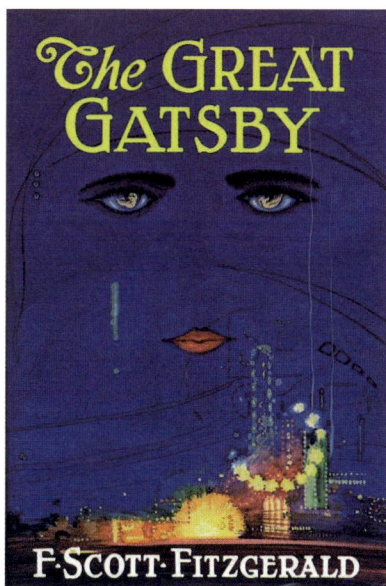

1925 年首版封面，斯科里布纳之子出版社，Francis Cugat 绘

在这片灰蒙蒙的土地和永远像一阵阵痉挛一般笼罩在它上空的黯淡尘埃之上，你就会察觉到 T. J. 埃克尔堡医生的眼睛。埃克尔堡医生的眼睛湛蓝而巨大——仅瞳仁就有一码高。它们并不是从什么人的脸上张望，而是从一副架在一个不存在的鼻子上的硕大黄边眼镜后眺望。

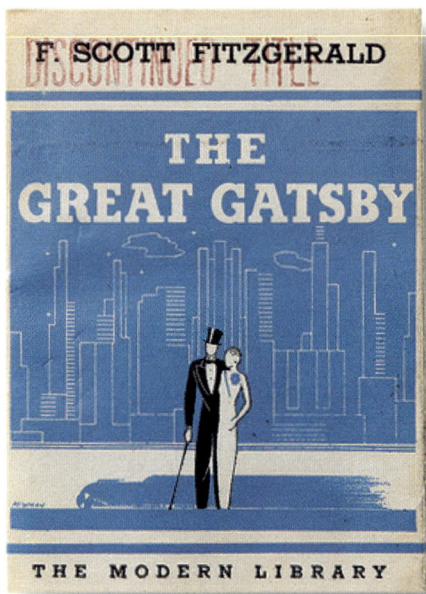

兰登书屋"现代图书馆"版封面

如果人的品格是由一系列连续有效的姿态构成的话,那么他的身上闪耀着某种瑰丽的光彩,那就是对于生命希冀的高度敏感,仿佛他与一台精密的、可以记录一万英里以外地震的仪器相连一样。这种敏感和那美其名曰"创造性气质"的多愁善感毫不相干——它是一种永怀希望的非凡天赋,一种时刻等待召唤的浪漫情怀,这是我从未在其他人身上发现过的,也是我以后不大可能再遇见的。

法国萨基泰尔（Sagittaire）出版社的法文版封面

当我坐在那里，冥想那个古老而未知的世界时，我想到了盖茨比第一次认出黛西家码头尽处那盏绿灯时会有多么惊喜。他走过漫漫长路才来到这片蓝色的草坪上，他的梦想看起来一定近在咫尺，几乎不可能抓不到。

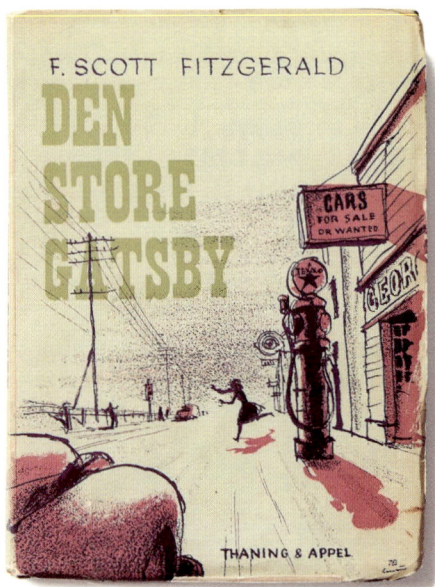

丹麦 Thaning & Appel 出版社的丹麦文版封面

于是我们在渐趋凉爽的暮色中向死亡驶去。

常读常新的文学经典

"经典新读"总序

意大利作家卡尔维诺认为文学经典可资反复阅读，并且常读常新。这也是巴尔加斯·略萨等许多作家的共识，而且事实如此。丰富性使然，文学经典犹可温故而知新。

《易》云："观乎天文以察时变，观乎人文以化成天下。"首先，文学作为人文精神的重要组成部分，既是世道人心的最深刻、最具体的表现，也是人类文明最坚韧、最稳定的基石。盖因文学是加法，一方面不应时代变迁而轻易浸没，另一方面又不断自我翻新。尤其是文学经典，它们无不为我们接近和了解古今世界提供鲜活的画面与情境，同时也率先成为不同时代、不同民族，乃至个人心性的褒奖对象。换言之，它们既是不同时代、不同民族情感和审美的艺术集成，也是大到国家民族、小至家庭个人的价值体认。因此，走进经典永远是了解此时此地、彼时彼地人心民心的最佳途径。这就是说，文学创作及其研究指向各民族变化着的活的灵魂，而其中的经典（及其经典化或非经典化过程）恰恰是这些变中有常的心灵镜像。亲近她，也即沾溉了从远古走来、向未来奔去的人类心流。

其次，文学经典有如"好雨知时节""润物细无声"，又毋庸置疑是民族集体无意识和读者个人无意识的重要来源。她悠悠幽幽地潜入人们的心灵和脑海，进而左右人们下意识的价值判断和审美取向。举个例子，如果一见钟情主要基于外貌的吸引，那么不出五服，我们的先人应该不会喜欢金发碧眼。而现如今则不同。这显然是"西学东渐"以来我们的审美观，乃至价值判断的一次重大改观。

再次，文学经典是人类精神的本能需要和自然抒发。从歌之蹈之，到讲故事、听故事，文学经典无不浸润着人类精神生活之流。所谓"诗书传家"，背诵歌谣、聆听故事是儿童的天性，而品诗鉴文是成人的义务。祖祖辈辈，我们也便有了《诗经》、楚辞、汉赋、唐诗、宋词、元曲、明清小说等。如是，从"昔我往矣，杨柳依依；今我来思，雨雪霏霏"到"落叶归根"，文学经典成就和传承了乡情，并借此维系民族情感、民族认同、国家意识和社会伦理价值、审美取向。同样，文学是艺术化的生命哲学，其核心内容不仅有自觉，而且还有他觉。没有他觉，人就无法客观地了解自己。这也是我们拥抱外国文学，尤其是外国文学经典的理由。正所谓"美哉，犹有憾"；精神与物质的矛盾又强化了文学的伟大与渺小、有用与无用或"无用之用"。但无论如何，文学可以自立逻辑，文学经典永远是民族气质的核心元素，而我们给社会、给来者什么样的文艺作品，也就等于给社会、给子孙输送什么样的价值观和审美情趣。

文学既然是各民族的认知、价值、情感、审美和语言等诸多因素的综合体现，那么其经典就应该是民族文化及民族向心力、凝聚力的重要纽带，并且是民族立于世界之林而不轻易被同化的鲜活基因。古今中外，文学终究是一时一地人心的艺术呈现，建立在无数个人基础之上，并潜移默化地表达与传递、塑造与擢升着各民族活的灵魂。这正是文学不可或缺、无可取代的永久价值、恒久魅力之所在。正因为如此，人工智能最难取代的也许就是文学经典。而文学没有一成不变的度量衡。大到国家意识形态，小到个人性情，都可能改变或者确定文学的经典性或非经典性。由是，文学经典的新读和重估不可避免。

一、时代有所偏侧。就近而言，随着启蒙思想家和浪漫派的理想被资本主义的现实所粉碎，19 世纪的现实主义作家将矛头指向了资本。巴尔扎克堪称其中的佼佼者。恩格斯在评价巴尔扎克时，将现实主义定格在了典型环境中的典型性格。这个典型环境已经不是启蒙时代的封建法国，而是资产阶级登上历史舞台以后的"自由竞争"。这时，资本起到了决定性的作用。

二、随着现代主义的兴起，典型论乃至传统现实主义逐渐被西方形形色色的各种主义所淹没。在这些主义当中，自然主义首当其冲。我们暂且不必否定自然主义的历史功绩，也不必就自然主义与现实主义的某些亲缘关系多费周章，但有一点需要说明并相对确定，那便是现代艺术的多元化趋势，及至后现代无主流、无中心、无标准（我称之为"三无主义"）的来临。于是，绝对的相对性取代了相对的绝对性。恰似巴尔扎克、托尔斯泰在我国的命运同样堪忧。

与之关联的，是其中的意识形态和艺术精神。第一点无须赘述，因为全球化本身就意味着国家意识的"淡化"，尽管这个"淡化"是要加引号的。第二点，西方知识界讨论"消费文化"或"大众文化"久矣，而当今美国式消费主义正是基于"大众文化"或"文化工业"的一种创造，其所蕴涵的资本逻辑和技术理性不言自明。好莱坞无疑是美国文化的最佳例证，而其中的国家意识显而易见。第三点指向两个完全不同的向度，一个是歌德在看到《玉娇李》等东方文学作品之后所率先呼唤的"世界文学"。尽管曾经应者寥寥，但近来却大有泛滥之势。这多少体现了资本主义制度在西方确立之后，文学何以率先伸出全球化或世界主义触角的原因。遗憾的是资本的性质不会改变。而西方后现代主义指向二元论的解构以及虚拟文化的兴盛，最终为去中心的广场式狂欢提供了理论或学理基础。

由上可见，经典新读和重估势在必行，它是时代的需要，是国民教育的需要，是民族复兴、国家发展的需要。为此，我们携手生活·读书·新知三联书店，以当代学术研究为基础，精心选取中外文学经典，邀请重要学者和译者，进行重新注疏和翻译，既求富有时代感，也坚持以我为本、博采众长的经典定位。学者、译者们参考大量文献和前人的版本、译本，力图与21世纪的中文读者一起，对世界文学经典进行重估与新读，以期构建中心突出、兼容并包的同心圆式经典谱系。我称之为"三来主义"，即"不忘本来，吸收外来，面向未来"。

除此之外，我们还特邀了相关领域的专家学者，为每部作品撰写了导读，希望广大读者可以在经典阅读的基础上，进一步了解作品产生的土壤，知其然，并且所以然。愿意深入学习的读者，还可以依照"作者生平及创作年表"以及"进一步阅读书目"按图索骥。希望这种新编、新读方式，可以培植读者，尤其是青少年读者亲近文学经典，使之成为其永远的精神伴侣和心灵慰藉。

需要特别说明的是，"经典新读"主要由程巍、高兴、苏玲等同事策划、推进，并得到了诸多译者和注疏者，以及三联书店新老朋友的鼎力支持。在此谨表谢忱！

（陈众议，中国社会科学院外文所所长）

目录

Contents

导　读
爵士时代的乐与失

1

　　很少有作家自信或盲信到认为自己可以仅仅凭一部薄薄的小说获得不朽的文学声名，为此他宁可将自己的其他作品统统付之一炬。而一部薄薄的小说要获得不朽的文学声名，主要不在于它所提供的广博的内容——说起广博的内容，这恰恰是它的弱势——而在于它对有限内容的高度复杂的叙述方式，即在于其高超的艺术性。因而，它真正诉诸的不是追求情节丰富性的普通读者，甚至不是不断挖掘其"意义"的批评家，而是同为"手艺人"的作家同行：同行之间只看技巧，只看你如何描绘，而不是描绘什么。作为小说艺术家，而不是小说家，列夫·托尔斯泰可能宁愿用自己的《战争与和平》再加上《安娜·卡列尼娜》来换米哈伊尔·莱蒙托夫的《当代英雄》，让－保罗·萨特隐晦地把自己对阿尔伯特·加缪《局外人》的文学妒忌化作一篇才华横溢的批评文章，并由此意识到自己在小说技艺上无论如何也超不过这位来自阿尔及利亚的后生，而当今无数的作家宁可死上一千回，只要自己能写出一部与加西亚·马尔克斯的《一桩事先张扬的谋杀案》媲美的小说就行。同行的世界就是这样充满了技艺上的钦佩和妒忌。

F.司各特·菲茨杰拉德生前就把自己渴望的不朽的文学名声危险地寄托在《了不起的盖茨比》这部薄薄的小说上。按他的说法，这部小说才真正体现了他的"原创性"——不幸，这部小说自出版一直到他去世，十五年间，两次印刷的两万三千多本却只陆续卖出了两万本，还有三千本堆在出版商的库房里发霉，让他沮丧万分。他在给妻子的信中悲鸣道："难道我被遗忘了吗？"[1]他没有被遗忘，而是被搁置了。奇怪的倒是菲茨杰拉德竟想以自己真正的原创性来获得普通读者的立即认可，殊不知普通读者常常一头雾水地面对那些超出了他们既定的文学感知模式的真正的原创作品，能够发现原创性的往往是在"技巧"这个布满了许多世代以来的同行们留下的纵横交错的足迹的荒凉原野上试图摸索出一条新路的作家同行。因而，当某个下午，

---

[1] Ruth Prigizy, *Introduction to F. Scott Fitzgerald's* The Great Gatzby, Oxford: Oxford University Press, 1998, p.viii.

他惬意地在沙发上坐下，从新买的一摞小说作品中随意拿下一本，翻开第一页，读到"多年以后，面对行刑队，奥雷里亚诺·布恩迪亚上校将会回想起父亲带他去见识冰块的那个遥远的下午"，震惊之余，他立刻悲剧性地想到自己的一条路被堵死了，他不可能再以这个美妙的句子开始自己的一部小说，甚至书桌上昨天还令他得意洋洋的自己的一篇刚完成的小说稿如今也变得黯淡无光，让他恨不得揉成一团，丢进纸篓里去。

一个试图寻找到属于自己的原创性的作家，就像跳高运动员，每一次都必须刷新自己，因此，最终等待他的必定就是一场失败，无论他当初多么成功——早年越成功，晚景就越凄凉——这就像加缪《约拿，或工作中的艺术家》中那个陌生的行家关于约拿的评论："一个艺术家退步了就是完了。"这个世界上最为绝望的事情是不断挑战自己，以自己为敌，新的高度一旦设定就已成为旧的记录，而他又不满足于平庸，直到精疲力尽，灰心丧气，创造力与意志力双双离他而去，他像行尸走肉一样偶尔装出虚假的姿态，好让自己和别人相信自己还能创造出下一部杰作。以下一大段描绘，几乎是每一个挣扎在原创性的渴望中的艺术家的写照，那是一种真正的颓废，哀莫大于心死：

有一段时间，他停止了工作，陷入沉思。如果季节合适的话，他会对着实物画的，不幸的是，快入冬了，开春之前画风景画是困难的。他还是试了试，随即放弃了，严寒直透到他心底。他一连几天待在画布旁，经常是坐在旁边，或伫立在窗前；他不画了。他那时养成了早晨出门的习惯。他计划画一幅静物速写、一株树、一幢歪斜的房屋、随意瞥到的一个侧影。一天过去了，他什么也没有画。相反，最微不足道的诱惑，如报纸、一次邂逅、橱窗、一杯咖啡的热气，却吸引住他。每天晚上，他都感到良心不安，摆脱不了，却又自己原谅了自己。他要画，这是肯定的，经过这一段表面上的空虚之后，还要更好地画。他是在内心里工作，如此而已，福星会走出这晦暗的迷雾，焕然一新，灿烂辉煌。在等待中，他泡在咖啡馆里，他发现酒精使他兴奋，如同他在那些大力工作的日子里一模一样。那当儿，他想到他的画，心头涌起唯独在孩子面前他才会萌生的那种温柔热烈的情感。喝到第二杯白兰地时，他重新在自己身上发现了那种令人痛苦的激动，使他同时成为世界的主人和仆人。只不过他是在虚无中享受着它，闲着双手，没有把它放进一幅作品中去。然而，正是这一点最接近他为之生活的欢乐，他现在坐着，想入非非，在烟气腾腾、声音嘈杂的地方消磨时日。[1]

《了不起的盖茨比》1925 年 4 月在纽约出版，评论界对之毁誉参半，且坊间忽有传闻，称女主人公黛西的形象塑造"明显剽窃了"女作家薇拉·凯切的小说《失踪的女人》（1923 年 9 月出版）中的玛丽安·弗里斯特。说一个艺术家"剽窃"，等于以一种羞辱的方式否定了他的全部价值。深为流言焦虑的菲茨杰拉德于是将这部小说最初的手稿片段（大致写于 1922 年 7 月至次年 7 月之间）寄给薇拉·凯切，以自证清白。他 4 月底就收到了凯切的回信，信中称她酷爱《了不起的盖茨比》，同时证明自己并未从其中发现任何剽窃痕迹。[2]

寄给凯切的初稿片段有两页留存了下来，现藏于普林斯顿大学图书馆，其中出现了乔丹·旺斯（Jordan Vance）和

---

〔1〕 加缪：《约拿，或工作中的艺术家》，郭宏安译。"加缪文集 2"：《堕落、流亡与王国》，译林出版社，2011 年，第 159—160 页。

〔2〕 Stanley Brodwin, "F.Scott Fitzgerald and Willa Catcher: A New Study", in Jackson R. Bryer, Ruth Prigozy and Milton R. Stern, eds., *F.Scott Fitzgerald in the Twenty-First Century*, Tuscaloosa: The University of Alabama Press, 2003, p.173.

埃达（Ada）两个女性角色和卡拉威（Caraway）这个男性角色，从他们身上可清晰地分辨出后来正式出版的《了不起的盖茨比》中的乔丹·贝克（Jordan Baker）、黛西（Daisy）和尼克·卡拉威（Nick Caraway），但在这些初稿片段中，卡拉威还不是故事叙述者，所拟的小说题目也不是"了不起的盖茨比"——初稿片段中根本就没有盖茨比这个人物，与之相仿的形象倒出现在他在创作这部小说的间歇所写的两部短篇小说中——而是"在灰堆与阔佬中间"[1]。不过，《了不起的盖茨比》并非一气呵成之作，它经历了好几年的反复构思和不断修改，人物和情节多有调整和增删。 在此期间，凯切笔下的玛丽安·弗里斯特暗中影响了黛西形象的塑造，也并非没有可能，尽管这种"并非蓄意的相似"丝毫不会削弱《了不起的盖茨比》的艺术原创性。

菲茨杰拉德反复构思和不断修改的过程，也是卡拉威渐渐成为故事叙述者的过程。哈罗德·布鲁姆说"菲茨杰拉德的美学是济慈渴望的消极能力的个人修订版"[2]，又称

---

〔1〕 See Eleanor Lanahan, Matthew J. Bruccoli and Samuel J. Lanahan, *F.Scott Fitzgerald: The Great Gatsby,* Cambridge: Cambridge University Press, 1999, p.x.

〔2〕 Harold Bloom, "Introduction" to Harold Bloom ed., *F.Scott Fitzgerald*, New York: Infobase Learning, 2013, p.i.

"盖茨比不能讲述他的梦，每当他试图描述他对黛西的一往深情时，他的话语都坍塌为俗套之词，尽管我们不怀疑他对黛西的爱的真实性，就像我们不怀疑气息奄奄的济慈对范尼·布劳恩的强烈渴念的无比真实性。把可怜的盖茨比粗俗的浮华用词与济慈讲究的栩栩如生的文体等量齐观，可能让人觉得荒诞，但盖茨比的深处是一个济慈"，不过卡拉威而非盖茨比才是故事的叙述者，所以布鲁姆又说"在卡拉威的失落的、具有浪漫主义盛期风格的音乐的后面是低鸣的济慈的回声"[1]。这就像芭芭拉·霍希曼所说，"作为一种分离或保持距离的方式"，"尼克这个角色被菲茨杰拉德用来传达自己的声音"[2]。

那么，"菲茨杰拉德自己的声音"或"尼克的声音"，到底是怎样一种声音？它与"济慈美学"或"消极能力"有何关系？其实，这种声音的特征恰恰是不发出自己的声音，或至少让自己的声音不那么肯定，以便让事物和人物呈现自己，而不是匆忙将它们强行纳入自己已有的知识范

---

〔1〕 Harold Bloom, "Introduction", to Harold Bloom ed., *F.Scott Fitzgerald's* The Great Gatsby, New York: Infobase Publishing, 2010, p.7.

〔2〕 Babara Hochman, "Disembodied Vioces and Narrating Voices in The Great Gatsby", in Harold Bloom ed., *F.Scott Fitzgerald's* The Great Gatsby, p.16.

畴和道德评判标准。正如济慈在 1817 年 12 月 21 日的一封家信中谈到"消极能力"时所说，"所谓消极能力，即一种能处在不确定、神秘、疑问的状态的能力"[1]。我们关于世界、自我和他人的知识和据此进行评判的标准，可能并不像我们自以为是的那样全面和公正。世界、自我和他人的真相是隐匿着的、半真半假的、真假难辨的，因而是神秘的，犹如黛西、汤姆、乔丹、盖茨比以及其他那些在书中出现的人物，他们的对话和关于他们的传闻是不可靠的，以至于卡拉威对自己的"视觉"比对"听觉"更多一点把握，认为最好从人们表现出来的"姿态"的连续性和一贯性来判断一个人。唐纳德·哥尔尼希特谈到济慈的创造性的核心特征时，说它是"一种与万事万物和芸芸众生发生同情的奇特的能力，这与他的有关真正的诗人不执着于自身的观念密不可分"[2]。实际上，《了不起的盖茨比》一开篇就赋予了故事叙事者卡拉威这种"消极能力"：

　　在我年纪尚轻，容易招惹是非的时候，我的父亲

---

[1] John Keats, *The Complete Poetical Works and Letters of John Keats*, Cambridge: Houghton, Mifflin and Company, 1899, p.277.

[2] Donald C. Gollnicht, *The Poet-Physician: Keats and Medical Science*, Pittsburgh: University of Pittsburgh Press, 1984, pp.153-154.

给了我一条忠告，我至今仍在脑中反复回味。

　　"每当你想要批评任何人的时候，"他告诉我，"切记，这世上并不是所有人都拥有过你的那些有利优势。"

　　他没再多说什么。但是，虽然我们父子之间的交流一向点到为止，却总能彼此心领神会，我明白他的本意远不止这些。于是，我倾向于保留自己的所有评判，这个习惯让许多性情古怪的人向我展露心扉，也使我成为了不少让人不胜其烦的倾诉者的受害者。

但卡拉威也可能将这种"保留自己的评判"的习性的形成，部分归因于地理以及年龄的变化带来的一种迷惘的心理状态。他来自辽阔而寥寂的中西部明尼苏达州的一个老式家族，"一战"时参军在欧洲打了几年仗，"我彻底沉浸在反攻的兴奋当中，回乡之后也待不住。中西部不再是这世界温暖的中心，现在看起来倒像是这宇宙破败的边缘——于是我决定去东部学习债券生意"。这一年，他快三十岁了（面临着"三十岁生日带给我的可怕冲击"），孑然一身，自以为此去就将与家乡永别。他当初在战场上享受着反攻的乐趣，但也目睹着昔日像大理石基座一样稳扎在西方人内心的西方文明——尤其是其道德观念和生活方式——化为废墟，而依然不紧不慢的寥寂的中西部就显得难以忍受了。"到东部去"，到纽约去，就是一头扎进陌生的令人兴奋的五光十色的生活漩涡中。但那个"中西部人"并没有在他内心死去，而是与新获得的"东部人"身份——"我不再孤单……授予了我这个社区的荣誉公民称号"——形成一种交叉的目光，似乎任何事物都在其中呈现出复杂的多面，是非对错的界限变得模糊难辨，这就使他不得不更加"保留自己的评判"。

或许"东部"与"中西部"这条贯穿美国地理和历史的政治—经济—文化的断裂线在这个来自中西部的青年作家心里早已内化为一种观察美国生活的视角，因而他为他的那些人物虚构了两个相连的卵形空间——"就像哥伦布故事里的那个鸡蛋一样"。隔开它们的那道海湾就像"东部"和"中西部"的那条分界线，分开西卵与东卵、西部与东部、新贵与世家。不过，两只巨蛋的下部已经破碎，通过海水暗中混同在一起。这正是一个有关生活在东部的中西部人的故事。

2

1922年春卡拉威到达纽约时，正是美国宪法修正案第十八条（"禁止在合众国及其管辖下的一切领土内酿造、出售或运送致醉酒类，并且不准此种酒类输入或输出合众国及其管辖下的一切领土")以及更严厉的《禁酒法案》（又称《沃尔斯特法案》，规定凡酒精浓度超过0.5%的饮料全在禁止之列，即一切淡酒和啤酒也被禁止）实施的第三个年头，但"禁酒运动"反倒促生了"私酒"这种庞大的地下商业的兴起。从英国非法走私来的各类红酒和苏格兰威士忌以及美国私酒贩子自酿的酒类通过各种秘密的或半公开的渠道（停泊在海岸的贩运私酒的船—接货的货车—四通八达的公路—作为零售点的加油站和药店）流向美国各个角落，公然出现在大大小小的甚至有警方官员参加的聚会上，而络绎不绝地来盖茨比公馆参加派对的纽约一带的时髦男女们在那里发现各种高档酒——"大厅里设有一个用纯铜杆搭起来的酒吧，备有各种杜松子酒、烈性酒和早被人们遗忘的甘露酒……酒吧那边热闹非凡，一巡又一巡的鸡尾酒飘送到外面的花园里"——绝不会感到意外，也不会感到难为情，而是开怀痛饮。实际上，不常在自己举办的这些通宵达旦的酒会上露面或宁可不引人注目地混杂在客人中间的盖茨比，就是一个大私酒贩子（这一点似乎谁都知道，但谁都不在意），控制着一个庞大的地下私酒帝国，靠这个成了一个令人尊敬的百万富翁，并在海边建起了一座宫殿似的庞大别墅。

通过法律强制"禁酒"，从技术可行性上是徒劳的，按照当时政府禁酒部门的估计，要监控每个美国人每时每刻喝什么饮料，其中是否含有超过0.5%的酒精，至少得有一百万专职禁酒的警察。但技术上的可行性还是次要的，关键在于，"不饮酒"只是清教的教规，而"禁酒运动"通过禁止这种饮料来打击将此饮料视为宗教仪式或生活方式之组成部分的非清教徒人群，例如信奉天主教的爱尔兰人和意大利人（天主教的领圣餐仪式就将红酒作为基督的血），而且，在其他一些民族（如爱尔兰人）的节庆仪式中，饮酒还被当作民族认同的仪式。"禁酒运动"致力于在美国这个各种民族、宗教信仰和生活方式混杂的国家推行唯一的一种宗教信仰和生活方式，即白种的、盎格鲁－撒克逊人的、清教的宗教信仰和生活方式，在政治上具有压迫性，一开始就与美国宪法规定的个人自由原则相违背。

与发动禁酒运动的中西部小城镇的清教势力将私酒贩子和饮酒者描绘成十恶不赦的罪犯和恶棍不同，那些将清教伦理视为过时的或者专横的道德意识形态的东部沿海大都市人（尤其是在19世纪末和20世纪初的移民浪潮中大量移居美国的东欧犹太人、爱尔兰人和意大利人，他们没有清教背景，恰恰相反，有着犹太教和天主教传统）将"禁酒"视为清教伦理对于其他文化传统的压制，也是盎格鲁－撒逊森种族对其他种族的外来移民的政治压迫。来到东部的这几个中西部人——大多在东部的常春藤大学受过教育——在东部的生活如鱼得水，不必像在荒凉的中西部一样一直保持一种道德上的立正姿态。谈到美国禁酒运动，丹尼尔·贝尔1976年在《资本主义的文化冲突》中说，它反映了"文化问题的政治层面"："就此而言，美国文化政治学的最具象征性的事件是禁酒运动，它是小城镇的传统势力为向社会其他阶层强制推行其特殊的价值观（不准饮酒）而采取的主要一次——也几乎是最后一次——努力。"[1]

东部沿海大都市（尤其是纽约）涌入了大量欧洲新移民，也就接纳了大量非盎格鲁－撒克逊的、非清教主义宗教的文化和生活方式，而且，来自欧洲的新移民也带来了当时流行于欧洲的社会主义、无政府主义、现代主义等思潮乃至"欧洲式的抽象理论思维"，危及注重经验和传统的美国思想和学术以及看重经验和简单常识的美国生活方式。"反智主义"（anti-intellcetualism）虽迟至20世纪50年代——也就是麦卡锡主义甚嚣尘上的时期——才成为一种社会运动以及政治压迫的形式，但它在美国生活中根深蒂

---

[1] Daniel Bell, *The Cultural Contradictions of Capitalism*, twentieth anniversary edition, New York: Basic Books, 1996, p.77.

固，它源自早期的清教徒对于欧洲"旧世界"的"精神腐败"的厌恶以及在美洲"新世界"的蛮荒之地创建一种"简单""纯洁"的精神生活的追求。但"反智主义"一词的中译容易引起误解，仿佛意味着对"理性""知识"的敌意。正如理查德·霍夫斯塔德在1963年出版的《美国生活中的反智主义》中所区分的，"反理性主义"并不等同于"反智主义"，"诸如尼采、索莱尔、柏格森和爱默生、惠特曼、威廉·詹姆斯等思想家，以及威廉·布莱克、D.H.劳伦斯和海明威等作家，其观念或均可称之为'反理性主义'，但很难说这些人在生活和政治层面上'反智'"[1]，实际上，他们中许多人恰恰是"反智主义者"所敌视的那种知识分子，即追求超越"稳妥的常识"的边界的人。"我在'反智主义'名称下所指称的那些形形色色的态度和观念，"霍夫斯塔德说，"有一个共同的倾向，即对（复杂的）精神生活以及被认为代表这种生活的人（知识分子）的敌意和不信任。"[2]

这种社会对立同样具有地理和社会地理色彩，即中西部地区与东部大都市之间、"大众"与"知识分子"之间的

---

〔1〕 Richard Hofstadter, *Anti-Intellectualism in American Life*, New York: Alfred A. Knopf, Inc. and Randon House, Inc.,1963, p.8.

〔2〕 Richard Hofstadter, *Anti-Intellectualism in American Life*, p.7.

对立：排斥抽象理论思维的"反智主义"传统在中西部根深蒂固，人们讨厌那种高度复杂的现代理论，提倡一种简单的"健康"的生活，而在中西部人看来，东部大都市的知识分子——尤其是从欧洲移民来的犹太知识分子——却将一些与美国经验主义思想传统相去甚远的高深莫测的理论术语以及同样高深莫测的繁复表达方式带入美国思想及其话语中，瓦解了美国的国家认同的文化和心理基础，这就不难理解为何小施莱尔辛格在1953年说"反智主义一直是一种反犹主义"[1]。他说得有理，尽管有点绝对。

无论禁酒运动，还是反智主义运动，都有一个共同的社会群体基础，即中西部的盎格鲁－撒克逊的清教主义信徒。正由于禁酒运动具有这种文化政治学层面的压迫性，它就反倒为那些非清教人群的"违法"（饮酒）提供了道德合法性，即抵抗压迫。此时，饮酒就不仅不被认为"不道德"，反倒因为它象征着对一种"不得人心"的法律的反抗，而具有了某种英雄主义色彩。"禁酒运动"时期的许多美国人大量饮酒，比平时还喝得多，使得那些大大小小的私酒贩子纷纷一夜暴富，并迅速挤入上流社会，成为上流社会

---

[1] Quoted by Richard Hofstadter, *Anti-Intellectualism in American Life*, p.4.

的淑女们趋之若鹜的衣着讲究、礼貌周全、出手阔绰的绅士。如果一项法律既"不得人心"，又无法真正追究层出不穷的众多违法者的法律责任，那么，享受着这种跨越法律而不被追究的快感，就成了一种时髦了。

作为有着一半爱尔兰血统而且家里信仰天主教的移民后代，菲茨杰拉德自然不会像盎格鲁－撒克逊的清教徒那样反感酒精（和他笔下众多人物一样，他经常狂饮），视之为危及美国社会道德根基的邪恶力量，而是在轻描淡写（或仅仅"隐蔽提示"一下）盖茨比的大私酒贩子身份以及他对庞大的地下非法商业帝国的操控之后，以浓墨重彩，将他描绘成一个似乎对谁都无害而且随时乐于提供帮助的绅士，一个永志不忘初恋情人并最终为之承担带来杀身之祸的责任的"情圣"。但或许是不想让读者联想到本来就受到歧视的爱尔兰人和天主教，菲茨杰拉德暗示盖茨比是北欧移民之后，还通过小说结尾主持他的葬礼的"路德教会的那位牧师"暗示盖茨比是新教徒，即一个"WASP"（"白种、盎格鲁－撒克逊、新教"合一）。

种族主义是20世纪20年代流行于盎格鲁－撒克逊人中的一种"危机理论"，它在《了不起的盖茨比》中有一个代言人——黛西的丈夫汤姆。他在卡拉威第一次在他家做客时就以一种"悲观主义者"的激烈口吻谈到"（白人的）

文明正在崩溃"，并问卡拉威是否读过"高达德（Goddard）的《有色帝国的兴起》"。在得到否定的答案后，他说："我说，这是一本好书，人人都应当读一读。它的观点是，如果我们不警惕，白色人种就会——就会完全湮没掉。这都是科学道理，是有凭有据的。"黛西试图打断他，讥讽他"最近变得很渊博了，他看一些深奥的书，书里有好些长单词……"但汤姆不理会，继续说："这些书都是有科学依据的。高达德这家伙把整个道理讲得明明白白。我们是占统治地位的人种，有责任保持警惕，不然的话，其他人种就会控制一切。"然后他环视在座的几个人，按照高达德的人种分类法将他们——分类：汤姆自己、尼克和乔丹都被归于强势种族日耳曼人，而对于黛西，他"极短暂地犹豫了一下之后，微微点了点头，把黛西也算了进来"。

汤姆对"文明正在崩溃"的担忧与"高达德"如出一辙。阿纳·伦德认为"高达德"是菲茨杰拉德对麦迪逊·格兰特（Madison Grant）和洛斯罗普·斯托达德（Nothrop Stoddard）这两个种族主义理论家的姓的合写[1]，这肯定如此，因为哈佛大学历史学博士洛斯罗普·斯托达德1920年

---

[1] Arne Lunde, *Nordic Exposures: Scandinavian Identity in Classical Hollywood Cinema*, Washington: Washington University Press, 2010, p.20.

出版的《冲击白人的世界统治地位的有色浪潮》（即《有色帝国的兴起》所影射的那本书）就由格兰特为之写序，他们不仅区分了白人和有色人种，还对白人进行了细分，按高低等级分为北欧日耳曼人种（斯堪的纳维亚人种）、地中海人种、阿尔卑斯人种（斯拉夫人种）。[1] 汤姆是"盎格鲁人"，属于"北欧日耳曼人种"，而黛西出嫁前的名字是黛西·费伊（Daisy Fay），Fay是一个法语姓氏，暗示黛西是低一等的"地中海人种"。

　　至于盖茨比，则其种族身份比较神秘。通过半真半假的履历，盖茨比一直将自己装扮成一个当时所定义的"真正的美国人"。安德鲁·戈登谈到当时流行在犹太、爱尔兰和北欧移民中间狂热的"同化梦"时说："菲茨杰拉德笔下的盖茨比在十七岁的时候通过将自己的姓由 Gatz（盖茨）改为更盎格鲁化的 Gatsby（盖茨比）而变成一个 WASP。"[2] 乔治·皮特·利雷等人认为"'盖茨比'（Gatsby）是日耳

---

〔1〕 See Madison Grant, "Introduction", to Lothrop stoddard, *The Rising Tide of Colour Against the White-World Supremacy*, New York: Charles Scibner's Sons, 1922.

〔2〕 Andrew Gordon, "The Critique of the Pastoral, Utopia, and the American Dream in *American Pastoral*", in Debra Shostak ed., *Philip Roth: American Pastoral, The Human Stain, The Plot Against America*, New York: Continuum International Publishing Group, 2013, p.39.

曼或瑞典姓氏'盖茨'（Gatz）的美国化，故事发生的时间正当德国人和瑞典人依然被看作移民，是'归化的美国人'，其中只有很少一部分具有纯正北欧血统，而汤姆·布坎南担心这种纯正的北欧种族将被非盎格鲁－撒克逊人所吞没"[1]。卡莱尔·汤普森说：在德语中"Gatz这一姓氏字面上的意思是同伴或和平，它暗示杰伊·盖茨比可能是德国人或犹太人，从'盖茨'改为'盖茨比'意味着从犹太教改为新教。"[2]的确，盖茨比庞大的地下商业帝国的成员及其关系人主要是犹太人（所谓"沃尔夫山姆的人"）。汤姆在对盖茨比进行了一番调查后，将他排除在"北欧日耳曼人种"之外，暗示他是犹太人，是"和梅耶·沃尔夫山姆混在一起的货色"。在与盖茨比的一次激烈冲突中，汤姆指桑骂槐地说他不能容忍"一个来路不明的无名小子跟老婆胡搞"，"这年头大家开始根本不把家庭生活和家庭制度当回事，再下一步就该抛弃一切，搞黑人和白人通婚了"——对此，知道他与威尔逊的老婆胡搞的底细的卡拉

〔1〕 George Peter Lilley, et al. eds., *Anthony Powell and the Oxford at the 1920s*, Anthony Powell Society, 2003, p.118.

〔2〕 Carlyle van Thompson, *The Tragic Black Buck: Racial Masquerading in the American Literary Imagination*, New York: Peter Lang Publishing, Inc., 2004, p.151, n.2.

威只是讥笑，说这个酒色之徒自以为独自站在文明的最后堡垒上。

汤姆是格兰特和斯托达德的种族主义信徒。出于一种意味深长的对比，菲茨杰拉德让盖茨比的图书室出现一本"《斯托达德演说集》卷一"（Volume One of Stoddard Lectures），但这个"斯托达德"不是洛斯罗普·斯托达德，而是"约翰·斯托达德"（John Stoddard），即洛斯罗普·斯托达德的父亲。老斯托达德曾是新教徒，但后来改宗了妻子所信奉的罗马天主教，并支持犹太人返回耶路撒冷建国，在天主教徒和犹太人中间颇有声望。老斯托达德是个不知疲倦的旅行家，足迹几乎遍及全球（来过中国），而且所到之处必将其山川形貌、自然美景、文明遗迹笔之于书，并细心体会其各自的妙处，《斯托达德演说集》卷一即有对"挪威、瑞典、雅典、威尼斯"的描绘。他在另一本书的前言中说："旅行的收获，不是来自你走了多远，也不是来自你看到的景色，而是来自它所激发的智性的灵感以及由此带来的思想和阅读的多少。就像人的营养不是来自他所吃的食物的品质，而是来自他对食物的吸收和将其转化为自身成分的程度……当意大利、希腊、埃及、印度以及其他地方成为我们心灵永恒的和清晰的所有物，我们才谈得上访问过它们。"[1]所以，他又将这种旅行称为"心灵之旅"，即摆脱自己的固念，向陌生的存在开放自己内心，并与之亲近。不过，这种带着深刻的同情去了解万事万物、芸芸众生的愿望，却不见于他的儿子的身上——小斯托达德甚至反其道而行之，在他父亲去世后，成了一个响当当的种族主义理论家。父与子，才一代人工夫，美国就关闭了它的梦想与心灵拓展的精神，但它还保存在盖茨比的图书室里，尽管这本毛边书的书页没有被"裁开"，但菲茨杰拉德写道，如果这本书——"一块砖"——从书架上抽掉，"整个图书室都会坍塌"。

3

与盖茨比相比，黛西、汤姆以及那些隔三差五来到盖茨比公馆的酒宴的纽约上层社会男女，按卡拉威的说法，都是一些"无所顾忌的人，他们砸碎了东西，毁掉了人，然后就退缩到自己的金钱中去，或者退缩到麻木不仁或任何能将他们维系在一起的东西中去，让别人去收拾他们弄

---

[1] John Lawson Stoddard, *Glimps of the World*, The R.S. Peale Company, 1892, p.7.

的烂摊子"。这个"别人"包括盖茨比，望着他在篱笆那边的草坪上走远的身影，尼克突然有了一种兄弟之情，喊道："他们是一群烂人，他们那一帮人加起来也比不上你。"

这个为他们收拾烂摊子的"别人"当然也包括卡拉威本人，他在盖茨比被威尔逊杀死后，操办了他的凄凉的葬礼："5点左右，我们三辆车组成的行列开到了墓地，在细密的小雨中停到大门旁边——第一辆是灵车，黑黢黢、湿漉漉的，跟着的是坐着盖兹先生、牧师和我的大轿车，稍后到来的是四五个用人和西卵邮递员乘坐的盖茨比的旅行车，大家都淋得透湿。"这场凄凉的雨中葬礼令人联想到歌德笔下维特的葬礼，维特也是毁于他的强烈、持久而敏感得近乎病态的激情："管家和他的儿子们跟在维特的尸体后面到了墓穴，阿尔伯特未能随他们一起来。夏洛蒂的生活彻底毁了。下人们抬着维特的尸体。没有牧师参加。"[1]

维特是自杀，他的葬礼自然不会有牧师随往。但被杀或者说被误杀的盖茨比的葬礼还是有一位牧师参加的，在盖茨比的遗体下葬时，尼克在雨中站立的寥寥几个送葬者中"依稀听见有人喃喃地说：'雨中下葬的人，有福了。'"那正是

〔1〕 Johann Wolfgang von Goethe, *The Sorrows of Young Werther*, trans. R.D.Boylan, Boston: Francis A. Niccolls & Company, 1902, p.135.

这个路德教会的牧师。这句充满感伤的诗意的祈祷语的英文原文是"Blessed are the dead that the rain falls on",是一句自 17 世纪流传下来的美国谚语,其他大同小异的说法是"Happy is the corpse on a rainy day"(雨天下葬的遗体是有福的),"Blessed is the corpse the rain falls on"(雨中下葬的遗体是有福的)等[1],但它最初来自古英语谚语"Blessed are the dead the rain rains on"或"Blessed are the dead, whom the rain rains on"。1787 年 F.格罗斯编纂的《外省词汇》(迷信部分)对这句谚语释义道:"如果遗体下葬时下雨,被认为是个好兆头。"[2] 1849 年斯芬克斯在一首题为"雨中下葬的人,你们有福了"的谣曲中唱道:

哦,"雨中下葬的人,你们有福了!"

这悲伤、纤细、轻柔的雨,

上苍的无声的痛苦的眼泪

轻轻落下,直到死者的身体重生:

是的,"雨中下葬的人,你们有福了!"

---

[1] See under the item "Bride", in Wolfgang Mieder ed., *A Dictionary of American Proverbs*, New York: Oxford University Press, 1998.

[2] See under the item "Dead", in Jennifer Speak ed., *Dictionary of Proverbs,* Oxford: Oxford University Press, 2008.

这雨，洗涤一切污垢的雨，

伴着"永恒之露水"，

使我们脆弱的肉身重生，

使我们的墓穴变成第二个子宫。

这些死者，在人间已死，

死后却获得了生命，

他们现在全在上帝那里，

耶稣是他们的首领。[1]

可是，在小说开篇，尼克为何说"盖茨比代表着我由衷鄙夷的一切"（"Gatsby, who represented everything for which I have an unaffected scorn"），而仅仅几行文字之后，又说"盖茨比最终是无可厚非的"，这正如在小说末尾，他在盖茨比走远时对他喊"他们是一群烂人，他们那一帮人

---

[1] See *Benares Magazine*, Vol.III-no.1, Mirzapore: Orphan School Press, 1850, p.187. 不过，编者补充道，与此相似的观念不徒见于英国，并举例说，公元5世纪时，"叙利亚的雅各比派基督教徒为羞辱聂斯托利派的牧首聂斯托利，把石头掷在他的坟墓上，并说'别让雨落在他身上'"（p.187,fn）。

加起来也比不上你"之后，又说"我自始至终不赞同他"？批评家们从这里纷纷发现了尼克的"不可靠叙述"，例如查尔斯·华尔科特认为"我们习惯于赋予一个叙述者以某种全知的本领，因为毕竟是他在讲故事"，但"菲茨杰拉德笔下的尼克·卡拉威突破了这些常规……他习惯保留自己的判断"[1]，这就像迈克尔·劳林在最近发表的一篇论文中说"尼克允许不和谐音存在于他的观点中"[2]。

　　但尼克只是在"更年轻的时候"——或者说从纽约返回家乡之前——才"习惯保留自己的判断"，而整个故事却是在他返回中西部家乡一年后追述的，此时，他对纽约的醉生梦死的花花世界已感到由衷的厌倦，似乎自己一下子沧桑了许多，急于退回到中西部的虽有些无趣却也安稳的思想状态和生活状态中。曾经被他说成"宇宙破败的边缘"的家乡，此时在他的一种充满诗意的怀旧感中变得"生动"起来，他重新认可"那就是我的中西部……我是它的

〔1〕　Charles Child Walcutt, *Man's Changing Mask: Modes and Methods of Characterization in Fiction*, Minneapolis: University of Minnesota Press, 1968, p.288.

〔2〕　Michael Nowlin, "Naturalism and Hign Modernism", in Bryant Mangum ed., *F.Scott Fitzgerald in Context*, New York: Cambridge University Press, 2013, p.186.

一部分"，"我现在才明白这个故事归根结底是一个西部的故事——汤姆和盖茨比，黛西和乔丹，还有我，都是西部人，或许我们具有某种共同的弱点，使我们都不能丝丝入扣地适应东部的生活"。

卡拉威没有具体说明中西部人的这种"共同的弱点"到底是什么——那可能是指缺乏"灵活性""巧智"和某种难以模仿得来的"自如"和"精致"。不过，尼古拉斯·特德尔阐释说："东部是都市复杂性、文化与堕落的象征，而西部，'俄亥俄河那一边的无趣、懒散、自负的城镇'，则代表着一种简单的道德。这种对比汇聚在小说题目上：当盖茨比代表着菲茨杰拉德所认为的与西部相连的那种简单道德时，他是一个真正了不起的人，而当他取得的显赫名声被东部当作成功时，他就差不多和巴纳姆（P.T.Barnum，以举办新奇的游艺节目和展览闻名，同时还是一个多面手——如作家、慈善家、政治家等，当时被认为是美国精神的象征）一样了不起了。"[1]换言之，在他看来，当卡拉威判定盖茨比"了不起"时，是同时基于"中西部"和"东部"这两个不同的评价标准，即本文前文所说的"交叉的目光"。

---

〔1〕 Nicolas Tredell ed., *F.Scott Fitzgerald: The Great Gatsby—Essays, Articles, Reviews*, New York: Columbia University Press, 1997, p.48.

虽然同为中西部人，但汤姆、黛西和乔丹以及"我"之所以不及盖茨比，在于东部的经历使他们失去了这种"简单的道德"或者说"天真"，这种"天真"包含了一种对"梦想"的持之以恒、矢志不移的坚定性，而且浸透了爱和关切。这种天真的浪漫也片刻见于汤姆：当黛西正犹豫不决地在似乎已胜券在握的盖茨比与似乎快要一败涂地的汤姆之间进行选择时，气急败坏的汤姆突然记起他和黛西过去生活中的一些亲密片段，为反证黛西所说的"从来没有爱过他"，对她大声喊道："在卡皮奥拉尼也没爱过吗？"黛西回答"没有"，但表情已有一些勉强。汤姆又追问："那天我抱着你走下'潘趣酒碗'（游艇），不让你的鞋子沾着水，你也不爱我吗，黛西？"黛西的意志立即就崩溃了，让盖茨比不要逼自己。但作为故事叙述人，卡拉威对自己与乔丹之间的爱情则轻描淡写，但他们之间的爱情从一开始就显得苍白。他和她同样老于世故，因害怕失败而不敢投入，对爱情也没有什么激动人心的期待，而在这场还未怎么展开的爱情稀里糊涂地结束时，两个人似乎也不感到难过。不管怎样，卡拉威从黛西、汤姆、乔丹以及他本人身上发现的是那种无所用心、粗心大意的不认真（尽管乔丹对卡拉威说："我最讨厌不小心的人。"），缺乏盖茨比的那种认真、执着、对细节的无比关注以及将自己完全投入到一个想象情境中的敏感。他们失去的，在菲茨杰拉德看来，是一种浪漫主义的敏感和热情。

卡拉威从盖茨比身上看到的是一种始终如一的确定性，一种能够一直持续下去而不被各种粗俗的欲望所中断的激情和热烈的想象，这激情和想象甚至在其对象最终被证明完全与之不相配的情形下依然不改初衷，就像盖茨比对黛西的爱——它超越了对象，在对象不在场或已远去的情形下依然如故：

> 当我坐在那里，冥想那个古老而未知的世界时，我想到了盖茨比第一次认出黛西家码头尽处那盏绿灯时会有多么惊喜。他走过漫漫长路才来到这片蓝色的草坪上，他的梦想看起来一定近在咫尺，几乎不可能抓不到。他不知道的是，这梦想早已落在他身后，落在这城市之外一片漫无边际的晦暗中，落在夜色下共和国滚滚蔓延的黑色原野上。

因此，当卡拉威说"盖茨比代表着我由衷鄙夷的一切"和"我自始至终不赞同他"时，那绝对不是出于自己的一种道德优越感，相反，他认为自己远不及盖茨比。除了"消极能力"，菲茨杰拉德并没有赋予卡拉威另外的杰出才能，他多少显得有些平庸和"少年老成"（就像他谈到乔丹时一样），不会像盖茨比那样为一个不切实际而且最终证明配不上他的梦想而一直坚定执着，为之肩负责任，甚至因之丧命。在卡拉威看来，这太疯狂，太没有"理性"（"计算性"），也太可笑，他会鄙视或不赞成自己身上出现这种浪漫的激情（他与乔丹之间的恋情就是如此）。我们太容易赋予故事叙述者以一种"全知"的地位并对他的"评判"充满信任，但只有顺着卡拉威的自我描述将他降低到"常人"位置，才能理解他对盖茨比的似乎"矛盾""混沌"或者"双重"的评价：

> 当我去年秋天从东部回来的时候，真希望整个世界的人都穿上制服，永远在道德上保持一种立正的姿态；我再也不想在他人内心里恣意游荡，享有窥探他们心灵的特权了。唯有盖茨比——这个将自己的名字赋予这本书的人——是个例外。盖茨比代表着我由衷鄙夷的一切。如果人的品格是由一系列连续有效的姿态构成的话，那么他的身上闪耀着某种瑰丽的光彩，那就是对于生命希冀的高度敏感，仿佛他与一台精密的、可以记录一万英里以外地震的仪器相连一样。这种敏感和那美其名曰"创造性气质"的多愁善感毫不

相干——它是一种永怀希望的非凡天赋，一种时刻等待召唤的浪漫情怀，这是我从未在其他人身上发现过的，也是我以后不大可能再遇见的。不——盖茨比最终是无可厚非的；是那些猎杀坑害了他的东西，是那些在他的幻梦消失后从污臭尘埃中升腾而起的东西，一时间淹没了我对人世间易逝的哀伤和片刻欢欣的兴趣。

正如前文所引，济慈将"消极能力"定义为"一种能处在不确定、神秘、疑问的状态的能力"。这不仅是指对他人的"不确定、神秘、疑问"，更指对自己的"不确定、神秘、疑问"。卡拉威之所以高度评价一个"代表着我由衷鄙夷的一切"和"我自始至终不赞同"的人，是因为卡拉威更多地对自己固有的价值判断持着一种"不确定、神秘、疑问"的态度，却在盖茨比身上发现了"从未在其他人身上发现过的，也是我以后不大可能再遇见"的明确的一致性：他的每一步都走在通向"那盏绿灯"的漫长道路上。当卡拉威第一次看见盖茨比时，盖茨比正独自站在黑暗的草坪上，"我决定跟他打声招呼"，尽管盖茨比没有发现离得不远的卡拉威，但"他突然做了一个动作，仿佛暗示他正在享受独处——他朝着幽暗的海水伸出双臂，那样子真令人费解。

尽管我离他很远，但我发誓，我看见他正在发抖。我不由得朝海面望去——什么都辨认不清，除了一盏绿灯，又渺小又遥远"。

死亡的脚步在黎明时分的树林里朝他悄然走来的时刻，这个依然凝望着这盏远得仿佛天边晨星的绿灯的人，正是一个不浪漫的时代的浪漫主义者，他对于我们每个人的吸引力或许正在于他是我们每个人心中似乎已然失去但可能不断闪回的自我，正如鲁思·普里季茨所说："'Gatzby'一词已进入世界的词汇：说一个人'像盖茨比似的'（Gatzbyesque），就是说他是一个永葆希望的能力并把自己的经历浪漫化的人。"[1]

（程巍，中国社科院外国文学研究所研究员）

---

[1] Ruth Prigizy, *Introduction to F. Scott Fitzgerald's* The Great Gatzby, pp.vii–viii.

进一步阅读书目

程锡麟等:《菲茨杰拉德学术史研究》,译林出版社,2014 年。

菲茨杰拉德著,巫宁坤译:《菲茨杰拉德小说选》,上海译文出版社,1983 年。

何宁:《现代性的焦虑——菲茨杰拉德与 1920 年代》,南京大学出版社,2009 年。

吴建国:《菲茨杰拉德研究》,上海外语教育出版社,2002 年。

Harold Bloom ed., *F. Scott Fitzgerald's* The Great Gatsby, New York: Infobase Publishing, 2010.

Matthew Joseph Bruccoli and Margaret M. Duggan, *Correspondence of F. Scott Fitzgerald*, New York: Random House, 1978.

Matthew Joseph Bruccoli, ed. *New Essays on The Great Gatsby*, Cambridge & New York: Cambridge University Press, 1985.

Jackson R. Bryer, ed. *F. Scott Fitzgerald: The Critical Reception*, New York: Burt Franklin, 1978.

Timothy W. Galow, *On The Limitations of Image Management: The Long Shadow of "F. Scott Fitzgerald"*, US: Palgrave Macmillan, 2011.

Roger Lathbury, *Literary Masterpieces, Volume One: The Great Gatsby*, Michigan: The Gale Group, 2000.

Michael Nowlin, *"Trashy Imaginings" and the "Greatness" of "The Great Gatsby"*, US: Palgrave Macmillan, 2007.

Bryant Mangumed ed., *F. Scott Fitzgerald in Context*, New York: Cambridge University Press, 2013.

作家生平及创作年表

1896 年　9 月 24 日出生于美国明尼苏达州圣保罗市。弗朗西斯·斯科特·基（Francis Scott Key）这个名字来自创作美国国歌《星条旗之歌》（*The Star-Spangled Banner*）的曾表叔父。弗朗西斯·斯科特·基·菲茨杰拉德（Francis Scott Key Fitzgerald）的父母都是天主教徒，父亲是爱尔兰和英国后裔，出身于美国南方贵族家庭，是一名家具商。母亲是爱尔兰后裔，杂货批发商的女儿。父亲生意失败，使得菲茨杰拉德家道中落，父亲后来进入宝洁公司工作。

1903 年　进入纽约州水牛城的天主教学校圣安杰斯修道院学校（Holy Angels Convent）学习。

1905 年　就读于水牛城的天主教学校纳丁学院（Nardin Academy）。菲茨杰拉德在年少时即展现出对文学的兴趣。

1908 年　父亲失去宝洁公司的工作，菲茨杰拉德一家搬回圣保罗市，不得不靠母亲获赠的遗产生活。菲茨杰拉德入读圣保罗学院（S. Paul Academy）。他为自己困窘的家境而苦恼，热切地希望自己将来能够出人头地。

1909年　短篇侦探小说《雷蒙德契据谜案》（"The Mystery of the Raymond Mortgage"）发表在圣保罗学院的《有时》（*Now and Then*）杂志上。

1911年　就读于著名的预备学校新泽西州的天主教学校纽曼学院（Newman School）。

1913年　入读美国东部贵族式高等学府普林斯顿大学（Princeton University）。他为学校的文学社团"三角俱乐部"写作了三部音乐戏剧，并参加全国巡演。1914年，由于他无心学业，常常考试不及格，受到了学校的警告，因此未能参演自己的戏剧《呸！呸！菲菲！》（*Fie!Fie!Fi-Fi!*）。

1914年　十八岁时，爱上了同样出身于中西部的芝加哥美貌富家女，伊利诺伊州森林湖（Lake Forest）畔的十六岁少女吉内芙拉·金（Ginevra King）。

1916年　家境的差距使吉内芙拉·金逐渐对菲茨杰拉德失去了兴趣。8月，菲茨杰拉德在自己的笔记本上写下别人对他说过的一句话："穷小子休想娶富家千金。"秋天，菲茨杰拉德回到普林斯顿大学，重修大三课程。他放弃了戏剧写作，专注于文学写作。他与诗人约翰·皮尔·毕舍普（John Peal Bishop）以及后来成为美国著名文学批评家的埃德蒙德·威尔逊（Edmund Wilson）成为了朋友。

1917年　多部小说发表在普林斯顿大学的《拿骚文学期刊》（*The Nassau Literary Magazine*）上。10月，离开普林斯顿大学参军，成为少尉，期盼战死沙场。但他仍然痴迷于写作。

1918年　2月，在休假期间，将写好的小说寄给纽约斯科里布纳之子（Scribners）出版社。

7月，遇到了十八岁的泽尔达·赛尔（Zelda Sayre）。泽尔达出身上流社会，父亲是一位法官，虽然她家境不是十分富裕，但是她美丽、感性、叛逆，深深俘获了菲茨杰拉德的心。泽尔达的追求者众多，而这也"让她在他眼中身价倍增"[1]。像盖茨比一样，菲茨杰拉德在将被送到法国前线之前，"占有"[2]着泽尔达。但是，11月，第一次世界大战结束了，他没能够上前线。

菲茨杰拉德的小说被斯科里布纳之子出版社拒稿，但是出版社给他提出了鼓励性的建议。他迅速修改了稿件，又寄给斯科里布纳之子出版社，稿件第二次被拒绝了。泽尔达对菲茨杰拉德失去了信心，两人的恋情

---

[1]　Francis Scott Key Fitzgerald：*The Great Gatsby*, ed. Matthew Joseph Bruccoli, Cambridge: Cambridge University Press, 1991, p. 116.

[2]　Ibid.

停滞不前。菲茨杰拉德在纽约的巴伦·科利尔（Barron Collier）广告公司找了一份工作，但是他对这份工作并不感兴趣。

1919年　返回圣保罗，在父母家中继续修改小说，增添了许多新的情节，并将小说的名字《浪漫的自我主义者》（*The Romantic Egotist*）改为《人间天堂》（*This Side of Paradise*）。9月初，他将稿件寄给斯科里布纳之子出版社的编辑麦克斯·珀金斯（Maxwell Perkins）。9月16日，斯科里布纳之子出版社接受了这份稿件。从此，菲茨杰拉德从一个业余写作者变成了一位专业作家，他写道："早年的成功给我带来的回报是，我深信生命是一场浪漫的事。"[1]正如《了不起的盖茨比》中盖茨比所相信的那样，"世界的基石牢牢地建立在一片仙女的羽翼上"[2]。其实，同盖茨比一样，菲茨杰拉德终生相信，梦想是可以实现的。

菲茨杰拉德准备重新赢回泽尔达的芳心。他在新奥尔良租了一个住处，为杂志写短篇小说。因为他的长篇小说

---

〔1〕　Roger Lathbury: *Literary Masterpieces, Volume One: The Great Gatsby*, Michigan: The Gale Group，2000, p.15.

〔2〕　Francis Scott Key Fitzgerald : *The Great Gatsby*, ed. Matthew Joseph Bruccoli, Cambridge: Cambridge University Press, 1991, p. 77.

《人间天堂》将被斯科里布纳之子出版社出版，所以他的短篇小说投稿很顺利，为他带来了稳定的收入。

1920年 3月26日，《人间天堂》出版，销出四万多本，大获成功。4月3日，菲茨杰拉德与泽尔达在纽约结婚，开始了在纽约的充满"奔放冒险情调"[1]的名人生活。5月1日，菲茨杰拉德的著名短篇讽刺小说《伯妮丝理发》（"Bernice Bobs Her Hair"）发表在《星期六晚报》（*The Saturday Evening Post*）上。菲茨杰拉德开始成为《星期六晚报》的"报刊作家"。同年，小说集《轻佻女郎与哲人》（*Flappers and Philosophers*）由斯科里布纳之子出版社出版，包含《伯妮丝理发》、《祝祷》（"Benediction"）、《达利林波误入歧途》（"Dalyrimple Goes Wrong"）等八部小说。

禁酒令于当年1月17日开始生效，酒量不佳的菲茨杰拉德却开始喝酒成瘾。"因为清醒的丹·科迪知道喝醉的丹·科迪可能会很快大肆挥霍"[2]，菲茨杰拉德从不在酒醉时写作。由于对自己无效率的生活状态不满，他与

---

〔1〕 Francis Scott Key Fitzgerald, *The Great Gatsby*, ed. Matthew Joseph Bruccoli, Cambridge: Cambridge University Press, 1991, p. 46.

〔2〕 Francis Scott Key Fitzgerald, The *Great Gatsby*, ed. Matthew Joseph Bruccoli, Cambridge: Cambridge University Press, 1991, p. 78.

泽尔达在夏天搬到了康涅狄格州长岛海湾的韦斯特波特（Westport）居住。但夫妇俩不久又经受不住纽约生活的诱惑，搬回了纽约。菲茨杰拉德开始写作第二部长篇小说《美与孽》（*The Beautiful and Damned*）。

1921年　夫妇二人去英国、法国和意大利旅行。10月26日，泽尔达在圣保罗生下了女儿，取名弗朗西丝·斯考特·菲茨杰拉德（Frances Scott Fitzgerald）。菲茨杰拉德在笔记本上记下了泽尔达生下女儿时说的话："她聪明吗——她打嗝儿了。我希望她漂亮，而且是个傻瓜—— 一个漂亮的小傻瓜。"

1922年　长篇小说《美与孽》由斯科里布纳之子出版社出版，同年，小说集《爵士时代的故事》（*Tales of the Jazz Age*）也由斯科里布纳之子出版社出版，包含《一颗像里茨饭店那么大的钻石》（"The Diamond as Big as the Ritz"）、《五一节》（"May Day"）、《返老还童》/《本杰明·巴顿传奇》（"The Curious Case of Benjamin Button"）等十一部小说，他的写作风格渐趋成熟。夏天，着手写作《了不起的盖茨比》。

菲茨杰拉德夫妇搬回东部，10月，开始在长岛大颈镇居住，参加并举办了很多奢侈的宴会。在宴会上，结识了阿诺德·罗斯坦（Arnold Rothstein）——《了不起的盖茨比》中梅耶·沃尔夫山姆的原型，还遇到了私酒贩子麦克斯·杰拉什（Max Gerlach）——他可能是盖茨比的原型。菲茨杰拉德还与罗伯特·科尔（Robert Kerr）相识，后来以这位朋友的童年经历为蓝本，创作了盖茨比和科迪的会面。还与幽默作家、体育记者、短篇小说作家金·拉德纳（King Lardner）成为好友，他们作品中的讽刺手法深受彼此影响。

1923 年　剧本《蔬菜》（The Vegetable）在亚特兰大城上演，但未获成功。继续进行小说创作。

1924 年　6 月，菲茨杰拉德夫妇搬到法国蔚蓝海岸居住，菲茨杰拉德继续写作《了不起的盖茨比》。泽尔达在海滩上邂逅法国飞行员爱德华·卓赞（Edouard Jozan），开始了一段婚外情。六个星期后，菲茨杰拉德与卓赞摊牌，卓赞离开。9 月，菲茨杰拉德完成了《了不起的盖茨比》的初稿。11 月，打印稿寄到了珀金斯手中。与 1922 年夏至 1923 年夏的手稿不同，在这份初稿中，卡拉威成为了故事的叙述者，具备了"我既在其中，又在其外"〔1〕的"消极能力"。珀金斯对稿件大加赞扬，并给出了一些修改意见。

---

〔1〕 Francis Scott Key Fitzgerald, *The Great Gatsby*, ed. Matthew Joseph Bruccoli, Cambridge: Cambridge University Press, 1991, p. 30.

菲茨杰拉德在蔚蓝海岸和画家巴勃罗·毕加索、作曲家科尔罗·波特（Cole Porter）、诗人阿基巴尔德·麦克莱什（Archibald Macleish）等人相识。

年底，菲茨杰拉德收到了《了不起的盖茨比》的校样，开始进行改动。他不仅改动了细节，而且删改了大量情节，因为他想"使它（小说）完美"[1]。

1925年　结识了欧内斯特·海明威，开始引导海明威进行小说创作，并把自己的出版商介绍给他。

1月至2月，菲茨杰拉德在罗马修改《了不起的盖茨比》的活版印刷校样。4月10日，《了不起的盖茨比》出版。虽然作品受到评论家的广泛好评，但是销量远不及预期，只售出了不到两万五千本。

1926年　改编自《了不起的盖茨比》的百老汇同名戏剧上演，获得成功。派拉蒙公司基于这部小说制作了一部默片。

小说集《所有悲伤的年轻人》（All the Sad Young Men）被斯科里布纳之子出版社出版，内含九部小说，其中包括了三部基于小说《了不起的盖茨比》的构思和原稿删除内容的短篇小说：《富家男孩》（"The Rich Boy"）、《冬

---

[1] John Kuehl and Jack R. Bryer ed., *Dear Scott/Dear Max: The Fitzgerald–Perkins Correspondence*, New York: Scribners, 1971, p.88.

之梦》（"Winter Dreams"）和《赦免》（"Absolution"）。
受制片人小约翰·W. 康斯坦丁（John W. Considine, Jr.）
邀请，菲茨杰拉德夫妇来到好莱坞，菲茨杰拉德为联美
公司（United Artists）写作了一部有关"轻佻女郎"的
喜剧。他和十七岁的小明星路易丝·莫兰（Lois Moran）
产生绯闻，与泽尔达的婚姻矛盾加剧。两个月后，夫妇
俩离开了好莱坞。路易丝·莫兰成了菲茨杰拉德后来创
作的小说《夜色温柔》（*Tender Is the Night*）中人物露丝
玛丽·霍伊特（Rosemary Hoyt）的原型。[1]

1928 年　菲茨杰拉德在《星期六晚报》上的作品报酬达到了单篇
　　　　四千美元的最高峰。菲茨杰拉德夫妇共同创作了一些文
　　　　章和小说，泽尔达开始练习芭蕾舞。

1929 年　夫妇二人再次去欧洲旅行，重访已经变为时尚之地的蔚
　　　　蓝海岸。

1930 年　泽尔达被诊断患上了精神分裂症，入住瑞士日内瓦附近
　　　　的一所昂贵的医院。菲茨杰拉德不得不给《星期六晚报》
　　　　撰写更多的短篇小说来获得更多的收入。

1931 年　短篇小说《重访巴比伦》（"Babylon Revisited"）在《星
　　　　期六晚报》上发表。菲茨杰拉德夫妇回到美国，泽尔达

---

[1]　Nancy Milford, *Zelda: A Biography*, New York: Harper & Row, 1970.

住进巴尔的摩附近的一家诊所。

1932年　泽尔达的小说《救救我，华尔兹》（*Save Me the Waltz*）在斯科里布纳之子出版社出版。出版前，菲茨杰拉德发现泽尔达小说的一些情节和自己正在创作的小说《夜色温柔》中的情节相重合，非常恼火，《救救我，华尔兹》因此被删改。

1934年　泽尔达再次因精神问题入院。菲茨杰拉德的小说《夜色温柔》出版，在正在承受经济萧条的美国反响平平，只售出一万多本。菲茨杰拉德的酗酒问题日趋严重，写作产量和单篇报酬降低，开始入不敷出。

1935年　小说集《早晨的起床号》（*Taps at Reveille*）由斯科里布纳之子出版社出版，内含《最清新的男子》（"The Freshest Boy"）、《第一滴血》（"First Blood"）、《重访巴比伦》等十八篇短篇小说。

1937年　与米高梅公司签订合约，开始写作电影剧本。他撰写了电影《三个同伴》（*Three Comrades*）的剧本，参与了电影《飘》（*Gone with the Wind*）的剧本的撰写和《居里夫人》（*Madame Curie*）剧本的修改。这一期间，他住在电影专栏作家希拉·格拉姆（Sheilah Graham）家里。

1939年　米高梅公司与菲茨杰拉德解约。其经济人哈罗德·欧博（Harold Ober）也拒绝再资助他写作未完成的小说。

1940 年　12 月 21 日因突发性心脏病逝世，年仅四十四岁，他的
最后一部小说《最后的大亨》(*The Last Tycoon*) 已经
完成了一半。他的墓碑上镌刻着《了不起的盖茨比》的
终句："于是我们奋力搏击，那逆流向上的一叶叶小舟，
不停被冲退，逝入往昔。"

了不起的盖茨比[1]

The Great Gatsby

再次献给泽尔达[1]

那就戴上那金帽，假若能使美人笑；若是你能跳得高，也来为她纵情跳。

直到她喊道："情郎，那戴着金帽、跳得高高的情郎啊，我定要把你得到！"

——托马斯·帕克·丹维里埃[1]

---

〔1〕 托马斯·帕克·丹维里埃是菲茨杰拉德的第一部小说《人间天堂》中主人公艾默里·布莱恩（Amory Blaine）一位喜欢文学、擅长写诗的朋友。其原型是菲茨杰拉德在普林斯顿的校友、美国诗人约翰·皮尔·毕舍普（John Peale Bishop, 1892—1944）。

第一章

在我年纪尚轻，容易招惹是非的时候，我的父亲给了我一条忠告，我至今仍在脑中反复回味。

"每当你想要批评其他人的时候，"他告诉我，"切记，这世上并不是所有人都拥有过你的那些有利优势。"

他没再多说什么。但是，虽然我们父子之间的交流一向点到为止，却总能彼此心领神会，我明白他的本意远不止这些。于是，我倾向于保留自己的所有评判，这个习惯让许多性情古怪的人向我展露心扉，也使我成了不少让人不胜其烦的倾诉者的受害者。当这种品性在一个正常人身上显露出来的时候，思维异常的人很快就会觉察到，并且纠缠上来。这样一来，上大学时，我被不公正地指责为"政客"，因为总是只有我知道那些默默无闻的狂人的秘密伤心事。其实大多数秘密是不请自来的——当我从一些确定无误的迹象意识到一种倾诉私密的欲望正在喷薄欲出的时候，我总是装出昏昏欲睡、心不在焉或者极为轻率的样子，这是因为年轻人对私密的倾诉，至少是他们表述这些私密时的用词，往往是东挪西借的，并且因为带有明显的隐瞒而不再纯净。保留评判意味着对他人怀有无限的希望，但是我还是有点担心，要是我忘了我父亲曾经自命不凡地提醒的，我又自命不凡地重复的那个事实，即人在出世时被赋予的基本道德观念是不均等的，我将会有所闪失。

不过，在这样夸耀了一番自己的宽容之后，我不得不承认我的宽容也是有限度的。人的行为可能有坚硬的岩石一般靠得住的基础，也可能有湿滑的沼泽一般靠不住的理由，可是一旦这行为超越了某个界限，我就不在乎它背后的原因了。当我去年秋天[1]从东部回来的时候，真希望整个世界的人都穿上制服，永远在道德上保持一种立正的姿态；我再也不想在他人内心里恣意游荡，享有窥探他们心

---

[1] 根据后文情节，1922 年秋盖茨比死后，尼克（叙述者）离开了纽约。因此按照这里的描述，尼克叙述这个故事的时间应该在 1922 年秋至 1923 年秋。然而，尼克在第九章开头却说"事隔两年"（距盖茨比被谋杀的那天已有两年）。这个出入可能是因为菲茨杰拉德把尼克的时间表和自己的弄混了：他是在 1924 年秋完成了对打印稿的修订。最合理的解释可能是，菲茨杰拉德混淆了年份和季节：虽然故事发生的时间和尼克叙述的时间相隔了两个秋天，但是只相隔大致十二个月（菲茨杰拉德之后在《夜色温柔》中，也混淆了年份和季节）。不过，也有可能是菲茨杰拉德故意在这里多加了一年，暗示尼克从 1923 年到 1924 年一直在创作本书，为的是给读者加深这样的印象：叙述者尼克即本书作者。

灵的特权了。唯有盖茨比[1]——这个将自己的名字赋予这本书的人——是个例外。盖茨比代表着我由衷鄙夷的一切。如果人的品格是由一系列连续有效的姿态构成的话，那么他的身上闪耀着某种瑰丽的光彩，那就是对于生命希冀的高度敏感，仿佛他与一台精密的、可以记录一万英里以外地震的仪器相连一样。这种敏感和那美其名曰"创造性气质"的多愁善感毫不相干——它是一种永怀希望的非凡天赋，一种时刻等待召唤的浪漫情怀，这是我从未在其他人身上发现过的，也是我以后不大可能再遇见的。不——盖茨比最终是无可厚非的；是那些猎杀坑害了他的东西，是那些在他的幻梦消失后从污臭尘埃中升腾而起的东西，一时间淹没了我对人世间易逝的哀伤和片刻欢欣的兴趣。

我家祖孙三代都是这个中西部城市中声名显赫的富人。卡拉威家族也算得上是个世家。我们是巴克禄公爵[2]的后

---

[1] 盖茨比的名字可能是个双关语。"gat"是俚语，意为手枪，暗示了盖茨比命运的结局。有人认为，"盖茨比"这个姓氏是菲茨杰拉德从拉迪亚德·吉卜林（Rudyard Kipling）的小说《加兹比一家》（*The Story of the Gadsbys*），或者从马克·吐温的小说《外国流浪汉》（*A Tramp Abroad*）中出现的"加兹比饭店"（Gadsby's Hotel）修改而来的。在菲茨杰拉德1923年的小说《骰子、指节铜环和吉他》中，还出现过一个姓"Katzby"的富豪之家。

[2] 巴克禄公爵（Duke of Buccleuch）是苏格兰贵族，也拥有昆斯伯雷公爵和邓卡斯特伯爵的名衔。因为巴克禄家族的姓是蒙塔古-（转下页）

裔，但是我这一支是从我祖父的哥哥开始发迹的。他1851年到了这里，在南北战争时找了个替身代他打仗，自己做起了五金批发生意。我父亲接手了他的生意，做到了现在。

我从未见过这位伯祖父，但是大家都说我长得像他，我父亲办公室里挂着的那幅面孔十分冷峻的画像就是有力的凭证。我1915年从纽黑文[1]毕业，刚好比我父亲从那儿毕业晚四分之一个世纪。不久，我就加入了被称为世界大战的迟来的条顿民族大迁移。我彻底沉浸在反攻的兴奋当中，回乡之后也待不住。中西部不再是这世界温暖的中心，现在看起来倒像是这宇宙破败的边缘——于是我决定去东部学习债券生意。我认识的人都在做债券生意，所以我觉得它再养活一个单身汉也应该不成问题。我的叔伯姑姨们为这事讨论了好一番，就像他们在为我挑选一所预备学校[2]似的，最后他们说"嘿——好——好吧"，脸色十分凝重和迟疑。父亲也答应资助我一年。几经耽搁，我来

（接上页）道格拉斯－斯考特（Montagu-Douglas-Scott），很有可能中间名为斯考特的菲茨杰拉德故意让巴克禄公爵成为书中人物尼克·卡拉威的世祖。

〔1〕即耶鲁大学。20世纪的耶鲁学生谦虚地用耶鲁大学的所在地，美国康涅狄格州海港城市纽黑文代指自己的大学。

〔2〕为富家子弟开办的私立寄宿学校，为学生升大学做准备，也称私立高中。

到了东部，自以为会永远留在这里。那是 1922 年的春天的事。

　　按现实来考虑，我应该在城里找个住所。但那时正值温暖的季节，而我又是刚刚从有着宽阔草坪和宜人树木的家乡来这里的，所以当办公室里的一个年轻人提议我们俩在有通勤车的近郊合租一所房子的时候，我觉得那是个好主意。他找到了房子，那是一座用薄木板盖成的被风雨侵蚀的平房，月租八十美元。可是正当我们要住进去时，公司把他调到华盛顿去了，我只好一个人搬去了郊外。我有一条狗——至少它在跑掉之前的几天里是我的，还有一辆旧道奇汽车〔1〕和一个芬兰女佣，她为我收拾床铺，做早饭——一边在电炉上做饭，一边跟自己咕哝着芬兰的至理名言。

　　起初一两天，我挺孤单的。随后一天早上，一个比我更晚搬来这里的人在路上叫住了我。

　　"到西卵村〔2〕怎么走啊？"他无助地问我。

　　我给他指了路。当我继续往前走的时候，我不再感到

------

〔1〕　一种造型优美、式样保守的汽车品牌，消费群体主要为中产阶级。
　　　道奇公司于 1928 年并入克莱斯勒汽车公司。
〔2〕　详见附录第四部分"关于地理"。

孤单了。我成了一个领路人、一名开拓者、一位移民先驱。他无意之中授予了我这个社区的荣誉公民称号。

看着阳光爬满树梢，绿叶涌出枝条——就像它们是快进电影里的事物一样——我心中又有了那个熟悉的信念：随着夏日的来临，生活又重新开始了。

首先，我有那么多书要读；另外，我还可以从清新宜人的空气中汲取那么多健康的活力。我买了十几本关于银行业务、信贷和投资证券的书。一本本红色烫金封皮的书立在我的书架上，好像造币厂新印出的钱币一样，许诺为我揭示只有迈达斯[1]、摩根[2]和米西纳斯[3]知道的金光闪闪的秘密。我还满心打算读许多其他的书。上大学时，我颇喜欢舞文弄墨。有一年我给《耶鲁新闻》[4]写过一系列一本正经而又平淡无奇的社论。现在我准备把诸如此类的东西重新纳入我的生活，再次成为"通才"，也就是那种最难得的专家。这可不仅仅是句俏皮话——毕竟，只从一个窗口

---

〔1〕 迈达斯（Midas），希腊神话中的国王，会点金之术。
〔2〕 摩根（J. P. Morgan），美国银行家，铁路和钢铁巨头。
〔3〕 米西纳斯（C. Clinius Maecenas），古罗马政治家、大财主，是很多作家的赞助人。
〔4〕 耶鲁大学学生在 1878 年 1 月 28 日开办了《耶鲁每日新闻报》，报纸至今仍在发行。

去观察人生要容易得多。

　　纯粹出于偶然，我竟在北美最离奇的一个社区里租了一座房子。这个社区位于从纽约市正东向外延伸的那个生机勃勃的狭长岛屿上——岛上除了天然奇观之外，还有两块形状奇特的土地。就在离纽约市区二十英里的地方，有一对巨大的卵形半岛，轮廓一模一样，只是被一条狭窄的水湾隔开。两个半岛突伸到西半球那片最温驯的咸水里，那是长岛海峡辽阔而潮湿的"后场院"。这两个半岛并不是规整的椭圆形，而是像哥伦布故事里的那个鸡蛋[1]一样，连接陆地的一端是扁平的。不过，它们的外形如此相似，这一定成了空中飞过的海鸥永远困惑不已的根源。而对于没有翅膀的生灵来说，更有吸引力的现象是这两个地方除了形状和大小之外，每一个细微之处都截然不同。

　　我住在西卵村，就是——实话说，这两个半岛中比较土气的那一个。不过这是一个最肤浅的说辞，不足以说明二者之间离奇古怪而又颇为不祥的反差。我的房子紧靠在鸡蛋的顶端，离海峡只有五十码，挤在两座每个季度租

---

〔1〕 据说曾有人声称能够像哥伦布一样航海并发现新大陆。哥伦布得知后，让对方将一个鸡蛋竖起来，对方久久不得其解，只能承认失败。这时，哥伦布将鸡蛋的一端压扁，竖起了鸡蛋。哥伦布用这样的方式证明，只有在他做出示范之后，其他人才懂得效仿。

金要一万两千到一万五千美元的豪宅之间。[1] 我的房子右边的那一座豪宅，不管按什么标准来说，都是一个庞然大物——它酷似诺曼底[2]的某座市政厅。宅子的一边矗立着一座塔楼，覆盖着一层疏疏落落的自然生长的常春藤，显得一派簇新。院子里还有一座大理石游泳池，以及四十多英亩的草坪和花园。这是盖茨比的公馆。不过当时我还不认识盖茨比先生，所以或许更确切地说，这是一位姓盖茨比的绅士的公馆。我自己的房子实在碍眼，幸而它小，没人注意，因此我可以欣赏一片海景，欣赏我邻居草坪的一角，并且能以与百万富翁为邻而自喜——享受这一切，每月只需花费八十美元。

狭窄的水湾对岸，时髦的东卵[3]那些宫殿一般的白色公馆倒映在水面上，熠熠生辉。那年夏天的故事，是从我开车去那边的汤姆·布坎南夫妇家吃饭的那个晚上真正开始的。黛西是和我相差一个辈分的远房表亲，汤姆是我在大学里就认识的。大战刚结束时，我还去芝加哥和他们待

---

〔1〕 在后文中，盖茨比声称他拥有这里的一座房子，而不是租下它。

〔2〕 诺曼底（Normandy）是法国北部的一个地区，曾为诺曼底公爵的领地，区内有很多古建筑物。

〔3〕 详见附录第四部分"关于地理"。

过两天。[1]

黛西的丈夫在各种体育项目上颇有成就，曾经是纽黑文有史以来最棒的橄榄球边锋之一，称得上是个全国知名的人物。像他这种人，二十一岁就在一个方面取得如此登峰造极的成就，使得他以后无论做什么，总有些走下坡路的味道。他家境极其富裕——上大学时他的挥霍就已经遭人非议——但是现在他离开了芝加哥来到东部。他搬家的那个排场可真让人目瞪口呆：比如，他居然从森林湖[2]运来整整一队打马球用的马。我这一辈人中竟然有人阔绰到这种地步，实在令人难以置信。

至于他们为什么到东部来，我并不知情。他们在法国待了一年，也没有什么特别的原因，后来又居无定所地四处飘荡，只要哪里能跟富人聚在一起打马球，他们就去哪里。黛西在电话里告诉我，他们这次是定居了，可是我并不相信——我看不透黛西的心思，不过我觉得汤姆会一直

----

[1] 此处情节与后文有矛盾之处：尼克不可能在"一战"刚结束时去芝加哥拜访布坎南一家。根据后文可知，汤姆和黛西于"一战"刚刚结束后的1919年6月结婚，婚后这对夫妇进行了三个月的蜜月之旅。而那时尼克仍在军中服役。

[2] 森林湖，伊利诺伊州东北部芝加哥城郊的高级住宅区。作者的初恋女友吉内芙拉·金就住在这里。

漂泊下去，不无惆怅地追寻着过去某场无法重演的橄榄球赛里激动人心的喧腾。

于是，就在一个有着阵阵暖风的晚上，我开车到东卵去看望这两个我几乎毫不了解的老朋友。他们的房子甚至比我料想的还要华丽。那是一座赏心悦目、红白相间的公馆，有着乔治王殖民时代[1]的风格，俯瞰着海湾。草坪从海滩起步，向着房子的大门奔了四分之一英里，一路跨过日晷、砖径和鲜花怒放的花园，最后跑到房子跟前，仿佛借助着奔跑的势头，索性变成翠绿的藤蔓，沿着房子侧面飘摇而上。房子正面嵌着一排法式落地长窗，亮闪闪地反射着夕照的金辉，迎着暖风习习的黄昏大敞开来。只见汤姆·布坎南身着骑装，叉开双腿，站在前门廊上。

和在纽黑文念书的那几年相比，他的样子已经变了。现在他已到而立之年，身材结实，头发稻黄，嘴角僵硬，举止高傲。两只炯炯有神的傲慢的眼睛在他脸上最为突出，总是给人一种向前倾斜着身体的咄咄逼人的印象。即使他那身带着女人气的装腔作势的骑装也掩藏不住那个身躯的

---

〔1〕 指英国乔治一世至乔治四世在位时间（1714—1830）。这一时代的建筑风格重比例感和平衡感，强调对称和遵守古典规则，最常采用的建筑材料是砖和石头，常用的颜色是红色、白色和棕褐色。

巨大能量——他看起来仿佛把那双锃亮的皮靴塞得满满的，连靴子最上面的带子都绷得紧紧的。他的肩膀在他薄薄的上衣下面一动，你就能看到一大块肌肉在挪移。这是一个孔武有力的身躯，一个残酷的身躯。

他说话的声音是又粗又哑的男高音，这更加深了他给人留下的暴躁印象。他的语气里还带着一种老子教训儿子的轻蔑口吻，即使对他喜欢的人也一样，因此在纽黑文的时候不少人对他恨得牙痒痒。

"哎，你可别认为这些问题我说了算，"他的样子像是在说，"只因为我比你更强壮，更有男子气概。"当时我们俩同在一个高年级学生联谊会[1]，尽管我们的关系从来都不密切，我总觉得他很欣赏我，而且借由他那特有的粗野、蛮横的怅惘，他希望我也喜欢他。

我们在洒满阳光的门廊上聊了几分钟。

"我这地方挺不错。"他说，他四处张望，目光不停地闪烁。

他一只胳膊搭在我身上，让我转了个身，伸出一只宽

<hr>

[1] 耶鲁大学共有六个高年级学生联谊会，每个联谊会在毕业年级学生中选举出十五名成员。在耶鲁大学，能入选高年级学生联谊会是顶尖的社交成就。

大而扁平的手掌朝着眼前的景致一挥，手指扫过了一座下沉式的意大利风格的花园，半英亩香气袭人的深色玫瑰花，还有一艘在岸边随着浪潮上下起伏着的塌鼻子汽艇。

"这地方本来是石油大王德梅恩的。"他又把我推转过身来，客气却又突兀，"我们到里面去。"

我们穿过一条高高的走廊，走进一间明亮的玫瑰色大厅，两头的法式落地长窗将它轻巧地嵌在这座房子里。这些长窗都半开着，莹白耀眼，映照着窗外鲜绿的草地，让那片草地看起来似乎就要长到房子里来似的。一阵轻风穿堂而过，将一边的窗帘吹进来，又将另一边的窗帘吹出去。那窗帘好像苍白的旗帜，扭摆上升，飘向那像撒上了糖霜的结婚蛋糕似的吊顶，然后又从酒红色的地毯上凌波而过，留下一片有如风儿掠过海面一样的阴影。

屋子里唯一完全静止的东西是一张庞大的长沙发椅，上面有两个年轻女子，好像飘浮在一个停泊在地面的大气球上。她们俩都身穿白衣，衣裙在风中飘荡，仿佛她们乘着气球绕着房子飞了一圈，刚刚被风吹回来似的。我一定是呆呆地站了好一会儿，倾听窗帘刮动的噼啪声和墙上一幅挂像吱吱嘎嘎的呻吟声。然后我听到砰的一声，汤姆·布坎南关上了后面的落地窗，笼在室内的风才渐渐平息，窗帘、地毯和两位年轻女子也徐徐降落到地面上。

那个年纪较轻的女子我从未见过。她平躺在长沙发的一头，一动也不动，下巴微微翘起，仿佛她在上面顶着一件东西，要保持着平衡，生怕它掉下来似的。不知她是否从眼角中看到了我，总之她毫无表示——其实我倒吃了一惊，差点嗫嚅地为我的到来打扰了她而道歉。

另外那个女子就是黛西了，她作势要站起来——身子微微向前倾，一脸真诚——接着她轻轻一笑，莫名其妙却很迷人。我也跟着笑起来，向前走进客厅。

"我高兴得瘫——瘫掉了。"

她又笑了一次，仿佛她说了一句非常诙谐机智的话似的，接着就拉着我的手，仰起头看了一会儿我的脸，摆出一副全世界她最想看到的人就是我的样子。那是她特有的做法。她低声示意我那个玩平衡动作的姑娘姓贝克（我听人说过，黛西的喃喃低语只是为了让人家把身子向她靠近，不过这闲言碎语并未减少黛西这种说话方式的魅力）。

不管怎么说，贝克小姐微微动了动嘴唇，向我点了点头，轻微得几乎让人察觉不到，接着赶紧把头仰回去——显然她在保持平衡的那件东西晃了一下，让她有些吓了一跳。道歉的话又一次冒到了我的嘴边。对这种完全我行我素的气概，我向来是心怀敬畏的。

我回头去看我的表亲，她随即用她那低微而魅人的声音向我发问。这是那种叫人侧耳倾听的忽高忽低的声音，仿佛每句话都是一组音符，一奏出便成绝响。她的脸庞忧郁而可爱，带着明媚的神采，她有两只明亮的眼睛，一张明艳而多情的嘴唇。然而，在她的声音里有一种激情，让所有为她倾心过的男人都难以忘怀：那是一种歌唱般的渴求，一声低柔的"听着"，一种许诺，说她片刻以前刚做过赏心乐事，而且下一个小时里还酝酿着赏心乐事。

我告诉黛西，我到东部来的路上在芝加哥停留了一天，有十来个朋友托我向她问好。

"他们想我吗？"她欣喜若狂地大声问道。

"整个城市想你想得凄凄惨惨。所有的汽车左后轮都涂上了黑漆当花圈，城北湖畔[1]彻夜哀声不断。"

"多棒啊！咱们回去吧，汤姆。明天就回！"然后她又毫不相干地说："你应当看看宝宝。"

"我正想看看。"

"她睡着了。她两岁了。你从没见过她吗？"

"从来没有。"

"哎呀，你应当看看她。她是……"

---

〔1〕 城北湖畔：芝加哥市位于密歇根湖畔，城北湖畔为富人和时尚人士聚居的地区。

这时，一直不安地在屋子里走来走去的汤姆·布坎南停了下脚步，把一只手放在我肩上。

"你现在在做什么，尼克？"

"我是做债券的。"

"和谁一起？"

我告诉了他。

"从来没听说过他们。"他断然评价道。

这让我有些恼火。

"你会听说的，"我简短地答道，"你在东部待下去，就会听说的。"

"噢，我会在东部待下来的，你就放心吧。"他边说边瞥了一眼黛西，然后又回头看看我，仿佛他在提防着别的什么。"我要是到别的任何地方去住，那就是十足的傻瓜！"

这时贝克小姐说："一点儿没错！"这句突如其来的话把我吓了一跳——这是我进屋以来她说的第一句话。显然，她的话也使自己同样吃惊，因为她打了个呵欠，接着做了一连串敏捷而灵巧的动作，就站在了屋子当中。

"我都僵了，"她抱怨道，"我在那张沙发上躺了不知多久了。"

"别看着我，"黛西反驳说，"我整个下午都在劝你去纽约。"

"不喝了，谢谢，"贝克小姐对着刚从食品间端来的四杯鸡尾酒说，"我这阵子正严格地训练。"

她的男主人看着她，一脸难以置信的表情。

"你在训练！"他把酒一饮而尽，仿佛那是杯底的最后一滴。[1]"我真搞不懂你那些。"

我看着贝克小姐，心里奇怪她"弄成"的是什么事。我喜欢看着这个女孩子。她是个身材修长、乳房娇小的姑娘，由于她像个年轻的军校学员那样挺起胸膛，更显得姿

---

[1] 1919年和1920年，《禁酒法案》和美国宪法修正案第十八条相继生效，因此在故事发生的1922年，与朋友共饮或举行酒宴已属违法。但是小说中的许多人物都会与朋友饮酒，而且盖茨比经常大办酒宴，并借由贩运私酒而跻身富人行列。在美国历史上，禁酒不仅是禁止一种饮料，而且是以道德的名义打击天主教、犹太教和新移民（尤其是爱尔兰移民、意大利移民和犹太移民）及其代表的文化和生活方式，以使清教道德成为一种霸权，并形成一种政治压迫，甚至是一种维护美国主权的冲动。禁酒运动又可视为中西部和南部地区对东海岸大城市发起的一场文化攻势，是前现代性、单一文化、保守主义、农业和"土生土长的美国人"对现代性、多元文化、自由主义、商业和工业、"外国人"以及现代生活方式的征讨。禁酒运动的法律制度构成了一种形态关系，其核心是白种人的、盎格鲁－撒克逊裔的、新教的价值观。在禁酒令之下，私酒贩运猖獗，饮酒更加风行，禁酒运动为自己确立了一个根本不可能实现的法律目标，造成了犯法而不受罚的现象，反倒使国民开始蔑视法律，清教伦理和霸权瓦解。详见程巍《文学的政治底稿：英美文学史论集》，复旦大学出版社，2014年，第178页至第200页。

态挺拔。阳光照得她的灰色的眼睛眯了起来，她也回看着我，一张苍白、迷人又带着愠色的脸上流露出客气、回礼一般的好奇。这时我想起以前在什么地方见过她，或者她的一张照片。

"你住在西卵村吧，"她傲慢地说，"我认识那儿的一个人。"

"我一个人也不认——"

"你总该认识盖茨比吧。"

"盖茨比？"黛西追问道，"什么盖茨比？"[1]

我还没来得及回答说他是我的邻居，用人就宣布开饭了。汤姆·布坎南不由分说就把一只结实的胳臂插到我腋下，把我从客厅里推出去，就像他是在把棋盘上的棋子推到另一格去一样。

两位年轻女子袅袅婷婷地、懒洋洋地将手向后轻轻搭在纤腰上，在我们前面往外走上玫瑰色的阳台。这里正对着夕阳，餐桌上的四支蜡烛在减息了的风中闪烁。

"干吗点蜡烛？"黛西皱着眉反对，用手指把蜡烛捏熄。

---

[1] 令人费解的是，乔丹·贝克并没有告诉过黛西她认识盖茨比。小说后文中，乔丹解释说："即使我在长岛见到他（盖茨比）之后，我也没能认出这是同一个人。"在菲茨杰拉德保留的小说副本中，这一段边上有一行批注："写得不好。"然而这可能并非作者所注。

"再过两个星期，就是一年里白天最长的日子了。"[1]她又神采奕奕地看着我们大家说，"你们是不是总会期盼一年里白天最长的日子，等它来临时却把它忘了？我总是期盼这个日子，到头来又会忘记。"

"我们应当计划干点什么，"贝克小姐一边坐下，一边打着哈欠说道，好像要上床睡觉似的。

"好啊，"黛西说，"咱们计划些什么呢？"她把脸转向我，无助地问道："人们都计划些什么？"

我还没来得及回答，她便两眼带着畏惧的神情紧盯着她的小手指。

"看啊！"她抱怨道，"我把它碰伤了。"

我们都看过去——指节有点青紫。

"是你弄的，汤姆，"她责怪地说，"我知道你不是故意的，但就是你弄的。这是我的报应，嫁给这么个粗野的男人，一个五大三粗的笨拙的典型——"

"我恨笨拙这个词，"汤姆气呼呼地抗议道，"即使开玩笑也不行。"

"笨拙。"黛西不依不饶。

---

〔1〕 即 6 月 22 日。

有时她和贝克小姐同时开口讲话，可是并不惹人注意，不过开点无关紧要的玩笑，也绝算不上喋喋不休。她们的言谈如同她们的白色裙子和漠然的、没有任何欲念的眼睛一样冷淡。她们坐在这儿，应酬汤姆和我，只不过是客客气气地尽力款待别人或者接受款待。她们知道一会儿晚餐就结束了，再过一会儿这一晚也就过去了，随随便便就打发掉了。这和西部截然不同。在那里每逢晚上聚会，一个连着一个的阶段总是安排得紧锣密鼓，直到结束，让人不断地期待又不断地失望，或者对时光的流逝深感焦虑和恐惧。[1]

"跟你在一起让我觉得自己不够文明，黛西。"喝第二杯红酒时，我坦陈道。这酒虽然有点软木塞气味，口感却相当好，"你就不能谈谈庄稼或者别的什么吗？"

我说这句话并没有什么特殊的用意，但它却出人意料地被人接过去了。

"文明正在崩溃，"汤姆突然气势汹汹地说，"我近来

---

〔1〕 菲茨杰拉德在这部小说中多次对美国东部和西部的差异进行鲜明的描述，其基础在于"新旧世界关于价值观的冲突"。详见谷蕾《被撕裂的现代"悲剧英雄"——论盖茨比形象的内在矛盾与张力》，载《外语研究》2007 年第 1 期；张礼龙《试论〈了不起的盖茨比〉中的美国东西部差异》，载《解放军外国语学院学报》1995 年第 6 期。

成了个对世界非常悲观的人。你看过《有色帝国的兴起》[1]吗？是个姓高达德[2]的人写的。"

"怎么了，没看过。"我答道，对他的语气感到相当吃惊。

"我说，这是一本好书，人人都应当读一读。它的观点是，如果我们不警惕，白色人种就会——就会完全湮没掉。这都是科学道理，是有凭有据的。"

"汤姆最近变得很渊博了。"黛西说，脸上露出不经意的忧伤。"他看一些深奥的书，书里有好些长单词。有个词是什么来着，我们……"

"我说，这些书都是有科学根据的，"汤姆不耐烦地瞟了她一眼，一个劲儿地说下去，"高达德这家伙把整个道理讲得明明白白。我们是占统治地位的人种，有责任保持警惕，不然的话，其他人种就会控制一切。"

----

[1] 这里暗指洛斯罗普·斯托达德所著《冲击白人的世界统治地位的有色浪潮》一书，但菲茨杰拉德显然不想指明确切的书名和作者，因为这是一本斯科里布纳之子出版社的畅销书（斯科里布纳之子出版社也出版了《了不起的盖茨比》）。

[2] 阿纳·伦德认为"高达德"是菲茨杰拉德对麦迪逊·格兰特和洛斯罗普·斯托达德这两个种族主义理论家的姓的合写。详见 Arne Lunde, *Nordic Exposures:Scandinavian Identity in Classical Hollywood Cinema*, Washington: Washington University Press, 2010, p.20。

"我们非打倒他们不可。"黛西低声地说，对着火红的太阳使劲儿地眨眼。

"你们应当住到加州去……"贝克小姐开口说，可是汤姆在椅子里重重地挪了挪身体，打断了她。

"书里主要的论点是说我们是北欧日耳曼民族。我是，你是，你也是，还有……"极短暂地犹豫了一下之后，他微微点了点头，把黛西也算了进来[1]；黛西又冲我眨了眨眼。"我们创造了构成文明的一切东西——哦，科学、艺术，以及其他一切。你们明白吗？"

他那股专注中隐藏着些许悲哀，似乎他的自负，虽然比往日更强烈，但对他来说已经不够用了。这时屋子里电话铃响了，男管家离开阳台去接，黛西几乎立刻就抓住这个间隙，把身子向我探过来。

"我要告诉你一个家庭秘密，"她兴奋地低语道，"是关于男管家的鼻子的。你想听听男管家鼻子的秘密吗？"

"这正是我今晚来拜访的目的呀。"

"他呀，不是一直都当管家的。他从前专门替纽约一个人家擦银器，那家有一套供两百人用的银餐具。他不得不

---

〔1〕 黛西出嫁前的名字是黛西·费伊（Daisy Fay），Fay 是一个法语姓氏，暗示黛西是低一等的"地中海人种"。

从早到晚擦个不停，最后他的鼻子就受不了啦……"

"情况越来越糟。"贝克小姐提了一句。

"是的。情况越来越糟，最后他只得放弃了那份工作。"

须臾之间，夕阳的最后一抹余晖温情脉脉地落在她那神采奕奕的脸上，她的声音使我不由自主地凑上前去屏息倾听——然后那神采逐渐黯淡，每一道光最后离她而去时都依依不舍地流连着，就像孩子们在黄昏时分离开一条充满欢乐的街道。

男管家走了回来，在汤姆耳边咕哝了几句，汤姆听了眉头一皱，把他的椅子朝后一推，一言不发地走进屋里去。他的离开仿佛激发了黛西内心里的什么东西，她又探身向前，她的声音明媚而动听。

"我真喜欢在我的餐桌上见到你，尼克。你使我想到一朵——一朵玫瑰花，一朵真正的玫瑰花。是不是？"她把脸转向贝克小姐，期待她的附和，"一朵真正的玫瑰花？"

她说的不是真的。我和玫瑰花毫无相似之处。她不过是随口一说，但是她的身上却流淌出一种撩动人心的温情，仿佛她的心就藏在那气喘吁吁、令人兴奋的词语中的一个里，正想要向你袒露一番。然后她突然把餐巾往桌上一扔，说了声对不起，就走进屋子里去了。

贝克小姐和我故意不动声色地互相使了一下眼色。我正要说话，她机警地坐直身子，说了一声"嘘"，示意我别作声。屋子里依稀传来一阵刻意压低的、激动的抱怨声，贝克小姐毫无顾忌地探着身，想听清他们的话。喃喃的抱怨声颤抖着接近能听得真切的程度，低沉下去，又激动地高亢起来，然后完全停止了。

"你刚才提到的那位盖茨比先生是我的邻居……"我开始说。

"别说话，我要听听发生了什么事。"

"发生什么事啦？"我天真地问。

"你是说你不知道吗？"贝克小姐说，她着实感到吃惊，"我以为人人都知道了。"

"我可不知道。"

"哎呀——"她犹疑了一下说，"汤姆在纽约有个女人。"

"有个女人？"我茫然地重复她的话。

贝克小姐点点头。

"她起码应该识趣点，别在晚餐时间给他打电话呀。你说是吧？"

我几乎还没领会她的意思，就听见一阵裙衣窸窣和皮靴咯噔的声响，汤姆和黛西回到了餐桌边。

"真没办法！"黛西强颜欢笑地大声说。

她坐了下来，先探察了一下贝克小姐的脸色，然后又探察了我一番，接着说："我到屋外看了一下，外面可真是浪漫极了。草坪上有一只鸟，我想一定是搭康拉德[1]或者白星的船过来的一只夜莺。[2]它在不停地歌唱……"她的声音也像歌唱一般："真是浪漫呀，是不是啊，汤姆？"

"非常浪漫，"他说，然后苦着脸对我说，"如果吃完饭天还够亮，我想带你去看看马厩。"

屋里电话又响了，让人吃了一惊。黛西断然地对汤姆摇摇头，于是马厩的话题，其实所有的话题，都烟消云散了。在餐桌边最后五分钟的碎片化的印象中，我记得蜡烛又无缘无故地点着了，同时我意识到自己很想正眼看看每个人，然而却又想避开所有的目光。我猜不出黛西和汤姆心里在想什么，但是我怀疑，即使贝克小姐这样掌握着一种波澜不惊的处事风格的人，也很难将第五位客人尖锐、急促的金属叩击一般的电话铃声完全置之脑后。对某种性情的人来说，这个局面可能挺有意思的——但我自己本能的反应是立刻去打电话叫警察。

不用说，看马的事没有再提了。汤姆和贝克小姐两人，

---

〔1〕 康拉德和随后的白星，是两家著名的英国轮船公司，专营横渡大西洋业务。

〔2〕 夜莺分布地域是从非洲西北部到欧洲南部（包括英格兰地区），从小亚细亚到中亚地区。美国原本没有夜莺。

中间隔着几英尺的暮色，慢悠悠地走回书房去，就像要去一具实实在在的尸体旁守夜一样。我装出兴致勃勃而且什么也没听到的样子，跟着黛西穿过一连串的走廊，走到前面的阳台上去。在深深的暮色中，我们肩并肩地在一张柳条长椅上坐下。

黛西双手捧着脸，似乎在感受它那可爱的形状，她的目光渐渐移入屋外天鹅绒般的暮色。我看出她的心已经被翻涌的思绪占据，于是我问了几个关于她小女儿的问题，想让她镇静下来。

"我们彼此并不非常了解，尼克，"她忽然说，"尽管我们是表亲。你都没参加我的婚礼。"

"我那时还没从战场上回来。"

"那倒是。"她迟疑了一下，"唉，我过得很不好，尼克，我把一切都看透了。"

显然，她这样是有缘故的。我等着听，可是她没再说下去，于是过了一会儿我又支支吾吾地回到了她女儿的话题。

"我想她会说话了，又——会吃饭了，什么都会了吧。"

"哦，是啊。"她心不在焉地看着我，"听我说，尼克，让我告诉你她出生的时候我说了什么。你想听吗？"

"非常想。"

"你听了就会明白我为什么会这样看待——世事了。唉，她那时出生还不到一个钟头，天晓得汤姆跑到哪里去了。乙醚的作用消退了，我醒了过来，有一种完全被抛弃的感觉，马上问护士生的是男孩还是女孩。她告诉我是个女孩，我就转过头哭了起来。'好吧，'我说，'是个女孩我很高兴。而且我希望她将来是个傻瓜——这就是女孩在这世上最好的出路，做一个漂亮的小傻瓜。'"

"你懂了吧，我认为反正一切都糟透了，"她深信不疑地继续说，"人人都这样想——最高明的人更是这样想的。而我知道。我哪儿都去过了，什么都见过了，所有事情都做了。"她两眼闪闪发光，环顾四周，一副挑衅的神气，像极了汤姆。她又笑了起来，笑声里带着激动的嘲讽。"饱经世故——天哪，我真是饱经世故了！"

她那迫使我不得不聆听和相信的声音一停，我就察觉到她刚才说的根本不是真心话。这使我感到不安，似乎整个晚上都是一个圈套，要从我身上榨取一份感情投入其中。我等待着，果然，过了一会儿她看着我时，她那可爱的脸上就露出了真真切切、扬扬得意的笑容，仿佛她已经维系了她作为名流秘密团体成员的身份，她和汤姆都属于那个团体。

室内，那间深红色的屋子灯火通明。汤姆和贝克小姐各坐在长沙发的一头，她在念《星期六晚邮报》[1]给他听。她的声音很低，没有变化，吐出的一连串的字句有一种让人定心的调子。灯光照得他皮靴雪亮，照得她秋叶黄的头发暗淡无光，每当她翻过一页，胳臂上细细的肌肉颤动的时候，灯光又在纸面上闪烁而过。

我们进屋的时候，她举起一只手，示意我们先不要出声。

"待续，"她念道，把杂志往桌上轻轻一丢，"本刊下期就会见分晓。"

她膝盖动了几下，身体挺了挺，站了起来。

"十点了，"她说道，仿佛在天花板上清清楚楚地看到了时间，"我这个好女孩该上床睡觉了。"

"乔丹明天要参加锦标赛，"黛西解释道，"在威斯彻斯特[2]那边。"

"哦——原来你就是乔丹·贝克[3]啊。"

---

〔1〕 1922年美国发行量最大的报刊之一。因为菲茨杰拉德的许多短篇小说都刊登于此，所以他也被人称为"报刊作家"。

〔2〕 威斯彻斯特县位于纽约城郊。

〔3〕 这个名字糅合了两家汽车制造公司的名称：运动型的乔丹牌汽车公司和保守型的贝克电气公司。菲茨杰拉德曾于1924年12月20日告诉编辑麦克斯韦尔·珀金斯，乔丹·贝克的原型是伊迪丝·卡明斯（Edith Cummings），后者赢得了1923年的美国业余女子高尔夫球赛冠军。

我现在才明白为什么她看上去那么面熟了——她那张讨人喜欢又带着傲气的面庞，曾经从报道阿希维尔、温泉和棕榈海滩[1]的体育新闻的许多报刊的照片上张望过我。我还听到过有关她的传言，一些尖刻的、令人不悦的传言，不过究竟是什么，我早就忘了。

"晚安，"她轻声说，"八点叫醒我，好吗？"

"只要你起得来。"

"我起得来。晚安，卡拉威先生。改天再见。"

"你们当然会很快再见面的，"黛西肯定地说，"老实说，我想要做个媒。多来几趟，尼克，然后我就会——嗯——把你俩撮合在一起。比如，凑巧把你们关在被单橱柜里啦，或者把你们放在小船上，推到海里啦，诸如此类的……"

"晚安，"贝克小姐从楼梯上喊道，"我一个字都没听见。"

"她是个好女孩，"过了一会儿，汤姆说，"他们不应当让她这样全国各地到处跑。"

---

〔1〕 阿希维尔，位于北卡罗来纳州；温泉，位于阿肯色州；棕榈海滩，
　　位于佛罗里达州。以上三个美国城镇都是著名的旅游胜地，小说中
　　贝克小姐曾多次前往这些地方参加高尔夫球赛。

"谁不应当？"黛西冷冷地问。

"她家里人。"

"她家只有一个姑妈，老得有上千岁了。再说，尼克以后会照顾她的，是不是，尼克？她今年夏天会常来这儿度周末。我看这儿的家庭影响对她会大有好处。"

黛西和汤姆沉默地对视了一会儿。

"她是纽约人吗？"我赶紧问。

"路易斯维尔[1]人。我们在那里一起度过了纯洁的少女时代。我们那美丽纯洁的——"

"你是不是在阳台上跟尼克说什么贴心话了？"汤姆突然质问道。

"我说了吗？"她看着我，"我好像不记得了，不过我想我们谈论北欧人种来着。对，我确定我们谈了，不知不觉就聊到了这个话题，你知道，首先——"

"你听到的话不能全信，尼克。"汤姆告诫我。

我轻描淡写地说我什么都没听到，几分钟之后我就起身回家了。他们把我送到门口，两人并肩站在一方让人愉悦的灯光里。当我发动引擎的时候，黛西忽然发号施令似

---

[1] 路易斯维尔（Louisville），美国南部肯塔基州的城市。菲茨杰拉德曾于 1918 年短暂地在这座城市附近的扎迦利·泰勒营地服役。

的喊道："等等！"

"我忘了问你一件事，很重要的事。我们听说你在西部跟一个女孩订婚了。"

"不错，"汤姆友善地附和，"我们听说你订婚了。"

"那是造谣。我太穷了。"

"可是我们听说了。"黛西坚持说道，她的姿容再次像花朵一般绽开，令我惊诧不已，"我们听三个人说过，所以一定是真的。"

当然，我知道他们指的是什么，但是我压根儿就没订婚。我来东部的原因之一，正是为了避开那些说我要结婚的流言蜚语。你不能因为害怕流言就和一个老朋友断绝来往，但另一方面，我也不想迫于流言的压力而结婚。

他们的关心倒很让我感动，也使他们不显得那么有钱和高不可攀了。虽然如此，我开车离去时，还是感到困惑，也有点厌恶。在我看来，黛西现在该做的就是抱着孩子冲出这座房子——可是显然她头脑里并没有这种打算。至于汤姆，他"在纽约有个女人"这种事倒不足为奇，让人惊奇的是他会因为读了一本书而沮丧。不知什么在促使他啃那些陈腐的学说，也许他那强壮的体格赋予他的自尊自大已经不再能滋养他那颗傲慢专断的心了。

路边旅馆的屋顶上和加油站门前的场地中已经是一片

盛夏景象，一台台崭新的红色加油泵蹲坐在一圈圈的灯光里。我回到我在西卵的"庄园"，把车开进车棚，在院子里一台弃置的割草机上坐了一会儿。风儿已经平息，留下一个鼓噪而明亮的夜晚。鸟儿在树丛中扑打着翅膀，大地像是一个拉满的风箱，吹得青蛙充满生机，奏出绵延不断的风琴声。一只猫的剪影在月光中踯躅而行，我转过头去看它的时候，发现自己并非独自一人——五十英尺外，有个人从隔壁公馆的影子中走了出来。他站在那儿，双手插在口袋里，仰望着夜空中仿佛撒落的胡椒粉一样的银色繁星。他的举止悠闲，双脚稳稳地踏在草坪上，看来就是盖茨比先生本人，出来确定我们本地的天空哪一片是属于他的。

我决定跟他打声招呼。贝克小姐在晚餐时提到了他，我可以借此做自我介绍。但是我没有，因为他突然做了一个动作，仿佛暗示他正在享受独处——他朝着幽暗的海水伸出双臂，那样子真令人费解。尽管我离他很远，但我发誓，我看见他正在发抖。我不由得朝海面望去——什么都辨认不清，除了一盏绿灯，又渺小又遥远外，或许是点亮在一座码头的尽头。当我再去看盖茨比时，他已经不见了，我又独自待在这不平静的黑暗中。

第二章

在西卵和纽约之间大概一半路程的地方，公路匆匆与铁道会合，和它并行四分之一英里，为的是躲开一片荒凉之地。这是一个灰烬之谷[1]——在这个奇异的农场上，灰烬像麦子一样生长，长成山脊、山丘和荒诞怪异的园子，又长成了房屋、烟囱和冉冉升起的烟雾的形状，最后，借由一股鬼使神差般的力量，长成了一个个隐约走动的人，却又已然在粉尘飞扬的空气中灰飞烟灭了。偶尔有一列灰色的车厢沿着看不见的轨道爬行，嘎吱一声鬼叫，停了下来，那些土灰色的人马上拖着沉重的铲子蜂拥而上，扬起一片穿不透的烟云，将他们隐秘的活动和你的目光屏蔽开来。

然而稍过一会儿，在这片灰蒙蒙的土地和永远像一阵阵痉挛一般笼罩在它上空的黯淡尘埃之上，你就会察觉到

─────────────

〔1〕"灰烬之谷"的原型是纽约皇后区的日冕垃圾场，是一片填埋沼泽而成的垃圾堆。

T. J. 埃克尔堡医生的眼睛。埃克尔堡医生的眼睛湛蓝而巨大——仅瞳仁就有一码高。它们并不是从什么人的脸上张望，而是从一副架在一个不存在的鼻子上的硕大黄边眼镜后眺望。显然，是某个极爱打趣的眼科医生把它们立在那儿的，想为他在皇后区的诊所招徕生意。后来，也许他自己沉落入土，永远地闭上了眼睛，或者忘掉了这个招牌迁至异乡。而这双眼睛，由于日晒雨淋，常年无人上漆，已经有些黯淡，却仍若有所思地俯视着这片阴沉沉的垃圾场。

灰烬之谷的一边有条污臭的小河。每当吊桥拉起让驳船通过的时候，等候过桥的火车上的乘客就可以盯着这片阴郁的景象看上半个小时之久。平时，火车在这儿也至少会停留一分钟，正由于如此，我才第一次见到了汤姆·布坎南的情妇。

他有个情妇，这是所有认识他的人都认定的事实。他总带着她在大家常去的餐馆出现，把她一个人扔在餐桌边，自己则到处闲逛，跟任何他认识的人聊天。熟人们很反感他这一点。尽管我对这位情妇的样貌有些好奇，但是并没想和她见面——不过我还是见到了她。一天下午，我和汤姆一起坐火车去纽约。火车在灰堆旁停下的时候，他突然跳起来，拽住我的臂肘，硬生生地把我拉下了车。

"我们下车，"他坚持道，"我让你见见我的相好。"

　　我想他一定是午餐的时候喝高了，那种拉着我作陪的坚持近乎粗暴。他自大地以为，星期日下午我不会有什么更要紧的事可做。

　　我跟着他翻过一道刷得雪白的低矮的铁路栅栏，在埃克尔堡医生目不转睛的注视下，沿着公路往回走了一百码。视野里唯一的建筑就是一小排黄砖房子，坐落在这片荒凉之地的边缘，形成一条为这片土地服务而又四周什么都没有的微型"主街"[1]。这排房子有三家店铺，一家正在招租；另一家是通宵营业的餐馆，靠着一条小土道；第三家是个汽车修理行，招牌上写着："修车。乔治·B.威尔逊。买车卖车。"我跟着汤姆走了进去。

　　车行里很不景气，空空荡荡的，唯一能看见的汽车就是一辆盖满灰尘、破旧不堪的福特车，蹲伏在阴暗的角落里。我突然想到，这家像影子一样的修理行一定是个幌子，在我头顶上一定隐藏着奢华而浪漫的寓所。就在这时，老板出现在一间办公室门口，用一块破布擦着手。他有一头金发，无精打采、面无血色，模样倒有几分英俊。他看见我们的时候，那双浅蓝色的眼睛里跃出一线黯淡的希望。

---

〔1〕 美国小城镇通常有一条商店集中的大街，称为"主街"。

"你好啊，威尔逊，老伙计，"汤姆说着，嘻嘻哈哈地拍拍他的肩膀，"生意怎么样？"

"马马虎虎吧，"威尔逊无力地答道，"你什么时候把那辆车卖给我啊？"

"下星期。我已经叫我的人修整它了。"

"他手脚挺慢的，是吧？"

"不，他不慢。"汤姆冷冷地说，"如果你这么想的话，我还是把它卖给别人算了。"

"我不是这个意思，"威尔逊立刻解释道，"我只是说——"

他的声音渐渐消失，汤姆有些不耐烦，四下打量着车铺。接着，我听见楼梯上传来脚步声，片刻后，一个女人粗壮的身影挡住了办公室门口的光线。她三十五六岁，有点发胖，却像有的女人一样，多余的肉反添了几分性感。她的面庞横在一件沾着污渍的深蓝色中国绉纱连衣裙上，没有棱角，也没有美感，但是能让人一下子感觉到她的活力，仿佛她全身的神经都在不停地燃烧。她缓缓一笑，从她丈夫身边穿过，仿佛他是个鬼影。她握了握汤姆的手，两眼放光地看着他。然后她舔了舔双唇，头也不回地用轻柔而沙哑的声音对她丈夫说：

"你怎么不去搬几把椅子来呀，得让人家有坐的地方啊。"

"哦，对。"威尔逊连忙应道，往小办公室走去，他的身影马上就跟墙上的水泥颜色融为一体。灰白色的尘埃蒙住了他深色的外套和浅色的头发，也蒙住了周围的一切——除了他的妻子。她向汤姆贴了过去。

"我要见你，"汤姆热切地说，"搭下一班火车。"

"好。"

"我在车站底层的报亭旁边等你。"

她点了点头，从他身边走开，刚好乔治·威尔逊提着两把椅子从他办公室门口出来。

我们在公路旁没人能看见我们的地方等她。再过几天就是 7 月 4 日[1]了，一个满身灰土、骨瘦如柴的意大利小孩正沿着铁轨放一排鱼雷炮。[2]

"这地方真糟糕，是吧。"汤姆看着冲着他皱眉的埃克尔堡医生，也皱了皱眉。

"太糟了。"

"离开这儿对她有好处。"

"她丈夫不反对吗？"

---

〔1〕 美国独立日。
〔2〕 一种由冲击力引爆的鞭炮。

"威尔逊？他以为她是去纽约看她妹妹。他是个蠢材，连自己是不是活着都不知道。"

于是汤姆·布坎南和他的相好还有我一起去了纽约——或许不算是完全"一起"，因为威尔逊太太很知趣地坐在另一节车厢。汤姆还是做了这一点让步，他不想引起可能在这列火车上的其他东卵村人的反感。

她换上了一条棕色花布连衣裙。到了纽约，汤姆扶她下到站台上时，她那十分宽大的臀部把裙子绷得紧紧的。她在报亭买了一份《城市闲话》[1]和一本电影杂志，又在车站的药店[2]买了点冷霜和一小瓶香水。上楼之后，在阴沉、回声隆隆的车道旁，她打发了四辆出租车，最后选中一辆浅紫色配有灰色坐垫的新车。我们坐着它慢慢驶出庞大的车站，开进灿烂的阳光里。可是她马上又猛然从车窗边转过头来，探身向前，敲了敲车的前窗玻璃。

"我要一只那样的狗，"她热切地说，"我想在公寓里养一只狗，有一只多好啊——一只狗。"

---

〔1〕 应为一种杂志的名称。当时没有杂志以此命名，菲茨杰拉德或许希望读者发现，这个名字模仿的是当时的一份八卦杂志《城市主题》（*Town Topics*）。在作者的初稿中，这个杂志名称出现在第三章，第7页，其下方标有"Topics"（主题）字样。
〔2〕 美国的药店兼售小吃、香烟、饮料及其他杂货。

我们的车退回到一个灰白头发的老人跟前，他长得和约翰·D.洛克菲勒[1]出奇地相像。一只篮子摇摇晃晃地挂在他脖子上，十几只刚出生的小狗蜷缩在里面，看不出是什么品种。

"它们是什么品种的？"老人刚走到出租车窗前，威尔逊太太就急着问。

"什么品种都有。您想要哪种，太太？"

"我想要只警犬，我看你没有吧？"

老人犹豫地往篮子里瞅了瞅，把手甩进去捏着一只小狗的颈背拎了出来，小狗的身子扭来扭去。

"这可不是警犬。"汤姆说。

"对，不是正宗的警犬。"老人说，声音里带着失望，"更像是一只艾尔谷犬。"[2]他抚摸着小狗后背上棕色毛巾似的皮毛，"瞧瞧这身皮毛。真是一身好皮毛。这种狗绝不会感冒，给您添麻烦的。"

"我觉得它好可爱。"威尔逊太太兴高采烈地说，"多少钱呀？"

---

[1] 洛克菲勒（1893—1937），美国亿万富翁，创立了标准石油公司。
[2] 艾尔谷犬原产英国，拥有黑色和棕褐色相间的独特皮毛，体格健壮，是比较理想的看家犬。

"这只狗吗？"他用赞赏的眼光看着小狗，"要您十美元吧。"

这只艾尔谷犬——的的确确它身上有些艾尔谷犬的特征，尽管爪子白得出奇——就这样有了新的主人，坐进威尔逊太太的怀里。她欢天喜地地爱抚着那不怕伤风着凉的皮毛。

"它是男孩还是女孩呀？"她娇滴滴地问。

"那只狗吗？那只狗是男孩。"

"它是个婊子。"[1]汤姆断然说，"给你钱。拿去再进上十只狗。"

我们的车开到第五大道。[2]在这夏天的星期日下午，天气温暖和煦，简直有一派田园气息。要是看见一大群雪白的绵羊突然从街角拐出来，我也不会感到惊讶。

"停一下，"我说，"我得在这儿跟你们分开了。"

"不，你不能走，"汤姆急忙插话，"如果你不跟我们一起去公寓，茉特尔会伤心的。是不是，茉特尔？"

"来吧，"她劝我道，"我会打电话叫我妹妹凯瑟琳来。有眼光的人都说她特别漂亮。"

---

〔1〕 英文原文为"bitch"，这个词意为"母狗"，还有"婊子"的意思。

〔2〕 曼哈顿有许多顶级店铺和百货商店都坐落在这条南北向的大街上。

"呃，我很想去，不过——"

我们继续前进，又掉头穿过中央公园，朝西城一百号以上的街区驶去。到了一百五十八号街[1]，出现了一长排白色蛋糕一样的房子，车子在其中一幢前面停下来。威尔逊太太俨然一副女王回宫的架势，瞥了一下四周，然后带着她的小狗和采购来的其他东西，趾高气扬地走了进去。

"我要叫麦基夫妇上来，"我们乘电梯时她宣布，"当然我还要打电话叫我妹妹也来。"

他们的公寓在顶层，有一间小客厅，一间小餐厅，一个小卧室，还有一个浴室。一套织锦布装饰的家具实在太大，把客厅挤得满满当当的，一直顶向门口。因此，人在屋子里走的时候，时不时就会撞到装饰布面中一位位凡尔赛宫花园里荡秋千的仕女身上。墙上唯一的画是一张放得过大的照片，乍一看像是一只母鸡蹲在一块模糊不清的石头上。不过从远处望去，母鸡变成了一顶帽子，帽子下面是一个粗胖老太太的笑脸，她正俯视着房间。桌子上放着几本往期的《城市闲话》，还有一本《彼得·西蒙传》[2]和

---

[1] 茉特尔的公寓正位于曼哈顿区华盛顿高地，这片地方虽受人尊敬却并非时髦的住宅区。

[2] 菲茨杰拉德认为，罗伯特·基布尔（Robert Keable,1887—1927）所著的这部畅销小说（伦敦康斯特布尔出版社 1921 年出版）有（转下页）

几本报道百老汇[1]绯闻的小刊物。威尔逊太太首先关心的是那只狗。一个电梯工不太情愿地弄来了一只垫满稻草的盒子和一些牛奶，又自作主张地在牛奶里放上一听又大又硬的狗食饼干——有一块饼干整整一下午冷冷地泡在一碟牛奶里，泡得稀巴烂。这时候，汤姆从一个上了锁的柜子里取出一瓶威士忌。

我平生只喝醉过两次，第二次就是在那个下午。所以，随后发生的一切都被蒙上了一层模糊的薄雾，尽管晚上8点以后公寓里仍然充满灿烂的阳光。威尔逊太太坐在汤姆的怀里，给好几个人打了电话；然后香烟没有了，我就去街角的药店买了一些。等我回来时，他们俩都不见了，于是我很知趣地坐在客厅里，读了读《彼得·西蒙传》的一章——或许是它写得太烂，或许是威士忌把我搞得神志不清，总之我压根没有看懂。

（接上页）伤风化。详情见菲茨杰拉德在 1923 年 6 月 23 日《文学摘要》上刊登的对审查制度的评价（see F. Scott Fitzgerald, *His Own Time*, ed. Matthew Joseph Bruccoli and Jackson R. Bryer, Kent, Ohio: Kent State University Press, 1971, p.170）。小说的主人公虽身为军队专职牧师，却陷入了一段婚外情。1924 年 7 月，小说于美国发行第 88 版，由达顿出版社出版。

[1] 纽约一条两旁分布着众多剧院的街道，是美国戏剧和音乐剧的重要发祥地。

汤姆和茉特尔——第一杯酒下肚之后，威尔逊太太和我就互相直呼名字了——重新露面，客人们就开始来敲公寓的门了。

茉特尔的妹妹凯瑟琳是一个苗条而俗气的女人，年纪三十岁上下，留着硬硬黏黏的波波头，脸上用粉搽得像牛奶一样白。眉毛是拔过又画上去的，眉尖勾得更弯，但是自然的力量却让新眉毛沿着原本的眉线长出，这种重影让她的面目显得有些模糊。她一动，手臂上数不清的陶制镯子就会沿着她的胳膊上下滑动，不停地叮当作响。她像主人一样匆匆进屋，扫视了一遍四周的家具，仿佛这些都是她的，这让我怀疑她就住在这里。但是当我问起时，她夸张地放声大笑，提高嗓门儿重复了一遍我的问题，然后告诉我她和一个女性朋友住在旅馆里。

楼下公寓的麦基先生是个皮肤苍白、女里女气的男人。他刚刮过胡子，因为他颧骨上还留着一点白色的肥皂沫。他毕恭毕敬地跟屋里每个人打了招呼。他告诉我他是"玩艺术"的，后来我才弄明白，他是个摄影师，墙上挂着的那张威尔逊太太母亲的照片就是他放大的，模糊得像一个飘荡的幽灵。他的妻子尖声细气，无精打采，相貌挺美，但令人生厌。她得意地告诉我，自从结婚以来，她丈夫已经为她拍了一百二十七次照片了。

威尔逊太太不知何时换了一身行头，现在盛装亮相，穿的是一件做工精致的乳白色雪纺绸下午装，在屋里扫来扫去，不断发出沙沙的声响。在衣服的作用下，她的神态也变了。她在汽车修理铺时那种极其引人注意的强烈的活力，此刻变成了盛气凌人的架势。她的笑声，她的姿势，她的谈吐，一刻比一刻做作得厉害。随着她不断膨胀，屋里的空间显得越来越小，包裹着她，直到后来，她仿佛在烟雾弥漫的空气中站在一个吱嘎作响的轴上不停地转动。

"我亲爱的，"她装腔作势地大声对她妹妹说，"这年头多数人都在想方设法骗你。他们满脑子都是钱。上个星期，我叫一个女人上来修修我的脚，等她拿出账单来，你一定以为她给我割了阑尾[1]呢。"

"那女人叫什么？"麦基太太问。

"埃伯哈特太太。她走街串巷上门给人修脚。"

"我喜欢你的裙子。"麦基太太说，"我觉得它真漂亮。"

威尔逊太太轻蔑地把眉毛一挑，回绝了这句恭维话。

"不过是一件破烂的过时货，"她说，"我不在乎自己是

---

[1] "阑尾"一词在英文中的正确说法是"appendix"，但是在原文中，茉特尔却说成了"appendicitus"，暗示茉特尔属于说拉丁语族的族裔（意大利裔、西班牙裔、法裔等）。

什么样儿的时候，就把它往身上一套。"

"可是穿在你身上就显得特别漂亮，你明白我的意思吧，"麦基太太照旧说下去，"如果切斯特能把你这姿态拍下来，我想一定会是幅杰作。"

我们都安静地看着威尔逊太太，她撩开眼前的一缕头发，转回头来对我们粲然一笑。麦基先生把头歪向一边，专注地端详着她，然后把一只手伸到面前慢慢地前后比画。

"我得改换一下光线，"过了一会儿，他说，"我想把她面貌的立体感表现出来。我还要设法把后面的头发都拍进去。"

"我可不觉得需要换光线，"麦基太太喊道，"我觉得这——"

她丈夫说了声"嘘"，于是我们又把目光投向摄影的主体。这时候，汤姆·布坎南大声打了个哈欠，站起身来。

"麦基，你们两口子喝点什么吧，"他说，"再搞点冰和矿泉水来，茉特尔，不然大家都要睡着了。"

"我早让那男孩去拿冰块了。"茉特尔挑了挑眉毛，对下人的懒惰无能表示失望，"这些人！你非得一直盯着他们才行。"

她看着我，莫名其妙地笑了笑。然后蹦蹦跳跳跑到小狗跟前，忘形地亲了亲它，接着大摇大摆地走进厨房，好像有十几个大厨正在那里等她吩咐似的。

"我在长岛那边拍过一些很好的照片。"麦基先生一本正经地说。

汤姆茫然地看着他。

"有两幅我还装上了框挂在楼下。"

"两幅什么？"汤姆问道。

"两幅专题作品。其中一幅我称为《蒙托克角[1]——海鸥》，另一幅叫《蒙托克角——大海》。"

茉特尔的妹妹凯瑟琳挨着我在沙发上坐了下来。

"你也住在长岛那边吗？"她问道。

"我住在西卵。"

"真的吗？大约一个月以前我去那儿参加了一场宴会。在一个叫盖茨比的人家里。你认识他吗？"

"我住在他隔壁。"

"啊哟！他们说他是德国皇帝恺撒·威廉的侄子或者表亲什么的，他的钱都是那么来的。"

"真的？"

她点点头。

---

〔1〕 蒙托克角：即纽约长岛的最东端。

"我有点怕他。可不想跟他有什么瓜葛。"

我邻居这些引人入胜的消息被麦基太太打断了，她突然指着凯瑟琳：

"切斯特，我觉得你能给她拍张好照片。"她脱口而出。不过麦基先生只是不耐烦地点了点头，把注意力又转向汤姆。

"如果能有人介绍的话，我想在长岛多做些业务。我唯一需要的就是有人能帮我开个头。"

"问茉特尔好了，"这时候威尔逊太太正端着托盘进来，汤姆说着，突然发出一阵短暂而响亮的笑声，"她会给你写封介绍信，对不对，茉特尔？"

"干什么？"她吃惊地问道。

"你给麦基写一封介绍信去见你丈夫，然后他就会为你丈夫拍几幅专题作品。"他的嘴唇不出声地动了几下，接着随口编道："《油泵前的乔治·B.威尔逊》或者诸如此类的玩意儿。"

凯瑟琳凑到我耳边，小声对我说：

"他们俩都受不了自己的那口子。"

"受不了？"

"受不了。"她看看茉特尔，又看看汤姆，"我是说，既然受不了，干什么还继续和他们一起生活？如果我是他俩，就马上离婚然后跟对方结婚。"

"她也不喜欢威尔逊吗？"

对这个问题的回答出人意料。它来自茉特尔，她听到了我们的对话，答得既粗鲁又低俗。

"你瞧，"凯瑟琳得意扬扬地喊道，然后又压低了嗓门儿，"其实都是因为他老婆，害得他们不能在一起。她是天主教徒，那些人不赞成离婚。"

黛西不是天主教徒，这煞费苦心编造的谎言让我有点震惊。

"等到他们真结了婚，"凯瑟琳继续说道，"他们准备去西部住一阵，等风头过去再回来。"

"去欧洲会更稳妥吧。"

"哦，你喜欢欧洲吗？"她惊讶地大声问道，"我刚从蒙特卡洛〔1〕回来。"

"真的啊！"

"就在去年。和另一个姑娘一起去的。"

"待得久吗？"

"没多久，我们只去了一下蒙特卡洛就回来了。我们路

---

〔1〕 该城市位于法国蔚蓝海岸地区，隶属于摩纳哥公国，以其赌场而闻名。

过了马赛。走的时候带了一千两百多美元，可是两天就在赌场的包房里被骗了个精光。[1]跟你说吧，我们回来的路上可惨了。老天，我恨死那个城市了！"

傍晚的天空在窗子上盛放开来，犹如地中海湛蓝而甘美的海水——这时麦基太太那尖厉的声音又把我拉回房间里。

"我也差点儿犯了个错误，"她精神抖擞地大声说，"我差点儿就嫁给了一个追了我好几年的犹太小子。我知道他配不上我。人人都不停跟我说：'露西尔，那家伙可配不上你啊。'可是，要不是遇见切斯特，他肯定把我弄到手了。"

"是啊，可是你听我说，"茉特尔·威尔逊边说边不住地点着头，"至少你没跟他结婚啊。"

"我知道我没有。"

"唉，可是我嫁了，"茉特尔含糊地说，"这就是你的事和我的事的区别。"

---

〔1〕"gypped"在美国口语中意为"被骗"。《牛津英语词典补编》(1927)引用了《了不起的盖茨比》中这个词的用法，并指出小说初版中拼写为"gyped"。但是 H. 温特沃斯（H. Wentworth）和 S. B. 弗莱克斯纳（S. B. Flexner）所编的《美国俚语词典》(1975)和 R. L. 查普曼（R. L. Chapman）所编的《新编美国俚语词典》(1986)都把《了不起的盖茨比》作为"gypped"一词的来源。

"你干吗嫁给他呢，茉特尔？"凯瑟琳质问道，"没人强迫你啊。"

茉特尔考虑了一会儿。

"我嫁给他，是因为我以为他是个绅士，"她终于说道，"我以为他挺有教养，可是他连舔我的鞋子都不配。"

"你有段时间可是爱他爱得发疯啊。"凯瑟琳说。

"爱他爱得发疯？"茉特尔难以置信地叫道，"谁说我爱他爱得发疯啦？我对他的迷恋还从来没有超过对那儿的那个男人的呢。"

她突然指着我，于是每个人都用责备的眼神看着我。我极力想用我的神情来表明，我从未在她过去的岁月里扮演过任何角色。

"我唯一发疯的时候就是结婚那会儿。很快我就知道自己犯了个错误。他借了人家最好的西装去结婚，而且竟然一直都没告诉我。有一天他不在家，人家来要。"她向四周望了望，看看都有谁在听她说话，"'哦，那是你的西装啊。'我说，'我还是第一次听说呢。'不过我还是把西装还给了他，然后栽在床上，猛哭了一个下午。"

"她真的应该离开他。"凯瑟琳又对我说，"他们俩都在那车行楼上住了十一年了。汤姆还是她的第一个情人呢。"

那瓶威士忌——已经是第二瓶了——在座的人此刻都

频频地把它斟来倒去，除了凯瑟琳，她"什么都不喝也感到飘飘然"。汤姆按门铃叫看门的人，让他去买一种出名的三明治，吃上能抵一顿晚餐。我想到外面去，在柔和的暮色中向东[1]朝公园走走，但是每次我要起身，都被卷入一阵激烈刺耳的争论中，就好像有根绳子将我拉回椅子里似的。城市上空我们这一排透着黄色灯光的窗户，对于暮色苍茫的街道上漫步观望的过客来说，一定蕴藏着几许人生的秘密。我也是这样的一个过客，正在抬头仰望、思索。我既在其中，又在其外，对人生的变幻无穷感到陶醉同时又拒斥。

茉特尔把她的椅子拉到我的旁边。突然，一股暖热的气息将她与汤姆第一次见面的故事向我倾倒过来。

"事情发生在两个面对面的小座位上，就是火车上经常剩下没人愿意坐的那两个座位。那天我来纽约看我妹妹，在她那儿过夜。他穿了一身礼服，一双漆皮鞋，我忍不住总朝他看，但是每次他一看我，我就不得不假装看他头顶上面的广告。火车到站我们下车时，他就挨在我身边，穿着雪白衬衫的前胸紧贴着我的胳膊——于是我告诉他我可

---

〔1〕 事实上，尼克应该从茉特尔的寓所向南走才能到中央公园。

要叫警察了，不过他知道我是骗他的。我神魂颠倒地跟着他上了出租车，都不知道自己坐的不是地铁。我脑子里一遍又一遍地念着：'人生苦短啊，人生苦短。'"

她转身看着麦基太太，她那做作的笑声响彻了整个屋子。

"亲爱的，"她大声说，"这身衣服我穿完就给你。明天我再去买一件。我要把所有该做的事儿列张单子。按摩、烫发，给小狗买个项圈，买个那种带弹簧的、小巧可爱的烟灰缸，再给妈妈的墓地买一个系黑丝结的花圈，可以摆一夏天的那种。我得写下来个单子，免得我忘了该做哪些事。"

已经9点钟了——一转眼我再看表时发觉已经10点了。麦基先生在一张椅子上睡着了，两手握拳放在大腿上，活像一张实干家的照片。我掏出手帕，把他脸上那一点叫我看着难受了一下午的干肥皂沫擦掉。

小狗坐在桌子上，两眼透过烟雾茫然地张望，时不时微弱地呻吟几声。屋子里的人一会儿不见了，一会儿又重新出现，准备要出发到什么地方去，可又找不到对方了，于是互相找着找着，发现彼此就在眼前。将近午夜时，汤姆·布坎南和威尔逊太太面对面站着，声音激昂地争论着威尔逊太太到底有没有权利提黛西的名字。

"黛西！黛西！黛西！"威尔逊太太大声喊道，"我什么时候想叫就叫！黛西！黛——"

汤姆·布坎南干脆利落地一挥手，一巴掌就把她的鼻子打出了血。

接下来，浴室地板上都是沾血的毛巾，女人的责骂声响起，在一片混乱之上回荡的是拖长声调、断断续续的痛苦的哀号。麦基先生从瞌睡中被吵醒，迷迷糊糊地往门口走。走到半路他回过头来呆呆地看着这场景——他老婆和凯瑟琳一面骂一面哄，手里拿着急救用的东西跌跌撞撞地在拥挤的家具中间跑来跑去，沙发上那个心碎的人儿血流不止，还想把一份《城市闲话》铺在凡尔赛图案的织锦上。于是麦基先生转过身去，继续走出门去。我也从衣架上取下帽子，跟了出去。

"改天过来一起吃午餐吧。"我们坐着嘎吱作响的电梯下楼时，他提议道。

"去哪儿？"

"随便什么地方。"

"手别碰升降杆。"电梯工不客气地说。

"抱歉，"麦基先生依然体面地说，"我不知道我碰到了。"

"好吧，"我表示同意，"我很乐意。"

……我站在麦基先生的床边，他坐在两层床单中间，只穿着内衣内裤，手捧着一本大相册。

"《美女与野兽》……《寂寞》……《杂货铺老马》……《布鲁克林大桥》……"

后来我半睡半醒地躺在宾夕法尼亚车站下层冰冷的候车室里，盯着早晨刚出的《论坛报》[1]，等待凌晨 4 点的那班火车。

---

〔1〕 贺拉斯·格里利（Horace Greeley，1811—1872）在纽约创办的一家报纸，之后与《先驱报》合并为《先驱论坛报》。

第三章

　　整个夏天的夜里，我邻居家的公馆常常传来音乐声。在他蓝色的花园里，男男女女像飞蛾一般在私语、香槟和繁星间来来往往。下午涨潮时，我看着他的客人从他的木筏的高台上跳水，或者躺在他的海滩的热沙上享受日光，而他的两艘摩托艇拖着滑水板，划破海湾的水面，在翻腾的海水泡沫上驶过。到了周末，他的劳斯莱斯就成了公共汽车，从早晨9点到第二天凌晨不停地往返，接送纽约城里的客人。而他的旅行车也像一只敏捷的黄色甲壳虫，疾驰着去火车站接所有的班次。每逢星期一，八个仆人，外加一个临时园丁，要用拖把、刷子、锤子、修枝剪子辛苦干上一天，来收拾前一晚留下的一片狼藉。

　　每个星期五，都会有五箱橙子和柠檬从纽约的一家水果店送到这里——而到了星期一，这些橙子和柠檬变成半拉半拉的干瘪果皮，堆成一个金字塔，从他的后门运走。他的厨房里有一台机器，只要管家的一根拇指在一个小按钮上按上两百次，半小时内就能将两百个橙子榨成果汁。

至少每两周一次，承办宴席的大队人马就会从城里赶来，带着几百尺帆布和足够的彩灯，把盖茨比巨大的花园装点得像一棵圣诞树。自助餐桌上各式冷盘琳琅满目，五香火腿周围摆满了五花八门的沙拉，还有像被施了魔法一样烤得金黄的油酥猪肉和火鸡。大厅里设有一个用纯铜杆搭起来的酒吧，备有各种杜松子酒、烈性酒和早被人们遗忘的甘露酒，大多数来赴会的女宾都太年轻，根本分不清这些酒的品种。

一到7点，管弦乐团就来了。不是那种五人小乐队，而是拥有双簧管、长号、萨克斯风、提琴、短号、短笛、低音鼓和高音鼓全套乐器的大乐团。最后一批游泳的客人已经从海滩上回来，正在楼上换衣服；纽约来的车五辆一排停在车道上；厅堂、客室和阳台都已经被红、黄、蓝三原色，女宾们争奇斗艳的新式发型和卡斯蒂利亚人做梦都想不到的美丽披肩[1]点缀得华丽而花哨。酒吧那边热闹非凡，一巡又一巡的鸡尾酒飘送到外面的花园里，直到后来整个空气都活跃起来，充满了喋喋的笑语、随意的戏谑、转瞬即忘的介绍，和彼此始终不知姓名的女人们亲热的

---

〔1〕 西班牙的卡斯蒂利亚出产精美的披肩。

攀谈。

　　大地蹒跚着离开了太阳，灯光显得越发明亮。此时管弦乐团演奏着黄色鸡尾酒乐曲[1]，众人那歌剧般的和声又提高了一个音调。笑声每分每秒都来得更加容易，一个逗人的词就会引发汹涌而至的哄然大笑。人群的变换也越来越快，一时间随着新来的客人膨胀，转瞬分散开来又马上聚拢——有人已经开始四处游逛，自信的女孩在肥胖而稳重的人之间穿梭，成为人群中的焦点，激起一阵欢乐而热烈的高潮，然后便带着胜利般的兴奋，在不断变化的灯光下，在如潮汐般变幻的面孔、声音和色彩中，迈着轻快的滑步离去。

　　突然，这些像吉卜赛人的姑娘中，有一个满身珠光宝气的，抓过一杯鸡尾酒，一饮而尽来壮壮胆子，接着就像弗里斯科[2]一样挥舞着双手，独自在帆布舞池中跳起舞来。现场沉静了片刻，乐团指挥殷勤地为她变换了节奏，人群中爆发出一阵叽叽喳喳的声音，因为有谣言传开，说她就

---

〔1〕 一种爵士乐。
〔2〕 乔·弗里斯科（Joe Frisco，1890？—1958），既是一名口吃喜剧演员，也是一位奇特的舞者，被认为是"黑底舞"的创始人。

是"弗里思"[1]里吉尔达·格雷[2]的替角。晚会正式开始了。

我相信第一次去盖茨比家的那天晚上，我是少数几个确实受到邀请的客人之一。很多人并没有受到邀请——他们直接就去了。他们坐上开往长岛的汽车，不知怎么就来到盖茨比家的门口。一旦到了那儿，只要有认识盖茨比的人引荐一下，他们就按照游乐场的行为规则自行其是了。有时候他们从来到走根本就没见着盖茨比。他们就是一心奔着晚会来的，这颗心就是入场券了。

我确实是受到邀请的。那个星期六一大早，一个身穿罗宾鸟蛋颜色[3]制服的司机穿过我家草坪，替他的雇主送来一张极其正式的请柬，上面说，如果我能参加当晚举办的"小型宴会"，盖茨比将感到不胜荣幸。他说他见过我几面，早就想登门拜访，却因种种特殊原因未能如愿——落款是"杰伊·盖茨比"，笔迹很气派。

晚上 7 点刚过，我身穿一套白色法兰绒便装[4]走到他

---

〔1〕《齐格菲尔德·弗里思》（*Ziegfeld Follies*）是 1907 年至 1931 年的一系列百老汇时事讽刺滑稽剧，制作人是弗洛伦兹·齐格菲尔德（Florenz Ziegfeld）。

〔2〕吉尔达·格雷（Gilda Gray, 1901—1959），综艺节目《齐格菲尔德·弗里思》中的明星，发明了"摆动舞"。

〔3〕美国罗宾鸟（又称知更鸟、青鸟）的蛋是蓝绿色的。

〔4〕20 世纪 20 年代，欧美男士夏季的标准装扮就是一条白色法（转下页）

的草坪上，很不自在地在一涡又一涡素不相识的人中间闲逛——尽管偶尔我也能看到在通勤火车上见过的面孔。我马上注意到，客人中散落着不少年轻的英国人，他们都穿着考究，面带一丝渴望，用热切的声音跟殷实富有的美国人低声交谈着。我敢说他们都在推销什么：要么是债券或者保险，要么是汽车。他们最起码都焦急地意识到，近在眼前就有唾手可得的钱，并且相信，只要几句话说得投机，钱就到手了。

我一到那儿就开始寻找主人，但是问了两三个人，他们都颇为惊诧地瞪着我，忙不迭地说完全不知道他的行踪。我只好偷偷溜向摆着鸡尾酒的桌子——只有在花园里的这个地方，一个单身汉才可以流连片刻，而不显得茫然和孤独。

我正想喝个酩酊大醉来摆脱这穷极无聊的尴尬，乔丹·贝克从屋子里走出来，站在大理石台阶的最上层，身子微微向后仰，轻蔑而好奇地俯视着花园。

无论人家欢不欢迎，我觉得有必要给自己找个伴，不然我就得开始跟身边走过的陌生人殷勤搭讪了。

"你好啊！"我大喊一声，朝她走去。我的声音穿过花

（接上页）兰绒长裤，另加一件深蓝色夹克衫或者运动上衣。

园，听起来太响，很不自然。

"我猜你也许会来的，"我走上去时，她心不在焉地答道，"我记得你就住在隔壁——"

她冷冷地握了握我的手，表示她答应待会儿再来理会我，然后侧耳去听两个穿着一模一样黄色连衣裙的姑娘的话，她们刚在台阶下停住脚步。

"你好！"她们一起喊道，"真遗憾你没赢。"

她们说的是高尔夫球锦标赛，她在上星期的决赛中输掉了。

"你不认得我们，"黄衣姑娘中的一个说道，"但是大约一个月前我们在这儿见过你。"

"你们后来把头发染了吧。"乔丹说。我吃了一惊，不过两个姑娘已经漫不经心地走开，她这句话也就只能说给早早升起的月亮听了。毫无疑问，这样一句话与当夜的晚餐无异，都像从承办宴席人的篮子里随手拿出来的。乔丹用她纤细的、金黄色的手臂挽着我，我们一道走下台阶，在花园里漫步。一盘鸡尾酒在暮色苍茫中飘到我们面前，我们找了个桌子坐下，同桌的有那两个黄衣姑娘和三个男人，每个人被介绍给我们的时候名字都说得含含糊糊。

"你常来参加这里的宴会吗？"乔丹问她身旁那个姑娘。

"上一次来就是见到你的那一次。"姑娘机灵而自信地答道。她转向她的同伴：“你也是吧，露西尔？”

露西尔也是。

“我喜欢来这儿，”露西尔说，“我从来不在意做些什么，所以总能玩得很开心。上次来这儿的时候，我在一张椅子上把礼服撕破了，他问了我的名字和地址——不出一个星期我就收到克罗里公司[1]寄来的包裹，里面是一件新的晚礼服。”

“你收下了吗？”乔丹问。

“当然收下了。我本来准备今晚穿的，可就是胸口有点大，得拿去改。礼服是淡蓝色，镶着浅紫色的珠子。要卖两百六十五美元呢。”

“会这样做事的人真是有点意思，”另外那个姑娘热切地说，“他不想得罪任何人。”

“谁不想？”我问道。

“盖茨比呗。有人告诉我——”

两个姑娘和乔丹神秘地靠拢到一起。

---

〔1〕 克罗里（Croirier's），1921—1922 年的纽约地区商铺索引录上并无这家店，而 20 世纪 20 年代巴黎著名的女装设计师保拉·普瓦雷女士（Mme. Paula Poiret，1879—1944）的女帽店位于纽约第五大道 562 号——同一条街 597 号即斯科里布纳大厦——所以菲茨杰拉德或许想用“克罗里”这个名字来影射“普瓦雷”。

"有人告诉我，有人认为他杀过一个人。"

我们全都不寒而栗。那三位不知姓甚名谁的先生也向前倾身，急着听个究竟。

"我觉得不太像是那样，"露西尔怀疑地争辩道，"他更可能是大战期间当过德国间谍。"

一位男士认同地点了点头。

"有个知道他底细的人这么跟我说的。他们是从小一起在德国长大的。"他肯定地向我们保证。

"噢，不对，"第一个姑娘说，"不可能是那样，因为打仗的时候他还在美国军队里呢。"我们又重新信了她的话，她倾身向前，兴致勃勃地说："你们趁他以为没人在看他的时候，瞧瞧他那样子。我敢打赌他杀过人。"

她眯起眼睛，哆嗦起来。露西尔也跟着打起哆嗦。我们都转过身，四处搜寻盖茨比的身影。尽管这些人都觉得世界上已没什么需要避讳的事情，但是一谈起他却仍然窃窃私语，这足以证明他激起了人们何等浪漫的遐想。

第一顿晚餐——午夜后还有一顿——此时已摆上桌面，乔丹邀我到花园另一边，和她的朋友们围坐在一张桌子边。那里一共有三对夫妇，还有乔丹的一个护花使者。这个固执的大学生，说起话来含沙射影，并且显然在心底里认为乔丹迟早会多少委身于他。这伙人不四处转悠，而是正襟危坐，自成一体，并且俨然自封为庄重的乡间贵族代表——东卵人屈尊莅临西卵，并且小心翼翼地提防着，生怕陷入它光怪陆离的欢愉中。

"我们走吧，"这样无谓地耗掉了半个小时之后，乔丹小声对我说，"这里对我来说太斯文了。"

我们两人起身，她解释说我们要去找主人——她说我还从来没见过他，这让我感到不安。那位大学生点点头，一副无所谓又略带沮丧的样子。

我们先瞧了瞧酒吧，人很多，但盖茨比不在那儿。她从台阶上往下看，找不着他，阳台上也没有。我们偶然推开一扇看上去很庄重的门，来到了一间屋顶高高的哥特式图书室，四壁镶嵌着英国的雕花橡木，有可能是从海外某处古迹原封不动地运过来的。

一个矮胖的中年男人，戴着好大一副猫头鹰眼式的眼镜，有点醉醺醺地坐在一张大桌子边上，恍恍惚惚地盯着架子上的一排排书。[1] 我们一进门，他就兴奋地转过身来，把乔丹从头到脚打量了一番。

---

[1] 一般认为，这个角色的原型是菲茨杰拉德的朋友，作家林·拉德纳（Ring Lardner，1885—1933），后者有个外号"猫头鹰眼"。不过拉德纳并不矮胖，也不戴眼镜。

"你觉得如何？"他冒失地问。

"什么怎么样？"

他把手向书架一挥。

"那些啊。说实话你也不用劳神去确认了。我确认过了。它们全是真的。"

"那些书吗？"

他点点头。

"绝对是真的。一页一页的，什么都有。我起先还以为它们只是好看耐用的空书壳子呢。其实它们都是实打实的真东西。一页一页，还有——这儿！我拿给你们瞧。"

他想当然地以为我们不相信，冲到书架边，拿回来《斯托达德演说集》〔1〕的第一卷。

"看见了吧！"他得意扬扬地喊道，"这可是货真价实的印刷品。它真把我蒙住了。这家伙简直是贝拉斯科〔2〕。太棒了。多么一丝不苟！多么逼真！而且知道见好就收——

---

〔1〕 自 1897 年起，约翰·斯托达德（John L. Stoddard，1850—1931）出版了十五卷带插图的游记，题为"约翰·斯托达德系列讲座"。这本书的第九卷提到了查尔斯·狄更斯在罗切斯特附近的住所盖德山。

〔2〕 大卫·贝拉斯科（David Belasco，1854—1931），百老汇戏剧制作人，以其舞台布景的写实性而闻名。

没有裁开书页。[1]你还要怎样？你还指望什么？"

他从我手里把那本书一把夺过去，急急忙忙放回书架，嘟囔着说，少了一块砖，整个图书室都会坍塌。

"谁带你们来的？"他问道，"还是你们不请自来了？我是别人带来的，大多数人都是。"

乔丹机警而友好地看着他，并没有作答。

"一个姓罗斯福的女人带我来的，"他继续说，"克劳德·罗斯福太太。你认识她吗？昨天晚上我在什么地方遇见了她。我已经醉了有个把星期了，我以为坐在图书室里或许能让我清醒起来。"

"能吗？"

"有一点儿吧，我想。我还不敢说。我刚在这儿待了一个钟头。我跟你们讲过这些书吗？它们都是真的。它们是——"

"你跟我们讲过了。"

我们郑重地跟他握了握手，然后回到外边。

这时，有人在花园的帆布舞池里跳起了舞。上了年纪的男人们拥着年轻女孩跳着双人舞，他们推着女孩们

---

〔1〕 书页未被裁开，暗示着这本书还没有人读过。

后退，无止无休地转着难看的圈子。气质出众的男女拥在一起，在角落里扭着时髦的舞步——还有许多单身女孩在跳独舞，或者帮着管弦乐团弹会儿班卓琴，敲会儿鼓。到了午夜，这场狂欢更加热闹。一位著名的男高音用意大利语放声歌唱，一位声名不佳的女低音则演唱了爵士歌曲。其间，花园里各处都有人表演起自己的"绝技"，一阵阵欢乐而空洞的笑声响彻夏夜的天空。舞台上一对"双胞胎"——原来就是那两个黄衣姑娘——换上行头表演了一出儿童剧。香槟盛在一个个比洗手碗还要大的杯子里，被端了出来。月亮升得更高了，海湾里飘着一架三角形的银色天秤[1]，随着草坪上班卓琴铿锵的嘀嗒声微微颤动。

我仍然和乔丹·贝克在一起。跟我们同坐一桌的，是一个与我年纪相仿的男人和一个吵吵闹闹的小姑娘，最微不足道的小噱头都会让她忍不住放声大笑。我开始自得其乐起来。我喝了两大杯香槟，眼前的景象变得意味深长、质朴自然而又深奥莫测。

在娱乐表演的间隙，那位男士看着我，露出了微笑。

_____

〔1〕 指天秤星座。

"您看上去很面熟，"他客气地说，"战争期间，您是不是在第三师？"

"哎呀，是啊。我在第九机关枪营。"

"我在第七步兵团，一直待到 1918 年 6 月。我就知道在哪儿见过你。"[1]

我们聊了一会儿法国的那些潮湿、灰暗的小村庄。他

---

[1] 菲茨杰拉德不断在修订中改写主人公们的所属部队。在初稿中，尼克在第一师第二十八步兵团，盖茨比在第一师第十六步兵团。两团分属不同的旅（"一战"美国军队中每个师管辖两万八千名士兵，有两个旅，每个旅下辖两个步兵团和一个机关枪营）。在改稿中，尼克在第三师第九机关枪营，盖茨比在第三师第七步兵团。1918 年 6 月 6 日，第九机关枪营正驻扎在蒂里城堡，而第七步兵团也赶往此地防御。

第三师第九机关枪营（第六步兵旅下辖）则参加了下列战役：

1）（法国）埃那省保卫战 1918 年 6 月 1 日—6 月 5 日

2）（法国）蒂里城堡驻防 1918 年 6 月 6 日—7 月 14 日

3）（法国）马恩省香槟市保卫战 1918 年 7 月 15 日—7 月 18 日

4）（法国）埃那 – 马恩攻战 1918 年 7 月 18 日—7 月 27 日

5）（法国）韦勒河驻防 1918 年 8 月 4 日—8 月 9 日

6）（法国）默兹 – 阿尔贡攻战 1918 年 9 月 30 日—10 月 27 日

而第三师第七步兵团（第五步兵旅下辖）参加了下列战役：

1）（法国）埃那省保卫战 1918 年 6 月 1 日—6 月 5 日

2）（法国）蒂里城堡驻防 1918 年 6 月 6 日—7 月 14 日

3）（法国）马恩省香槟市保卫战 1918 年 7 月 15 日—7 月 18 日

4）（法国）埃那 – 马恩攻战 1918 年 7 月 18 日—7 月 27 日

5）（法国）默兹 – 阿尔贡攻战 1918 年 9 月 30 日—10 月 27 日

可见，这样的改写使尼克和盖茨比的军旅生涯有更多的交集。参见 *Battle Participation of Organizations of the American Expeditinary Forces in France, Belgium and Italy*, Washington D.C.: Government Printing Office, 1920。

显然住在这附近，因为他告诉我他刚买了一架水上飞机[1]，准备在早上试开。

"想跟我一块儿去吗，老兄？[2] 就在岸边沿着海湾转转。"

"什么时候？"

"随便什么时候，你方便就行。"

我正想问他的名字，话刚到嘴边，乔丹转过头来，冲我笑笑。

"现在开心了吧？"她问道。

"开心多了。"我又掉过头去跟我的新朋友说，"这对我来说是个奇特的宴会。我连主人都还没见过呢。我住在那边——"我朝远方那道看不见的篱笆挥挥手："这位姓盖茨比的派他的司机给我送来了一张请柬。"

他朝我看了一会儿，似乎没听懂我的话。

"我就是盖茨比。"他突然说。

"什么！"我惊叫了起来，"噢，真对不起。"

---

〔1〕 20 世纪 20 年代，这个词既指"摩托艇"，也指"水上飞机"。这里应指"水上飞机"，因为盖茨比要和尼克"一起乘水上飞机上天"。

〔2〕 这个表达方式很可能来自菲茨杰拉德在长岛大颈镇的好友马克斯·格拉克（Max Gerlach），据说他曾在禁酒令时期贩私酒。他的生平鲜有人知，只知道他于 1939 年在纽约法拉盛地区的一家二手车公司开枪自杀。

"我以为你知道呢，老兄。恐怕我这个主人做得不够好。"

他报以会意的一笑——不仅仅是会意。这是一种罕见的笑容，含着无限的安慰，或许你一辈子只能遇上四五次。刹那间这微笑面对着——或者似乎面对着整个永恒的世界，然后凝注在你身上，对你表现出不可抗拒的偏爱。它了解你，恰如你希望被了解的程度；它信任你，如同你信任自己的程度一样；它让你放心，它对你的印象正是你状态最好的时候希望留给别人的印象。就在那一瞬间，笑容消失了，我所看到的是一个举止优雅的年轻汉子，三十一二岁的年纪，说起话来一本正经，近乎滑稽。在他做自我介绍之前，我就强烈地感觉到，他说话的时候字斟句酌，谨小慎微。

正当盖茨比先生要介绍自己身份的那一刻，一个男管家急匆匆地跑来，告诉他芝加哥那边有人来电话。他站起来告辞，微微欠身，逐一向我们每一个人致意。

"有什么需要的话尽管开口，老兄，"他恳切地对我说，"抱歉，我稍后再来奉陪。"

他刚走，我就马上转向乔丹——迫不及待地想告诉她我的惊讶。我本来以为盖茨比先生是个红光满面、肥头大耳的中年人。

"他是什么人？"我急切地问，"你知道吗？"

"他就是一个姓盖茨比的男人呗。"

"我是说，他从哪儿来？是干什么的？"

"现在你也研究起这个问题来了，"她慵懒地笑着答道，"嗯，他有一次告诉我他是牛津大学毕业生。"

一个模糊的背景开始在他身后渐渐成形，但她的下一句话又让这背景消退了。

"不过，我并不相信他的话。"

"为什么不呢？"

"我不知道，"她坚持地说，"我就是不相信他上过牛津大学。"

她的语气之中有点什么使我想起另外那个姑娘说过的"我想他杀过一个人"，从而激起了我的好奇心。如果说盖茨比来自路易斯安那州的沼泽地区，或者是纽约东城南区[1]，我都会毫无疑问地相信。那是可以理解的。但是，年轻人不可能——至少依我这个没见过世面的人来看——不知从什么地方飘然驾临，在长岛海湾买一座宫殿式的别墅。

"不管怎么说，他办大型聚会呀。"乔丹转移了话题。

---

[1] 这个区域是贫民窟。

跟许多城里人一样，她不屑于具体细节，"我喜欢大型聚会。大家多亲密啊！小派对里没什么私人空间。"

低音鼓轰隆隆一阵响，乐团指挥的声音突然响起，压过了花园上空毫无意义的嘈杂声。[1]

"女士们，先生们，"他大声喊道，"应盖茨比先生的要求，我们将为各位演奏弗拉基米尔·托斯托夫先生的最新作品。这部作品5月在卡内基音乐厅[2]引起了极大关注。各位如果看报，便会知道当时的轰动盛况！"他带着欢快而居高临下的神情微笑着，又说道："可真叫轰动！"引得众人笑了起来。

"这首乐曲叫作，"他最后用洪亮的声音说，"《弗拉基米尔·托斯托夫的世界爵士乐史》。"

我无心欣赏托斯托夫先生的杰作，因为演奏一开始，我的目光就投向了盖茨比，他一个人站在大理石台阶上，

---

[1] 此处作者对"echolalia（嘈杂声）"的用法与《牛津英语词典补编》（1927）不同，但是它最贴切的意思是"对诗歌中一连串只重视发音而忽视意义的声音的蔑称"，出自《牛津英语词典》（1895）。菲茨杰拉德显然很喜欢这个词的发音，因为当他修订小说集《所有悲伤的年轻人》（1926）时，把它写进了短篇小说《赦免》（1924）："——倒下的男人纹丝不动地躺在那里，填充着他的屋子，用那些形形色色的声音和面孔填充它，直到各种毫无意义的嘈杂声把它挤满……"

[2] 位于纽约曼哈顿区的音乐会大厅，此地经常举办古典音乐演奏会。

用满足的目光看着一群又一群人。他的皮肤晒得黝黑，富有魅力地紧绷在脸上，短短的头发看起来像是每天都修剪一样。我从他身上看不出任何邪恶的东西。我在想是不是他不喝酒，所以才与客人们有所不同，因为在我看来众人愈是沆瀣一气，纵情喧闹，他反倒愈正派。《世界爵士乐史》演奏完毕，姑娘们像小狗一样美滋滋地把头靠在男人肩膀上，有的女孩嬉闹地向后仰倒在男人怀里，甚至倒进人群中，知道反正会有人把她们接住——但是没有人倒在盖茨比的怀里，也没有女孩的法式短发碰到他的肩膀，他也没有在四人小合唱里露过头。

"打扰您一下。"

盖茨比的男管家突然站在我们身旁。

"是贝克小姐吧？"他问道，"打扰您了，盖茨比先生想跟您单独谈谈。"

"跟我？"她惊讶地喊道。

"是的，女士。"

她慢慢地站起来，扬起眉毛诧异地看了看我，然后跟着男管家走向屋里。我注意到她穿着晚礼服，但她穿什么衣服都跟穿运动装一样——她的动作有一种活泼潇洒的特质，仿佛她当初就是在早晨空气清新的高尔夫球场上学会走路的。

留下我独自一人，已经快两点了。有一阵，阳台上方一个有很多窗户的长房间里传出困惑而令人好奇的声音。陪乔丹来的那位大学生正跟两个歌舞团的姑娘大谈助产术，央求我加入，于是我溜掉了，走进了屋子里。

大房间里挤满了人。黄衣女孩中的一个正在弹钢琴，一位个子高高的红发年轻女郎站在她旁边演唱。这位来自著名合唱团的歌手喝了不少香槟，所以在演唱中不合时宜地把一切都处理得非常非常凄惨——她不仅在唱，而且在哭。每逢曲中有停顿，她就用抽抽噎噎的啜泣声来填补，然后再用颤抖的女高音唱下去。泪水滑下她的脸颊——不过流得并不顺畅，因为一碰到她画得浓浓的眼睫毛，泪水就变成了墨水的颜色，像黑色的小溪一样继续慢慢往下流。有人开玩笑，建议她把脸上的音符唱出来，听到这话她两手向上一甩，倒在一张椅子里，醉醺醺地呼呼大睡起来。

"她跟一个自称是她丈夫的人吵了一架。"我身旁的一个姑娘解释道。

我向四周看看。大多数留下来的女客人都在跟自称是她们丈夫的人吵架。即使是乔丹那拨从东卵来的四个人，也由于意见不合闹分裂了。其中一个男人正跟一位年轻女演员聊得火热，他的妻子起初试图保持尊严，摆出漠然的样子一笑置之，但到后来彻底崩溃，采取了侧面攻击——

她时不时突然出现在他旁边，像一条被惹怒的毒蛇在他耳边咝咝地说：“你答应过的！”

不愿意回家的不只是任性放纵的男人。此刻大厅里还有两个毫无醉意的可怜男人和他们怒气冲天的太太。两位太太稍稍提高了嗓门儿，互相表示同情。

“每次他一看见我正玩得高兴，就想要回家。”

“这辈子就没听说过像他这么自私的。”

“我们总是最早离开的人。”

“我们也是。”

“好啦，今晚我们几乎是最后走的了，”其中一个男人怯生生地说，“乐团半个小时之前就撤了。”

尽管两位太太都认为这种用心险恶的话简直令人难以置信，但争吵还是在短暂的挣扎中结束了。两位太太都被抱了起来，两腿乱踢，消失在黑夜里。

我在大厅里等着侍者取回我的帽子的时候，图书室的门打开了，乔丹·贝克和盖茨比一起走出来。他正跟她说着最后一句话，但当几个人上前跟他道别时，他热切的神态陡然收敛，变得严肃起来。

乔丹那拨人在门廊里不耐烦地喊她，不过她还是逗留了片刻，跟我握手道别。

“我刚听到了最不可思议的事情，”她小声地说，“我们在里面待了多久？"

"怎么了，大约一个小时吧。"

"这事——太不可思议了。"她若有所思地重复道，"但我发过誓不跟别人说，现在又来吊你胃口了。"她当着我的面优雅地打了个哈欠："有空来看我吧……电话号码簿……西戈尼·霍华德太太的名字下面……她是我姑妈……"她边说边匆匆离开——她棕色的手潇洒地挥了挥，以示告别，接着她便融入了门口那拨人中。

第一次来就待到这么晚，我很不好意思。我走进围在盖茨比周围的最后一群客人中，想向他解释当晚我很早就在找他，还想为在花园里没有认出他来而道歉。

"别放在心上，"他恳切地嘱咐我，"别再想它了，老兄。"这个亲热的称呼和那抚慰在我肩头的手都让我感到不自在。"别忘了明天早上 9 点，我们一起乘水上飞机上天。"接着男管家来了，站在他背后说：

"费城来电话找您，先生。"

"好，就来。告诉他们我马上就来……晚安。"

"晚安。"

"晚安。"他微微一笑——突然之间我发觉，待到最后才走似乎成了一件愉快而有意义的事，仿佛他是一直希望如此的。"晚安，老兄……晚安。"

　　但是我走下台阶的时候，才发现晚宴并没有真正结束。离大门五十英尺的地方，十几盏车前灯照亮了一个古怪混乱的场面。一辆崭新的小轿车右侧向上栽在路边的水沟里，一只车轮被猛地撞掉了。这辆车开出盖茨比家的车道还不到两分钟。撞掉车轮的是墙上的一块凸起，五六个好奇的司机正围在那儿看。可是他们的车挡住了路，后面的司机不停地按喇叭，激起好一阵尖锐刺耳的噪声，使本已混乱不堪的场面变得更糟糕。

　　一个穿着长防尘风衣的男人从撞坏的车里爬了出来，站在路中央，看看车子，又看看车轮，再看看围观者，一脸开心又迷惑不解的神情。

　　"看见了吧！"他解释道，"车跑到沟里去了。"

　　这个事实让他惊诧不已。我先是认出了这大惊小怪的语气，然后认出了这个人——就是之前光顾盖茨比图书室的那位。

　　"怎么会这样？"

　　他耸了耸肩。

　　"我对机械一窍不通。"他断然说道。

　　"可这怎么会这样？你撞到墙上去了吗？"

　　"别问我。""猫头鹰眼"说着，极力撇清和整件事的关系，"我不大懂开车——几乎一无所知。事儿就这么发生

78

了，我只知道这些。”

"那么，既然你车开得不好，就不应该试着晚上开车。"

"可是我连试也没试，"他愤愤不平地解释道，"我根本没学过。"

旁观的人都惊愕得说不出话来。

"你想自杀吗？"

"幸亏只是撞掉了一个轮子！开得这么烂，还学都不学！"

"你们没明白，"这个罪人解释道，"不是我开的。车里还有一个人。"

这句声明引起的震惊令人们发出一连串的"啊——啊——啊！"的声音，这时小轿车的门慢慢打开了。人群——此刻已经是一群人了——不由得向后退。门大敞开的那一刻，人们一片死寂。然后，非常缓慢地，一个脸色煞白、晃来晃去的身影一点一点跨出被撞毁的车，一只大舞鞋试探地踏在地面上。

这位幽灵被车前灯晃得睁不开眼，又被此起彼伏的喇叭的抱怨声吵得晕头转向，他站在那里摇晃了一会儿，才认出那个穿着防尘风衣的人。

"怎么回事？"他镇静地问道，"咱们的车没油了吗？"

"看啊！"

六七根手指指向被撞掉的车轮——他盯着车轮看了一会儿，然后抬头往上瞅，好像怀疑这轮子是从天上掉下来的。

"轮子掉下来了。"有人解释道。

他点点头。

"刚开始我都没发现咱们停下来了呢。"

他顿了顿，深吸一口气，直起身板，用坚定的语气说："谁能告诉我哪里有加油站吗？"

至少有十来个人——其中有几个比他稍微清醒点——向他解释，轮子跟汽车已经没有任何有形的联系了。

"倒车，"过了一会儿，他提议，"挂倒车挡。"

"可是轮子掉啦！"

他迟疑了一下。

"试试也无妨嘛。"他说。

汽车喇叭的号叫声达到了高潮，我转身穿过草坪往家走。我回头望了一眼，一轮圆月照在盖茨比的别墅上，使夜色依旧美好，花园依旧灯光璀璨，欢声笑语却已经消散。一股突如其来的空虚好像从那些窗户和巨大的门里溜了出来，让主人站在门廊上的身影显得茕茕孑立，他正挥起手臂做出正式告别的姿态。

重读我写下的这些文字，我发现我已经给人这样的印象——相隔几星期的这三个晚上发生的事情就是我关注的全部。恰恰相反，它们只是一个繁忙的夏天里几件偶然的事情，而且随后很长一段时间里，我对它们远远不及对自己的私事那么关注。

大部分时间我都在工作。清晨，我匆匆沿着纽约南部大楼间的白色夹缝赶往正诚信托公司上班，太阳照在我身上留下向西的影子。我跟其他职员以及年轻的债券推销员混得很熟，一起在阴暗拥挤的饭馆里吃午餐，吃点小猪肉香肠和土豆泥，喝点咖啡。我甚至跟一个家住泽西城的会计部的女孩有过短暂的恋情。不过她哥哥看到我的时候，目光开始含有鄙夷的神色，所以趁她 7 月去度假，我就悄悄和她吹了。

我一般在耶鲁俱乐部[1]吃晚餐——不知道为什么，这是一天中最令我郁闷的事情——然后我就上楼去图书馆，认真地研究一个小时投资和证券。我周围通常会有几个吵闹的人，但他们从来不进图书馆，所以这里是个学习的好地方。之后，如果夜色甘醇，我就沿着麦迪逊大道[2]散步，

〔1〕 私人俱乐部，会员为耶鲁校友和教师，位于曼哈顿区范德比尔特大道和第四十四大街交会处的大中央车站对面。
〔2〕 位于曼哈顿区的一条南北向街道，距第五大道只有一街区之隔。

经过那座古老的默里山餐厅，再穿过三十三号街，去宾夕法尼亚车站[1]。

我开始喜欢纽约了，喜欢夜晚它那种奔放冒险的情调，喜欢那川流不息的男女和来来往往的车辆给应接不暇的眼睛带来的满足感。我喜欢走在第五大道上，从人群中挑出风情万种的女人，想象着几分钟之内我将要进入她们的生活，没有人知晓，也没有人反对。有时候，我会设想自己跟随她们回到位于隐秘街角的公寓。她们回眸一笑，然后走进门里，身影消退在温暖的黑暗中。在都市撩人的暮色里，我有时会感到一种难以排遣的寂寞，也发觉别人也有同感——那些可怜的年轻职员，在橱窗前徘徊游荡，等着独自一人去餐馆吃晚餐的钟点——黄昏里的他们，如此虚度着夜晚和一生中最心酸的时光。

又到了晚上8点，四十几号街[2]那阴暗的巷子里，五辆一排的出租车突突地响着，准备向剧院区驶去。我的内心一阵失落。出租车里等待的人影依偎在一起，说话的声

---

[1] 位于曼哈顿区第七大道和第三十三大街交会处的火车站。

[2] 指位于曼哈顿区中心的几条东西走向街道。剧院区南北大致以第四十二大街和第五十大街为界。尼克此时正沿着麦迪逊大道走着，所以他看到出租车都开向第六大道和第八大道之间的西区戏剧院（第五大道把曼哈顿区分为东西两部分）。

音如音乐般飘扬出来，听不见的笑话引起一阵欢笑，点燃的香烟在车里勾画出令人费解的姿态。我幻想着自己也在匆匆赶去寻欢作乐，分享着他们亲密的兴奋，于是不由得为他们祝福。

我有好一阵没见着乔丹·贝克，在仲夏时节我又找到了她。起初陪她到各处去的时候，我感到很荣幸，因为她是个高尔夫球冠军，人人都知道她的大名。但后来我发现不止于此。虽然没有真正爱上她，可我对她有一种温柔的好奇。她向世人摆出的那副厌倦而高傲的面孔下似乎隐藏着什么——大多数装腔作势归根结底都会隐藏些什么，即使起初并非如此——然后有一天，我找到了答案。当时我们一同去沃里克[1]参加一个别墅里的聚会，她把借来的车停在雨里，都没拉车篷，然后撒了个谎——我突然想起那晚在黛西家没想起来的关于她的事。她第一次参加大型高尔夫球锦标赛的时候，就闹出一场差点登报的风波。有人说半决赛时她挪动了一个处在不利位置上的球。这件事几乎成为丑闻——不过后来平息了。一个球童收回了他的话，仅剩的另一名见证人也承认他或许是搞错了。这段插曲却

---

〔1〕 位于纽约城郊，属于奥伦治县管辖。

和她的名字一起留在了我的脑海里。

乔丹·贝克本能地避开机灵而精明的男人，现在我明白了，这是因为她觉得在循规蹈矩的环境里比较安全。她无可救药地不诚实。她无法忍受居人之下，这种好胜心让我想到她从很小的时候就开始耍各种伎俩，以保持对世人那副冷漠孤傲的微笑，同时满足她那结实矫健的躯体的需要。

这对我倒无所谓。女人不诚实，人们也不会深责——我只是稍有点遗憾，过后就忘了。也是在那次聚会时，我们对于开车有过一段微妙的对话。起因是她开车从几个工人身旁擦过去，挨得太近，挡泥板蹭着了一个工人衣服上的纽扣。

"你车开得真烂，"我抗议道，"要么你该小心一点，要么你就干脆别开。"

"我很小心的。"

"不，你没有。"

"不要紧，反正别人很小心。"她轻巧地说。

"这跟你开车有什么关系？"

"他们会避开我的。"她固执地说，"要双方都不小心才会出车祸。"

"万一你碰到一个跟你一样粗心的呢。"

"我希望我永远碰不到。"她答道，"我讨厌不小心的人。所以我喜欢你。"

她那双灰色的眼睛被太阳照得眯了起来，直直地盯着前方，但是她已经故意改变了我们的关系，片刻之间，我认为我爱上她了。可我是个思维迟钝的人，而且满脑子的清规戒律像刹车一样遏制了我的欲望。我知道，我首先得从家乡那段感情纠葛中彻底解脱出来。我每星期给她写一封信，末尾署上"爱你的，尼克"，可我能想到的就是那个女孩打网球的时候，她的上唇上边隐隐出现像小胡子一样的细细的汗珠。不过，我们之前确实有些模糊的关系，我得将它巧妙地化解掉，才能获得自由。

每个人都觉得自己至少有一个主要的美德，而我的美德便是：诚实。我认识的诚实的人并不多，我自己恰好是其中一个。

第四章

星期天早晨，当教堂的钟声响彻沿岸村镇的时候，这个尘世和它的女人又回到盖茨比的别墅，在他的草坪上闪闪发光、纵情欢笑。

"他是个私酒贩子。"[1]年轻的女士们一边闲聊，一边在他的鸡尾酒和花之间穿梭。"有一次他杀了一个人，因为那人发现他是兴登堡[2]的侄子，魔鬼的表亲。递给我一朵玫瑰花，宝贝，再往我那水晶杯子里倒最后一滴酒。"

有一次我在一张火车时刻表的空白处写下那年夏天到

---

[1] 指在禁酒令期间（1919—1933年根据美国宪法第十八修正案，在美国境内禁止贩卖含酒精饮料）参与非法贩酒的人。《牛津英语词典补编》（1927）引用时指出，"bootlegger"最早于1890年使用，源于当时将非法的威士忌酒装入瓶中藏于靴内的做法，该词在禁酒期间广为流行。不过这个词曾被误用为码头工人从船上卸载酒箱时所穿的靴子。

[2] 保罗·冯·兴登堡（Paul von Hindenburg, 1847—1934），"一战"期间的德国陆军元帅，后来成为德国总统。

过盖茨比别墅的客人的名字。现在那张表已经很旧，折缝处快要裂开了，表头上印着"本表 1922 年 7 月 5 日起生效"。不过我还是能够看清那些褪色的名字，它们比我笼统的描述更能给你鲜明的印象，让你知道都是谁接受了盖茨比的款待，并以对他的一无所知，作为微妙的回礼。

好吧，从东卵来的有切斯特·贝克夫妇和利奇夫妇，还有一个叫本森的男人，我在耶鲁的时候就认识他。另外有韦伯斯特·西维特医生，他去年夏天在缅因州淹死了。还有霍恩比姆夫妇、威利·伏尔泰夫妇以及布莱克巴克一大家人，他们总是聚在一个角落里，无论谁走近，他们都会像山羊一样翘起鼻子。此外还有伊斯梅夫妇、克里斯蒂夫妇（或者说是休伯特·奥尔巴克先生和克里斯蒂先生的妻子）和埃德加·比弗，据说有一个冬天的下午他的头发无缘无故变得像棉花一样白。

我记得克拉伦斯·恩迪维是从东卵来的。他只来过一次，穿着一条白色的灯笼裤，在花园里跟一个叫埃蒂的小流浪汉打了一架。从岛上更远的地方来的有钱德勒夫妇和 O.R.P. 施罗德夫妇，佐治亚州的斯通瓦尔·杰克逊·艾布拉姆夫妇，还有费什加德夫妇和里普利·斯内尔夫妇。斯内尔在入狱前三天还来过，喝得烂醉躺在石子车道上，尤利西斯·斯韦特太太的汽车从他右手上碾了过去。丹西夫妇也来过，还有年近七十岁的 S. B. 怀特贝特，以及莫里斯·A.弗林克、汉姆海德夫妇、烟草进口商贝鲁加和他的女儿们。

从西卵来的有波尔夫妇、马尔雷迪夫妇、塞西尔·罗巴克、塞西尔·舍恩、州议员古利克和掌控着卓越电影公司的牛顿·奥基德。还有埃克豪斯特、克莱德·科恩、小唐·S.施瓦兹和阿瑟·麦卡蒂，他们都与电影界有这样或那样的联系。还有卡特里普夫妇、班姆博格夫妇和 G.厄尔·马尔东，就是后来勒死自己妻子的马尔东的兄弟。投资商达·方丹诺来过那里，还有爱德·勒格罗、詹姆斯·B.费里特（绰号"劣酒"）、德·琼夫妇和厄内斯特·利利，他们是来赌钱的，当费里特在花园里漫步的时候，就意味着他已经输光了，第二天联合运输公司的股票又会涨跌一番，这样他才能捞回老本。

一个叫克利普斯普林格的男人是那里的常客，待的时间又长，所以大家都叫他"房客"——我怀疑他根本就没有别的家。至于戏剧界人士，来的有格斯·维兹、霍拉斯·奥多纳万、莱斯特·梅尔、乔治·德克韦德和弗朗西斯·布尔。从纽约来的还有克罗姆夫妇、贝克海森夫妇、丹尼克夫妇、拉塞尔·贝蒂、克里根夫妇、凯利赫夫妇、迪瓦尔夫妇、斯卡利夫妇、S. W. 贝尔彻、斯默克夫妇、现在已经离婚的年轻的奎因夫妇，还有亨利·L.帕默多，他后来在时代广场[1]跳到一列地铁前自杀了。

本尼·麦克莱纳汉总是带着四个女孩来。每次来的都不是同一批人，但因为她们的装扮实在太像，所以不免看起来好像都来过似的。我不记得她们的名字了——杰奎琳，我想应该是，要不然就是康苏爱拉，或者格洛丽亚，或者朱迪，或者琼。她们的姓要么是悦耳的花名或月份名，要么是令人肃然起敬的美国大资本家的姓氏，如果你追问，她们会承认自己正是他们的表亲。

除了所有这些人之外，我还记得福斯蒂娜·奥布莱恩至少来过一次，还有贝达克姐妹和年轻的布鲁尔，他的鼻子在战争中被枪打掉了。另外有阿尔布鲁克斯博格先生和他的未婚妻海格小姐、阿尔迪塔·费兹－彼得夫妇和曾经当过美国退伍军人协会主席的P.朱厄特先生，以及克劳迪娅·西普小姐和一个据称是她司机的男伴，还有一位某个地方的亲王，我们叫他公爵，就算我曾经知道他的名字，现在也忘掉了。[2]

---

〔1〕 位于百老汇大道、第七大道和第四十二大街的交会处，是曼哈顿繁盛的戏院区及购物中心。

〔2〕 小说中盖茨比的宾客名单引起了学者们的兴趣，一些名字用了名人的姓，一些名字使用了动植物的名称，突出了宾客的追名逐利、头脑空空。参见 Robert Emmet Long, "The Vogue of Gatsby's Guest List," （转下页）

所有这些人那年夏天都来过盖茨比的别墅。

7月末的一天上午9点钟，盖茨比的豪华汽车沿着石子车道一路颠簸到我家门口，有三个音符的喇叭发出一阵悦耳的声响。这是他第一次来看我，而我已经参加过两次他的宴会，乘过他的水上飞机，而且在他的热情邀请之下时常去他的海滩。

"早上好，老兄。今天你要跟我一同吃午饭，我想我们就一起开车进城吧。"

他站在他车子的挡泥板上，保持着平衡，表现出美国人独有的机敏——我想这是由于年轻时不提重物，或者僵坐的缘故，更有可能是因为我们时不时就进行紧张的运动，练就了一种自然的优雅。这种特质让他坐立不安，时不时打破他谨小慎微的姿态。他一刻也不安静，总是用一只脚轻轻拍打着某个地方，要么就是手不耐烦地张开又握上。

他发现我羡慕地看着他的车。

"这车很漂亮，是吧，老兄？"他跳下来，让我看得

（接上页）in *Fitzgerald/Hemingway Annual* 1969, pp. 23–25; Ruth Prigozy, "Gatsby's Guest list and Fitzgerald's Technique of Naming," in *Fitzgerald/Hemingway Annual* 1972, pp. 99–112; Edward Stone, "More about Gatsby's Guest List," in *Fitzgerald/Hemingway Annual* 1972, pp. 315–316。

更清楚一点，"你以前没见过它吗？"

我见过。人人都见过。车子是浓郁的奶油色，镀镍的地方闪闪发亮，奇长的车身上，帽子盒、晚餐盒和工具盒从四处得意扬扬地鼓出来。层层叠叠的像迷宫一样的挡风玻璃映射出十几个太阳。我们坐在层层玻璃后面用绿色皮革装饰的像温室一样的车厢里，向城中驶去。

过去一个月里，我跟他交谈过五六次。让我失望的是，我发现他的话很少。因此，最初我以为他是某个神秘的大人物，可这第一印象已经渐渐消退，我只把他当成隔壁一家豪华旅馆的老板而已。

随之就是那次让我不安的同车之行。我们还没到西卵，盖茨比就把说了半截的文绉绉的话打住，犹豫不决地拍打着他淡褐色套装的膝盖处。

"我说，老兄，"他出其不意地突然说，"你对我到底是怎么看的？"

我有点不知所措，只好含糊其词，应付一下他的问题。

"好吧，我来给你讲讲我的身世。"他打断了我，"你听到这么多闲话，我不希望你对我产生误解。"

原来给他客厅里的谈话增添风趣的离奇指控，他是知晓的。

"上帝做证，我会告诉你实情。"他突然举起右手，像是突然召来了神力在旁见证，要是他说谎，就让上帝惩罚他，"我是中西部一个富裕人家的儿子——家人如今都去世了。我在美国长大，但是在牛津受的教育，因为多年来我的先人都是在那儿接受教育的。这是个家族传统。"

他斜着眼朝我望了望——我这才明白为什么乔丹·贝克会觉得他撒谎。他在说"在牛津受的教育"这句话时，一带而过，或者吞了一下，要不然就是噎了一下，似乎这个说法曾经困扰过他。有了这个疑点，他的整个一番话就瓦解了，我怀疑他是不是终究有些不可告人的事情。

"中西部什么地方？"我随便问了一句。

"旧金山。[1]"

"我明白了。"

"我家人都不在世了，所以我继承了一大笔钱。"

他的声音很肃穆，仿佛整个家族突然消亡的记忆仍让他心痛不已。有一会儿我怀疑他在耍弄我，但我瞥了他一眼，发现不是那么回事。

"后来我就生活得像个年轻的东方王公一样，到欧洲各国的首都——巴黎、威尼斯、罗马——收集珠宝，主要是

---

〔1〕 旧金山在美国西海岸，不属于中西部。

红宝石，捕猎大个儿的动物，画点东西，纯粹是为了自己消遣，尽力忘掉很久以前一件让我非常伤心的事。"

我好不容易才忍住没笑出来，这真令人难以置信。他的措辞太陈腐了，在我脑海里只能唤起这样的画面：一个裹着头巾的木偶在布伦园林[1]里追着一只老虎，边跑锯末子边从身体的每个孔隙往外漏。

"后来就打仗了，老兄。这倒是个解脱的大好机会，我想尽办法去死，但我这条命好像有老天保佑一样。战争开始的时候，我被任命为中尉。在阿尔贡森林[2]的战役里，我带两个机枪分遣队[3]向前冲，我们走得太远了，结果长达半英里的两翼都没有掩护，因为步兵无法跟上来。我们在那儿待了两天两夜，一百三十个人，十六挺刘易斯式机枪。等到步兵终于赶上来的时候，他们在

---

〔1〕 位于巴黎的一座公园。
〔2〕 位于法国东部，埃那河与默兹河之间，也是默兹－阿尔贡攻战的战场之一。在这场战役中美国军队担当主力。
〔3〕 菲茨杰拉德在修订中减弱了盖茨比的指挥权，使之符合其中尉或上尉的身份，并突出了其作战英勇的一面。尽管第一师和第三师都参加了默兹－阿尔贡攻战，但这两师都没有参加在阿尔贡森林的战斗——这场战斗的参与部队是第二十八师和第七十七师。阿尔贡森林的这场战斗开始于1918年9月26日。既然盖茨比说他在第十六或第七步兵团"待到1918年6月"，或许他转到了第二十八师或第七十七师，才得以参加阿尔贡森林的战斗。

堆积如山的尸体中发现了三个德国师的徽章。我被提拔为少校，每个同盟国政府都颁发给我一枚勋章——甚至包括蒙特内格罗，亚得里亚海边那个小小的蒙特内格罗王国！"

小小的蒙特内格罗王国！他说这几个字的时候提高了音调，仿佛把它们举了起来，并且微笑地冲它们点点头。这微笑意味着他理解蒙特内格罗那艰难的历史，同情蒙特内格罗人民的英勇斗争。这微笑也表示他充分理解这个国家的种种国情，正是这些国情使这个国家从温热的小小内心向他致以如此敬意。我的怀疑此刻已被惊讶淹没，就像自己正在迅速翻阅十几本杂志一样。

他把手伸进口袋，然后，一枚系着缎带的金属牌落在我的手掌上。

"这就是蒙特内格罗颁发的那一枚。"

令我诧异的是，这东西看上去像真的一样。"达尼洛勋章"[1]，上面刻着一圈铭文，"蒙特内格罗国王，尼古拉

---

〔1〕 菲茨杰拉德在其自留版本中用笔圈出该处，却并未做出修订。他很可能想把该奖章的名称改为"达尼洛的大军官勋章"，指在"一战"中由三个美国普林斯顿大学生获得的，由黑山王国颁发的勋章。达尼洛勋章共分为四个等级，其中第二等就是"大军官勋章"。黑山王国的勋章上雕刻的是斯拉夫字母。该勋章的正反两面都涂有瓷釉，盖（转下页）

斯·莱克斯"。

"翻过来。"

"杰伊·盖茨比少校,"我念道,"英勇过人。"

"我还有一样东西总是随身带着。牛津时代的纪念物,是在三一学院的四方院[1]照的,我左边那个人现在是唐卡斯特伯爵[2]。"

照片上有六个年轻人,身穿光鲜的运动夹克,在拱门下悠闲地站着,透过拱门可以看见许多塔尖。盖茨比也在其中,比现在略微年轻一点,但并不明显——他手里拿着

———————

（接上页）茨比的名字不可能刻在该勋章上。菲茨杰拉德并未见过真的勋章,因为1924年12月20日他写给珀金斯说:"黑山王国授予一种'达尼洛勋章'。你能帮我想办法弄清楚它是什么样的吗——授予美国人的礼节性勋章能用英文字母雕刻吗？或者什么能给这个听起来如此非正式的勋章增添一点逼真的效果呢？"如果珀金斯回信了,那么这封信就遗失了。然而读者或许会好奇,为什么小说中的每个人都不记得也认不出被"每个协约国政府"授予勋章的盖茨比？

[1] 指牛津大学三一学院的四边形院子。"quad"这个词起源于牛津大学的俚语,而在剑桥大学还有一座更知名的三一学院。这会让不细心的人误以为,盖茨比没有像他声称的那样读过牛津大学。

[2] 巴克禄公爵的头衔之一。沃尔特·约翰·蒙塔古－道格拉斯－司各特是第八代巴克禄公爵、第十代昆斯伯里里公爵和唐卡斯特伯爵,他于1935年继承了这些爵位。1919—1922年他是达尔基思伯爵,而且在"一战"前加入了牛津的基督教会。所以,盖茨比在1922年说"我左边那个男人现在是唐卡斯特伯爵"和事实有出入。但这些出入不应当作盖茨比没有读过牛津的证据,因为无法确定菲茨杰拉德选用"唐卡斯特伯爵"这个头衔是否有特定用意。

一根板球棒。

这么说，这些都是真的。我仿佛看见一张张五彩斑斓的老虎皮挂在他在大运河[1]边的宫殿里，我仿佛看见他打开一箱红宝石，借它们耀眼的深邃红光来减轻他那颗破碎的心的痛苦。

"我今天要请你帮个大忙。"他说着，心满意足地把纪念物放回口袋，"所以我认为你应该对我有些了解。我不想让你觉得我只是个无名小卒。你知道，我常常置身于陌生人中，因为我想四处游荡，来忘掉我的这件伤心事。"他犹豫了一下："这件事今天下午你就会听到。"

"午餐的时候？"

"不，是下午。我碰巧知道你要约贝克小姐喝茶。"

"你是说你爱上贝克小姐了？"

"不，老兄，我没有。不过贝克小姐好心地同意跟你谈谈这件事。"

我压根不知道"这件事"指的是什么，不过我没什么兴趣，倒是觉得厌烦。我约乔丹喝茶，不是为了谈论杰伊·盖茨比先生的。我敢肯定他要求的完全是异想天开的

---

〔1〕 即威尼斯城的主要水道。

事，有一会儿工夫我真后悔不该踏上他那人满为患的草坪。

他不再多说一个字。我们离城里越近，他就显得越拘谨。我们经过了罗斯福港[1]，瞥见一艘涂了一圈红漆的远洋轮船。然后我们沿着贫民窟的一条石子路疾驰而去，两旁排列着晦暗却仍有人光顾的酒吧——它们是20世纪褪色的镀金时代的遗迹。然后，灰烬之谷在我们两旁伸展开来，我从车上瞥见威尔逊太太正卖力地抽动着加油泵，气喘吁吁，活力十足。

汽车的挡泥板就像张开的双翅，我们为半个阿斯托里亚街区洒下光芒——只是半个，因为当我们在高架地铁桥的支柱间蜿蜒穿行时，我听见一辆摩托车发出熟悉的"嗒——嗒——啪"声，接着看到一个气急败坏的警察行驶在我们车旁。

"好吧，老兄。"盖茨比说道。我们放慢速度。他从钱包里拿出一张白色卡片，在那个人眼前晃了晃。

---

〔1〕 此地应是法拉盛湾驳船运河码头，从大颈镇到曼哈顿区的北方大道路过这里，而尼克能在这条道路的车上看到驳船，也就是他所说的"涂了一圈红漆的远洋轮船"。有学者认为，菲茨杰拉德关于"罗斯福港"的写法是对实际位于曼哈斯特湾的华盛顿港的误称，但是华盛顿湾在大颈镇（西卵）的东边，而此地应在大颈镇的西边。详情见附录第四部分"关于地理"。

"原来是您，"警察满口应承，轻轻地碰了碰自己的帽檐，"下次就认识您了，盖茨比先生。请原谅！"

"那是什么？"我问道，"牛津的照片？"

"我给警察局长帮过一次忙，他每年都给我寄一张圣诞贺卡。"

大桥之上，阳光从钢架中间透过来，在川流不息的车辆上不断闪闪发光，河对岸的城市拔地而起，白色的建筑物像糖块一样垒成一堆一堆，但愿它们都是用没有铜臭味的钱盖起来的。从皇后区大桥远眺，纽约城永远像我初次见到的那样，向我狂热地许诺着世上所有的神秘与瑰丽。

一个死人躺在堆满鲜花的灵车中，从我们车边超过去，后面跟着两辆拉着窗帘的马车，还有几辆气氛略为轻松些的亲友搭乘的马车。死者的亲友朝车外望着我们，从那忧郁的眼神和短短的上唇可以看出他们是东南欧人。我很欣慰，他们在肃穆的日子里能看见盖茨比华丽的轿车。穿过布莱克威尔岛[1]的时候，一辆豪华大轿车从我们身旁经过，司机是个白人，车里坐了三个时髦的黑人，两男一女。他

---

〔1〕 位于东河上的岛屿，在皇后区和曼哈顿区之间，1921 年更名为韦尔弗尔岛，当时是慈善医院和刑罚机构所在地。1973 年再次更名为富兰克林·D. 罗斯福岛，现在开发为住宅区。

们冲我们翻了翻白眼，一副想要较量一番的傲慢神情，惹得我哈哈大笑起来。

"过了这座桥，什么事情都有可能发生，"我想，"无论什么事情……"

连盖茨比这种人物都能冒出来，别的更不需要大惊小怪了。

热浪滚滚的中午，我和盖茨比相约在四十二号街一家电扇大开的地下餐厅共进午餐。我眨眨眼，挤掉外面街道上的光芒，然后在前厅里模模糊糊地认出了他，他正跟另一个人说话。

"卡拉威先生，这是我的朋友沃尔夫山姆先生。"[1]

一个鼻子扁扁的矮个子犹太人抬起他的大脑袋，用鼻

---

[1] 其原型是一个叫作阿诺德·罗斯坦（1882—1928)的赌徒和骗子。他的外号是"大脑"和"钞票"，被坊间传言曾犯下多起罪行，诸如操纵体育赛事和处理偷来的债券等，但是从未被判有罪。他于1928年遭人谋杀，凶手不明。菲茨杰拉德在1937年给科里·福特（Corey Ford）的一封信中写道："（我的灵感）总是源于让我印象深刻的关键事件——我和阿诺德·罗斯坦的会面。"（参见 Andrew Turnbull ed., *The Letters of F. Scott Fitzgerald*, New York: Scribners, 1963，p. 551）此次会面的细节不为人知。罗斯坦并非罗森塔尔的朋友，但却是记者赫伯特·贝尔德·斯沃普（Herbert Bayard Swope）的朋友，斯沃普参与了罗森塔尔谋杀案的调查，把警督查尔斯·贝克（Charles Becker）送上了电椅。参见 Leo Katcher, *The Big Bankroll*, New York: Harper, 1959。

孔中两撮茂盛的鼻毛来问候我。过了一会儿，我才在半明半暗的光线中发现了他的两只小眼睛。

"……所以我瞅了他一眼，"沃尔夫山姆先生说着，热切地跟我握了握手，"你猜我做了什么？"

"什么？"我礼貌地问道。

不过很明显他不是在跟我说话，因为他松开我的手，将他那只富于表现力的鼻子对准了盖茨比。

"我把那笔钱给了凯兹堡，然后我说[1]：'好吧，凯兹堡，他要是不住嘴，你一分钱也别给他。'他立刻就住嘴了。"

盖茨比挽住我们两人的胳膊，走进了餐厅。于是沃尔夫山姆先生咽下了一句刚开了头的话，陷入了梦游般的出神状态中。

"要姜汁威士忌吗？"领班的侍者问。

"这家餐馆不错，"沃尔夫山姆先生边说边抬头看着天花板上的那些长老会神话传说中的仙女，"不过我更喜欢街对面的那家！"

"好，来几杯姜汁威士忌。"盖茨比应道，然后对沃尔

---

〔1〕 菲茨杰拉德在1925年1月24日写给珀金斯的信中说："沃尔夫山姆说'said'的时候，他的发音是'sid'，我是故意这么写的。"菲茨杰拉德的用意是为了突出沃尔夫山姆的意第绪（犹太）口音。

夫山姆先生说：“那儿太热了。”

“又热又小——没错，”沃尔夫山姆先生答道，“不过充满了回忆。”

“是哪家馆子呢？”我问。

“老大都会。”[1]

“老大都会，”沃尔夫山姆先生忧郁地沉思着，“曾聚集过多少已经消逝的面容，多少永远离去的朋友。我有生之年都不能忘记他们开枪打死罗西·罗森塔尔的那个晚上。我们六个人围坐一桌，罗西整个晚上都在大吃大喝。天快亮的时候，侍者神情古怪地走到他跟前，说外面有人想跟他说话。‘好吧。’罗西说着就要站起来，我把他一把拉回到椅子上。

“‘要是那些浑蛋想找你，就让他们进来，罗西，但是你，拜托，千万不要离开这屋子。’

---

[1] 老大都会旅馆位于曼哈顿，在百老汇的街角和第四十三大街的附近，也是赫曼·罗森塔尔（Herman Rosenthal）于1912年被谋杀的地方。罗森塔尔是一个小书商，办了一个非法赌场。1912年7月14日，他向媒体披露，警督查尔斯·贝克（Charles Becker）和其同伙敲诈自己。两天后，他正独自坐在老大都会旅馆的桌旁时，一个服务生把他叫了出去，他被一伙由贝克指使的犹太暴徒射杀。所以沃尔夫山姆所说“我们六个人围坐一桌”与事实不符。而且，赫曼·罗森塔尔的名字不是“Rosy”。不过另一个叫杰克·罗斯（Jack Rose）的人的确和这起案件有关。他是一个赌徒，曾在法庭上做证。参见 Andy Logon, *Against the Evidence: The Becker-Rosenthal Affair*, New York: McCall, 1970。

"那时是早上 4 点，如果我们当初把窗帘拉起来，就会看到清早的日光。"

"他出去了吗？"我天真地问。

"他当然出去了。"沃尔夫山姆先生怒气冲冲地朝我掀了下鼻子，"他在门口转过身说：'别让服务员撤走我的咖啡！'然后他走到外面人行道上，他们向他吃得饱饱的肚皮开了三枪，然后开车跑掉了。"

"其中四个坐了电椅被处死了。"我想起这件事来，说道。

"五个，包括贝克。"[1]他鼻孔转向我，一副饶有兴致的样子，"我听说你想找'钢系'[2]做生意。"

这两句话放在一起说，真让人毛骨悚然。盖茨比替我回答。

"哦，不是，"他大声说，"这不是那个人。"

"不是吗？"沃尔夫山姆看起来有些失望。

"这只是个朋友。我告诉过你，我们改天再谈那件事。"

---

[1] 警督查尔斯·贝克因参与罗森塔尔谋杀案于 1915 年被电刑处死，同时被处决的还有"左撇子"路易（Lefty Louie）、"外国佬"弗兰克（Dago Frank）、"嗜血的骗子"（Gyp the Blood）以及"白人"里维斯（Whitey Lewis）四人。

[2] 沃尔夫山姆应有犹太口音，而且文化程度不高，所以对一些词汇有误读。如此处把"关系"读成了"钢系"，下文将"牛津"读成了"扭劲"。

"抱歉，"沃尔夫山姆先生说，"我搞错人了。"

一盘鲜美多汁的肉丁菜端了上来，沃尔夫山姆忘了老大都会那更令人伤感的气氛，开始斯斯文文地大吃起来。同时，他的眼睛非常缓慢地扫视了整个餐厅——甚至转过身察看了坐在我们正后方的客人，让视线完成一个弧圈。我想，要不是我在场，他可能连我们的桌子底下也要瞄一眼。

"听我说，老兄，"盖茨比向我凑过身来，"今天早上在车里我恐怕有点惹你不高兴了吧。"

他脸上又出现了那种微笑，不过这次我可不买他的账。

"我不喜欢神秘的玩意儿，"我答道，"我也不明白你为什么不肯坦率地讲出来，告诉我你到底想要什么。为什么非得都通过贝克小姐不可呢？"

"噢，不是什么见不得人的事。"他向我保证，"贝克小姐是个著名女运动员，你知道，她从来不会做不正当的事。"

突然，他看了一眼手表，跳起来匆匆离开餐厅，把我和沃尔夫山姆先生留在了桌边。

"他得去打个电话。"沃尔夫山姆先生说，眼睛尾随着他，"多好的人，是不是？帅气养眼，完美的绅士。"

"是啊。"

"他是个扭劲毕业生。"

"哦。"

"他在英国上过扭劲大学。你知道扭劲大学吧？"

"我听说过。"

"那可是全世界最著名的大学之一。"

"你认识盖茨比很久了吗？"我问道。

"有几年了。"他心满意足地回答，"战争刚刚结束，我就有幸认识了他。但是跟他聊了一个小时之后，我才知道我遇到了个很有教养的人。我对自己说：'他是那种你想带回家介绍给妈妈和妹妹的人。'"他停顿了一下："我发现你在瞧我的袖扣。"

我本来没在看他的袖口，不过现在我开始看了。它们是用一种眼熟得出奇的象牙做的。

"是用精选的人的臼齿做的。"他告知我。

"哇！"我仔细地察看着它们，"这主意真有趣啊！"

"是啊。"他把衬衣的袖子缩进上衣里，"没错，盖茨比对女人还是很规矩的。朋友的太太他从来不会多看一眼。"

这种直觉所信任的对象回到餐桌旁坐下来的时候，沃尔夫山姆先生一口喝掉他的咖啡，站起身来。

"我午餐吃得很愉快，"他说，"我得快走，再待下去你们两个年轻人就该烦我了。"

"别急啊，梅耶。"盖茨比淡淡地说。沃尔夫山姆先生举起手，做了一个祝福的手势。

"你们很有礼貌，但我是另一代人了。"他一本正经地宣布道，"你们坐吧，聊聊你们的运动，你们的年轻姑娘，你们的——"他又挥了挥手，以代替那个想象中的名词："我呢，我已经五十岁了，不想再搅扰你们啦。"

他跟我们握完手转过身而去的时候，他那感伤的鼻子在颤动。我不知道我是不是说了什么冒犯他的话。

"他有时候非常多愁善感。"盖茨比解释道，"今天是他伤感日子中的一个。他在纽约是个人物——百老汇的常客。"

"他到底是什么人——是个演员？"

"不是。"

"是个牙医？"

"梅耶·沃尔夫山姆？不，他是个赌徒。"盖茨比犹豫了一下，然后轻描淡写地补充了一句："他就是1919年幕后操纵世界棒球联赛[1]的那个人。"

---

〔1〕 在职业棒球联赛赛季的最后，国家棒球联盟和美国棒球联盟的获胜队伍会通过一系列比赛，决出最后的冠军。1919年，美国棒球联盟的芝加哥白袜队与国家棒球联盟的辛辛那提红队进入决赛，前者是夺冠的热门。然而赌博者们贿赂了白袜队球员，让他们放（转下页）

"操纵世界棒球联赛？"我重复道。

这个说法让我瞠目结舌。当然，我记得 1919 年，世界棒球联赛被人非法操纵，但即使我想起过这件事，也只会把它看成一件发生了的事，是一连串必然事件的结局。我从来没有想到竟然是一个人玩弄了五千万人的信任——就像一个贼一门心思地撬开了保险柜一样。

"他怎么会干那样的事呢？"过了一会儿我问道。

"他只是看到了机会。"

"可他为什么没进监狱？"

"他们抓不着他，老兄。他是个聪明人。"

我坚持要埋单。当侍者找回零钱时，我在拥挤的餐厅另一头看见了汤姆·布坎南。

"跟我来一下，"我说，"我要跟一个人打声招呼。"

汤姆一看见我们就跳了起来，迈开大步朝我们走了五六步。

"这些日子你去哪儿了？"他热切地问道，"黛西气坏

（接上页）弃比赛。该事件被曝光后，举国哗然。

尽管阿诺德·罗斯坦——梅耶·沃尔夫山姆的原型——被怀疑操纵了这起事件，然而对于他是否真的是幕后黑手却从无定论。不过据说他确实了解内幕并下了赌注。参见 Eliot Asinof, *Eight Men Out*, New York: Holt, Rinehart & Winston, 1963。

了，你都没打电话来。"

"这位是盖茨比先生，这位是布坎南先生。"

他们草草地握了握手，盖茨比脸上浮现出一种少见的紧张而尴尬的表情。

"你最近到底怎么样？"汤姆问我，"怎么会跑这么远来吃饭？"

"我跟盖茨比先生一起来这儿吃午餐——"

我转身去看盖茨比先生，但是他已经不见了。

1917 年 10 月的一天——

（那天下午，在广场酒店[1]的花园茶室里，乔丹·贝克笔直地坐在一把直靠背椅上，打开了话匣。）

我正从一个地方走向另一个地方，一半的路走在人行道上，另一半的路走在草地上。我更喜欢走在草地上，因为我穿了一双从英国买的鞋，鞋底的橡皮疙瘩会咬进柔软的地面里。我穿了一条新的格子呢裙，风一吹，裙子就会微微扬起，而每当这时，各家房门前的红、白、蓝三色旗也会笔直舒展开，发出"啧——啧——啧——啧"的声音，

---

[1] 是一家位于曼哈顿区的时尚酒店，坐落于第五大道和第五十九大街的交会处，纽约中央公园的边上。

好像很不以为然似的。

最大的旗子和最大的草坪都属于黛西·费伊家。她那时只有十八岁，比我大两岁，是当时路易斯维尔所有年轻女孩中最受欢迎的一个。她穿一身白色衣服，开一辆白色小跑车，家里的电话一天到晚响个不停，泰勒营[1]的那些兴奋的年轻军官都渴求当晚能有幸独占她的时光。"无论如何，给我一个小时吧！"

那天早上我走到她家对面时，她那辆白色跑车就停在路边，她跟一名我从未见过的中尉军官坐在车里。他们如此专注于彼此，直到我离她只有五英尺远，她才看见我。

"你好，乔丹，"她出其不意地叫道，"请到这儿来。"

她要跟我说话，让我感到很荣幸，因为所有比我大的女孩中，我最仰慕她。她问我是不是要去红十字会做绷带。我说是的。那么，她接着问，我可不可以告诉他们，她那天不能去了？黛西说话的时候，那位军官盯着她，每个年轻女孩都会希望有朝一日有人用这样的眼神注视着自己。这一幕在我看来太浪漫了，所以我从那以后一直都记得这件事。他叫杰伊·盖茨比，从那以后我有四年没再见过

---

[1] 菲茨杰拉德曾从泰勒营转到了阿拉巴马州蒙哥马利附近的谢里丹营，1918年他在那里遇见了后来的妻子泽尔达·赛尔。

他——甚至在长岛遇到他时，我都没有意识到他就是同一个人。

那是1917年。第二年，我自己也有了几个追求者，我开始参加锦标赛，所以不常见到黛西。她和一群年纪稍大的人交往——如果她还同谁交往的话。关于她的流言蜚语到处传播——有人说一个冬天的晚上，她母亲发现她在收拾行李，准备去纽约跟一位要赴海外的军人道别。她被成功地拦了下来，但却几个星期都没有跟家人好好说话。从那以后她再也不跟军人一起玩了，而只和城里几个平足近视，根本参不了军的年轻人来往。

第二年秋天，她又活泼起来，跟以前一样活泼。停战后，她参加了一次初进社交界的舞会。[1] 2月她好像跟一个新奥尔良的人订了婚。6月，她嫁给了芝加哥的汤姆·布坎南，婚事的奢华隆重是路易斯维尔前所未闻的。陪他来的一百多位客人包了四节车厢，又在希尔巴赫酒店租了一整层楼，婚礼前一天，他还送给黛西一串价值三十五万美元的珍珠项链。

我是伴娘之一。在喜宴之前半个小时，我走进她的房

---

[1] 标志着年轻女士正式进入社会。

间，发现她躺在床上，穿着缀满花饰的礼服，像那个六月的夜晚一样可爱——她烂醉如泥，像个出洋相的孩子一样，一只手拿着一瓶索泰尔纳酒，另一只手拿着一封信。

"恭……喜我，"她喃喃说道，"从来没喝过酒，可是，噢，喝酒可真痛快啊！"

"怎么回事，黛西？"

我吓坏了，我跟你说，我从来没见过一个女孩醉成那样。

"给你，宝贝儿。"她从拿到床上的废纸篓里摸了一圈，拎出那串珍珠项链，"拿下楼去，是谁的就还给谁。告诉他们所有人，黛西改变'主滴'[1]了。就说：'黛西改变主滴了！'"

她哭了起来——她哭呀哭呀。我跑出去找到她母亲的女佣，然后我们把房门锁上，让她洗了个冷水澡。她怎么也不肯放开那封信，把它带进浴缸里，捏成湿淋淋的一团，直到看见它开始像雪花一样碎开，才让我把它放到肥皂碟里。

但是她没再说一个字。我们给她熏阿摩尼亚精油，把

_____

[1] 黛西此处想说的词应该是"主意"，但是由于黛西酒醉，说话含混不清，所以她说成了"主滴"。

冰块放在她的前额上，然后把她重新套进礼服里。半个小时之后，我们走出房间，珍珠项链已经绕在她脖颈上，那场风波就这样过去了。第二天5点钟，她跟汤姆·布坎南完婚，就跟什么也没发生一样。接着他们动身去南太平洋，开始了三个月的旅行。

他们回来之后，我在圣巴巴拉[1]见到了他们，我想我从没见过一个女孩对自己丈夫那么痴迷。汤姆离开房间一分钟，她就会不安地四处张望，念叨着："汤姆去哪儿啦？"脸上满是失魂落魄的神情，直到看见他走进门来。她总是整小时整小时地在沙滩上坐着，让汤姆把头搁在自己怀里，用手指轻抚他的眼睛，无限欣喜地看着他。他们俩在一起的场景真让人感动——会让你默默地入迷地笑起来。那是在8月的事。我离开圣巴巴拉一个星期之后，一天夜里汤姆在文图拉公路[2]上与一辆货车相撞，他汽车的一只前轮被撞飞。跟他同车的姑娘也上了报，因为她被撞断了一只手臂——她是圣巴巴拉酒店里一个打扫房间的女服务员。

第二年4月，黛西生下她的女儿，他们去法国待了一

---

〔1〕 加利福尼亚州社区，位于洛杉矶以北。

〔2〕 连接洛杉矶和圣巴巴拉的高速公路。

年。有一年春天我在戛纳见过他们，后来在多维尔[1]也见到过，然后他们就回到芝加哥定居。黛西在芝加哥很受欢迎，你知道的。他们跟一帮放纵的人来往，个个都是年少多金的浪荡子，但她的名声却一直无可挑剔。可能是因为她不喝酒。在一群酒鬼中间，不喝酒是很大的优势。你可以少说话，而且趁机来点各种离经叛道的小把戏，因为其他人都喝得酩酊大醉，要么看不见，要么不在意。也许黛西从来都不会偷情——可她那声音里却总是有点什么……

后来，大概六个星期以前，她多年来第一次又听到盖茨比这个名字。就是我问你——你还记得吗——你认不认识西卵的盖茨比的那次。你回家之后，她来我房间把我叫醒，问我："哪个盖茨比？"当我描述他时——我当时半睡半醒的——她用异常古怪的声音说，他一定是她以前认识的那个男人。直到那时，我才将这个盖茨比和坐在她白色跑车里那个军官联系起来。

乔丹·贝克讲完所有这些的时候，我们已经离开广场酒店半个小时了，正坐着一辆敞篷马车穿过中央公园。太阳落到了西城五十几号街高大的公寓楼后面，那是电影明

---

〔1〕 戛纳和多维尔都是法国度假胜地，前者位于法国蔚蓝海岸，后者位于法国西北部。

星们的住所。小女孩们已经像蟋蟀一样聚集在草坪上，她们清脆的声音穿透闷热的暮色：

> 我是阿拉伯的酋长，
>
> 你的爱系在我身上。
>
> 深夜当你睡得正香，
>
> 我会偷偷爬进你的闺帐——[1]

"真是个奇怪的巧合。"我说。

"但这根本不是巧合。"

"为什么不是？"

"盖茨比买下那幢别墅，就是因为这样一来黛西就在海湾对面啊。"

这么说，在那个6月的夜晚，他所向往的不仅仅是天上的星斗了。盖茨比在我眼中有了生命，忽然之间从那漫无意义的浮华子宫里分娩了出来。

"他想知道，"乔丹继续说，"你愿不愿意找个下午邀请

---

[1] 来源是1921年的流行歌曲《阿拉伯酋长》，由特德·斯奈德（Ted Snyder）作曲，哈利·B. 史密斯（Harry B. Smith）和弗兰西斯·惠勒（Grancis Wheeler）作词。

黛西到你家，然后让他也过去坐一坐。”

这个要求如此微不足道，真使我震惊。他居然等了五年[1]，买了一座豪宅，将星光施与来来往往的飞蛾，为的就是能在某天下午到一个陌生人的花园里"坐一坐"。

"不就是要我帮这么点小忙嘛，有必要让我知道一切吗？"

"他害怕，他等得太久了。他觉得你可能会介意。要知道，他总是个内心里很执着的人。"

我还是觉得有点蹊跷。

"他为什么不让你安排一次会面呢？"

"他想带她看看他的房子，"她解释道，"而你的房子就在隔壁。"

"哦！"

"我估计他原本指望黛西某天晚上会漫步而来，光临他的一场宴会，"乔丹继续说，"可她从来没有。然后他开始假装不经意地打听有没有人认识她，我是他找到的第一个认识她的人。就在那个晚上，他在他的舞会上请人叫我过去，你真该听听他是怎么费尽心思才转入正题的。当然了，

---

〔1〕 此时是1922年夏天，距盖茨比最后一次在1917年秋天见到黛西，已经大约过去了五年。

我马上就建议大家在纽约一起吃顿午餐——可他却急得像要发疯：'我不想干什么出格的事！'他不断地重复着，'我就想在隔壁见见她。'"

"当我提到你是汤姆很好的朋友时，他又开始打消这个想法。他对汤姆不太了解，尽管他说他好几年来都读一份芝加哥报纸，只为能有机会瞧见黛西的名字。"

这时天已经黑了，当我们的马车钻进一座小桥下时，我伸出手臂搂住乔丹金黄色的肩膀，把她拉向我怀里，邀她共进晚餐。突然间，我想的不再是黛西和盖茨比，而是这个清爽、健美、不完美的人。她对世间的一切都抱怀疑态度，此刻却正快活地靠在我的臂弯里。一句话在我耳中敲击鸣响，令人神意激荡："世间只有追求者和被追求者，忙碌的人与疲惫的人。"

"黛西的生活里也应该拥有点什么。"乔丹喃喃地对我说。

"她愿意见盖茨比吗？"

"这件事先不告诉她。盖茨比不想让她知道。你请她过去喝茶就行了。"

我们经过一排黑压压的树林，然后是第五十九号街的街面，柔和的微光从一排楼里照进下面的公园中。不像盖茨比和汤姆·布坎南，我没有情人，眼前也就不会出现脱离了躯壳的面容在黑暗的檐口和炫目的招牌上恍惚浮动，所以我将身边的女孩拉得更近，搂得更紧。她那苍白而高傲的嘴唇微笑起来，于是我又将她拉得再近一些，这次一直贴到我的脸上。

第五章

　　那天夜里回到西卵的时候，我一度担心自己的房子着火了。已是午夜两点，但半岛的整个一角依然闪耀着，光线虚幻地照在灌木丛上，照得路旁的电线变成一条条细长的闪光。转过弯去，我才看出亮光是从盖茨比的别墅发出来的，整幢楼从塔楼到地窖都灯火通明。

　　起初我还以为又是一场宴会，一次盛大的狂欢，人们把整个别墅都敞开，一起捉迷藏或者玩"罐头沙丁鱼"的游戏。但是那儿没有一丝声响。只有风穿过树林，吹动电线，把灯光弄灭，然后又点亮，好像别墅对着黑夜抛了个媚眼。送我回家的出租车吱吱嘎嘎地离去，我看见盖茨比穿过他的草坪向我走来。

　　"你府上看上去像世界博览会一样。"我说。

　　"是吗？"他心不在焉地回头望望，"我刚才在一些屋子里瞧了瞧。我们去康尼岛[1]吧，老兄。坐我的车去。"

———————

〔1〕 位于纽约布鲁克林区的一座游乐园。

117

"现在太晚了。"

"哦，那我们跳到游泳池里泡一泡怎么样？我这一夏天还没用过它呢。"

"我得上床睡觉了。"

"好吧。"

他等待着，看着我，极力按捺住急切的心情。

"我跟贝克小姐谈过了，"过了一会儿我说，"我明天打电话给黛西，请她来这边喝茶。"

"哦，那好吧，"他漫不经心地说，"我不想给你添任何麻烦。"

"你哪天方便？"

"你哪天方便？"他马上纠正了我的话。"你知道，我不想给你添任何麻烦。"

"后天怎么样？"

他考虑了一会儿，然后，勉强地说：

"我要叫人把草地修剪一下。"

我们都低头看了看草地——我那乱蓬蓬的草坪和他那一大片整整齐齐、郁郁葱葱的草坪之间有一条明显的分界线。我猜他指的是我的草坪。

"还有一件小事。"他不确定地说，然后迟疑了一下。

"你是想再推迟几天吗？"我问。

"哦，跟那个没关系。至少——"他支支吾吾，一连开了几个头都没接下去，"呃，我想——哎，我说，老兄，你挣的钱不多，是吧？"

"不是很多。"

这似乎让他放下心来，于是更有信心地继续说道：

"我猜想你挣得不多，如果你不介意我的——你看，我业余也做点小生意，算是副业，你明白的。我想如果你挣得不多——你在卖债券，是吧，老兄？"

"试着做。"

"嗯，这事你会感兴趣的。不会花费你太多时间，也就可以赚一笔可观的钱。不过这是件相当机密的事。"

我现在意识到，如果换一些场合，那次对话可能是我人生中的一个关键转折点。但在当时，这个提议说得太露骨、太唐突，明摆着就是为了酬谢我给他帮的忙，所以我别无选择，只能马上打断他的话。

"我手头事情很忙。"我说，"我非常感激，但是我没法再承担更多的工作。"

"你不需要跟沃尔夫山姆打任何交道。"显然他以为我是在回避午餐时提到的"钢系"，但我向他保证不是他想的那样。他又等了一会儿，希望我能开始一个新的话题，但我心思完全不在这上面，没有任何反应，他就不情愿地回家去了。

那一晚我很开心，也有点飘飘然。我觉得自己一进家门就走进了沉沉的熟睡中，所以我不知道盖茨比有没有去康尼岛，也不知道他在那依然灯火通明的房子里，又花了几个小时"在屋子里瞧了瞧"。第二天早上，我从办公室给黛西打了电话，请她来喝茶。

"别带汤姆来。"我提醒她。

"什么？"

"别带汤姆来。"

"谁是'汤姆'？"她故作天真地问道。

我们约好的那天下起了倾盆大雨。十一点的时候，一个穿着雨衣的男人拖着一台割草机，敲响了我家前门，说盖茨比先生派他过来帮我修剪草坪。这让我想起忘了叫我那芬兰女佣回来，于是我开车去西卵，到湿乎乎的、两边墙壁刷着白浆的巷子里找她，顺便买了些茶杯、柠檬和鲜花。

鲜花是多余的，因为下午两点，从盖茨比家送来了一温室的花，还有数不过来的插花的容器。一个小时之后，前门被人战战兢兢地推开，盖茨比身着白色法兰绒西装、银色衬衫和金色领带，匆匆忙忙走了进来。他脸色苍白，眼睛下面发黑，看得出他一夜没睡好。

"一切都好了吗？"他进门就问。

"草坪看上去不错，如果你指的是这个。"

"什么草坪？"他茫然地问，"哦，你院子里的草坪。"他边说边朝窗外看草坪。不过从他的表情来看，我相信他什么也没看见。

"看上去很好。"他含糊地说道，"有家报纸说大概4点钟雨会停。我想是《纽约日报》[1]。所有需要的东西都准备好了吗，那些——那些喝茶的东西？"

我把他带到食品间，他用有些嫌弃的目光朝那个芬兰女佣看了一眼。我们一起把从甜品店买来的十二块柠檬蛋糕细细察看了一番。

"这些行吗？"我问道。

"当然，当然！它们很好！"然后他又不知所云地加了一句，"……老兄。"

大概3点半钟，雨渐渐平息，变成潮湿的雾气，不时还有几小滴雨水像露珠一样飘下来。盖茨比两眼空洞地翻看着一本克莱的《经济学》[2]，每当芬兰女佣的脚步震动厨

---

〔1〕 这份纽约报纸的所有人是美国报业大王威廉·伦道夫·赫斯特（William Randolph Hearst，1863—1951）。

〔2〕 亨利·克莱（Henry Clay，1777—1852）是美国著名的政治家、演说家，辉格党的创立者和领导人，美国经济现代化的倡导者。参（转下页）

房地板，他就会吓一跳，还时不时地朝模糊的窗户上盯上一会儿，好像外面正在发生一系列看不见却又令人心惊的事情。最后，他站起身来，用一种犹疑的声音告诉我，他要回家了。

"那是为什么？"

"没有人来喝茶了。太晚了！"他看了看表，好像别的地方还有什么急事等他去办，"我不能等一整天。"

"别傻了，现在还差两分钟才到 4 点呢。"

他哭丧着脸坐下，仿佛我逼迫了他。正在这时，一辆汽车的声音从我家车道上传来。我们俩都跳了起来，我自己也有点慌了，跑到外面院子里。

没有花叶的紫丁香树滴着水，一辆大敞篷车在树下沿着车道开了过来。车子停下，黛西戴着一顶浅紫色的三角帽，微微侧着脸看着我，露出灿烂欣喜的笑容。

"你确确实实是住在这儿吗，我最亲爱的人？"

她的声音在雨中荡起了令人欢快的涟漪，让人振奋不已。我的耳朵得倾听这高低起伏的声音好一会儿，才能明白她所说的话。一缕潮湿的秀发贴在她的脸颊上，像画上

（接上页）见 Henry Clay, *Economics: An Introduction for the General Reader*, New York: Macmillan, 1918。

了一抹蓝色。我扶着她的手下车的时候，发现她的手也被晶莹的雨珠打湿了。

"你是爱上我了吗？"她贴着我的耳朵低声说，"要不然为什么非要我一个人来呢？"

"那是雷克兰特古堡的秘密。[1]叫你的司机走得远远的，一小时之后再回来。"

"一小时后再回来，弗迪。"然后她煞有介事地低声说，"他的名字叫弗迪。"

"汽油味会影响他的鼻子吗？"

"我想不会吧，"她天真地说，"怎么了？"

我们走进屋去。使我大为惊异的是起居室里居然空无一人。

"哈，这真滑稽。"我喊道。

"什么滑稽？"

正在此时，大门上有人庄重地轻轻敲了一声，她转过

---

[1] 暗指玛丽娅·埃奇沃斯（Maria Edgeworth, 1767—1849）所著英语小说，出版于1801年，小说描述了雷克兰特世家四代人在雷克兰特古堡中的故事。第一代主人挥霍无度，第二代主人喜好争论，第三代主人沉迷于赌博，第四代主人缺乏远见。最后古堡被管家的儿子通过计谋占有了。许多学者认为这部小说是英国第一部历史小说、地域小说和世家小说。

头去看。我走出去把门打开。盖茨比面如死灰，两只手像两件笨重的东西一样插在上衣口袋里，他站在一摊水里，神色凄惶地瞪着我的眼睛。

他从我身边大步走进前厅，双手仍然插在上衣口袋里。然后，他像被提着线的木偶一样猛然转身，走进起居室不见了。这一点儿也不滑稽。我意识到自己的心也在大声怦怦跳，伸手把越下越大的雨关在门外。

有半分钟的时间，一点儿声音也没有。然后我听见客厅里传来一阵哽咽的低语和一点笑声，接下来是黛西清脆而不自然的声调："又见到你，我当然高兴极啦。"

一阵沉寂。时间长得可怕。我在前厅里没事可做，于是也走进屋去。

盖茨比双手仍插在口袋里，正斜倚在壁炉台边，强装出一副完全放松，甚至百无聊赖的样子。他的头使劲往后仰，一直挨到壁炉台上一座报废的座钟的钟面上。他那双慌乱不安的眼睛从这个角度向下凝视着黛西。黛西坐在一把硬背椅子的边缘，神色惶恐却仍很优雅。

"我们以前见过。"盖茨比嘟囔着说。他飞快地瞟了我一眼，张了张双唇，却没能笑出来。幸好这个时候，他的脑袋把那座钟压得险些歪倒，他赶忙转过身去用颤抖的手指把它抓住放回原位。然后他直挺挺地坐了下来，胳臂肘支在沙发扶手上，下巴托在手里。

"对不起，碰到钟了。"他说。

我自己的脸此时也火辣辣的，像被热带的太阳灼伤了一样。我脑子里装了成千上万句客套话，却一句都冒不出来。

"一座旧钟而已。"我傻乎乎地对他们说。

我想有一阵我们都以为那钟已经掉在地上摔得粉碎了。

"我们好多年没见了。"黛西说。她尽可能显得不动声色。

"到11月，整整五年。"

盖茨比脱口而出的回答让我们至少又愣了一分钟。我好不容易急中生智，建议他们帮我去厨房里泡茶，他们已经站起身，可就在这时那鬼上身的芬兰女佣用托盘把茶端了出来。

在一阵客套的递茶杯、接蛋糕的纷乱中，一种有形而得体的局面倒是形成了。盖茨比退到一边，我和黛西交谈的时候，他用紧张而忧伤的眼神认真地看看我，又看看她。然而，因为平静本身并不是最终目的，于是我一有机会就找了个借口，站起身来。

"你去哪儿？"盖茨比马上惊慌地问我。

"我就回来。"

"你走之前，我有些话要跟你说。"

他发疯似的跟我进了厨房，关上门，然后小声说："哦，上帝！"一副苦不堪言的样子。

"怎么了？"

"这是个可怕的错误，"他边说边不停地摇头，"非常、非常可怕的错误。"

"你不过是难为情罢了，没别的。"还好我加了一句，"黛西也难为情啊。"

"她难为情吗？"他怀疑地重复道。

"就跟你一样难为情。"

"别那么大声。"

"你的行为跟个小孩子似的。"我不耐烦地脱口而出，"不但如此，你还很没礼貌。黛西一个人坐在那儿呢。"

他举起一只手，打断我的话，带着令人难忘的责怪神气看了我一眼，小心翼翼地打开门，回到那间屋里去。

我从后门走了出去——半个小时之前，盖茨比也是从这里出去，紧张地绕着房子转了一圈。我跑向一棵黑黝黝的、长着节瘤的大树，它繁茂的树叶织成了一方挡雨篷。雨又一次瓢泼而下，我那杂乱的草坪本来被盖茨比的园丁修得平平整整，现在又到处是小泥潭和如同史前年代的沼泽一样的湿地了。站在树下没什么可看的，除了盖茨比的那幢巨大的别墅。所以我盯着它看了半个小时，就像康德注视着他的教堂尖顶一样。[1]这幢房子是一个酿酒商在十年前"仿古热"初期建造的，有传闻说，他答应为附近所有的小屋子支付五年税款，只要屋主们肯在屋顶苫上稻草。或许他们的拒绝让他"创建家业"的计划遭到了致命打击，他很快就一蹶不振了。他的孩子们卖掉他的别墅时，门上还挂着黑色的花圈。美国人，虽然有时愿意当农奴，但一向是坚决不做乡巴佬的。

大约半个小时之后，太阳又开始放出光芒，杂货店的送货车沿着盖茨比家的车道拐弯，送来了给他的用人们做晚餐的原料——我敢肯定盖茨比一口也吃不下。一个女佣开始打开他别墅上层的窗户，她的身影在每个窗口都闪现一下，然后她从正中的大窗户探出身子，若有所思地朝花园里啐了一口。该是我回去的时候了。刚才那淅淅沥沥的雨声就像他们的窃窃私语声，时而随着感情的迸发升高变响。但在这新的寂静中，我觉得房子里也静了下来。

我走进屋去——在厨房里尽可能地制造出各种声响，只差把炉灶打翻了——但我相信他们一个音都没听见。他

---

[1] 德国哲学家伊曼努尔·康德（Immanuel Kant, 1724—1804）据说喜欢在思考的时候看着教堂的尖顶。

们坐在沙发的两端，看着对方，好像一个问题刚被问出，或者悬在空中等待答案，窘迫的迹象已丝毫不见。黛西的脸哭花了，满面泪水，见我进去她跳了起来，拿出她的手帕对着镜子开始擦拭。而盖茨比的变化让人颇为困惑。他真是容光焕发，虽然没有说一句话，也没有任何得意的动作，但是一种新的幸福感从他身上散发出来，充盈着这个小房间。

"哦，你好啊，老兄。"他说，好像好多年没见过我似的。一瞬间我还以为他要来跟我握手呢。

"雨停了。"

"是吗？"等他反应过来我在说什么，又发现屋里闪烁着太阳的光晕时，他像一个天气预报员[1]，又像一个欣喜若狂的光明回归守护神一样，笑着向黛西重复这条消息："你看这件事好不好？雨停啦。"

"我很高兴，杰伊。"她的嗓音透着一股痛楚而哀伤的美，却表露出意外的喜悦。

"我想请你和黛西到我家去，"他说，"我想带她转转。"

"你确定想让我一起去吗？"

---

〔1〕 可能是因为，报纸上的天气预报里会画一个笑脸代表好天气（而不是指电视上的天气预报员）。

"绝对如此啊，老兄。"

黛西上楼去洗脸——我羞愧地想起我那些毛巾，不过为时已晚——盖茨比和我在草坪上等她。

"我的房子看上去不错，是吧？"他问道，"瞧，它整个正面都迎着阳光。"

我表示同意，房子的确很棒。

"没错。"他的目光巡视着他的房子，每一扇拱门，每一座方塔，"我只花三年时间就赚够了买下它的钱。"

"我还以为你的钱是继承来的。"

"不错，老兄，"他不假思索地说，"但我在大恐慌时期损失了一大半，就是战争引起的那次大恐慌。"

我想他大概也不知道自己在说什么，因为当我问他做的是什么生意时，他答道"那是我的事"，然后他才意识到这个回答很不得体。

"哦，我做过好几种生意。"他纠正了自己的话，"一开始做药品生意[1]，后来又做石油生意。不过现在这两行都不做了。"他更加专注地看着我："你是说你在考虑我那天晚上的建议吗？"

---

[1] 盖茨比有几家药店。他不做毒品生意，但是在禁酒令期间，如有处方，药店可以出售威士忌酒，而其中一些药店则是贩卖私酒的窝点。

我还没来得及回答，黛西从屋里走了出来，她衣服上的两排铜纽扣在阳光中闪闪发亮。

"是那边那座大房子吗？"她用手指着，喊道。

"你喜欢它吗？"

"我太喜欢了，可我不明白你怎么能一个人住在那儿。"

"我让它总是聚满有意思的人。都是一些做着有趣事情的人。名流之类的。"

我们没有沿海边抄近路过去，而是走到大路上，从高大的侧门进去。黛西用她迷人的低语称赞着这儿，又称赞着那儿，称赞天空映衬下古老建筑的轮廓，称赞花园，称赞长寿花的烁烁香气、山楂花和梅花泡沫般的清香，还有吻别花[1]淡金色的味道。走到大理石台阶前，看不到衣着光鲜的人在门口进进出出，也听不见声响，只有鸟儿在树上鸣叫，这种感觉还真有些奇怪。

到了里面，当我们漫步穿过玛丽·安托万内特[2]式的音乐厅和复辟时期式样的客厅时，我觉得宾客们就躲在每一张沙发和每一张桌子后面，奉命屏住呼吸，静静不动，

[1] 别名为"kiss-me-at-the-garden-gate"。三色堇的一种，由一位亚欧混血的同性恋男子将其引入美国。花期在夏暮时节。

[2] 法国国王路易十六的王后，生活奢华，在法国大革命中被送上断头台。

等着我们走过去。盖茨比关上"默顿学院图书室"[1]大门的时候，我可以发誓我听到那个猫头鹰眼男人突然发出幽灵般的笑声。

我们走上楼，穿过一间间复古风格的卧室，里面铺满了玫瑰色和淡紫色的绸缎，摆满了鲜艳的花朵。我们又穿过一间间更衣室、台球室和配有下沉式浴池的浴室。当我们闯进一个房间时，一个蓬头垢面的人正穿着睡衣在地板上做俯卧撑。是克利普斯普林格先生，那个"房客"。当天早上我看见他如饥似渴地在海滩上徘徊。最后我们走进盖茨比自己的套房，包括一个卧室，一个浴室，还有一间亚当式书房[2]。我们在书房里坐下，喝了一杯他从壁橱里拿出来的查特酒。

他的目光一刻也没有离开过黛西，我想，他是在根据她那双令他钟爱的眼睛做出的反应的程度，重新估算他别墅里每一样东西的价值。偶尔，他也会茫然地环顾一下自己拥有的一切，仿佛有她这个真真切切、令人惊心动魄的人站在身旁，所有的东西都不再是真实的了。有一次他差

---

〔1〕 默顿学院是牛津大学的一个学院，以藏书丰富而闻名。
〔2〕 一间具有 18 世纪苏格兰建筑学家、室内设计家罗伯特·亚当（1728—1792）和詹姆斯·亚当（1732—1794）设计风格的房间。

点从一段楼梯上滚下去。

他的卧室是所有房间里最简单的——只有梳妆台上摆设着一套纯金的暗色梳妆用具。黛西高兴地拿起刷子，顺了顺头发，引得盖茨比坐下来，用手遮住眼睛笑了起来。

"这真是最有意思的事情，老兄，"他喜不自禁地说，"我不能——当我试着——"

他显然已经经历了两个心理阶段，正在进入第三阶段。他起初局促不安，继而欢喜若狂，现在当着她的面，他开始被奇迹弄得心力交瘁。这件事他长年朝思暮想，梦寐以求，咬紧牙关苦苦等待，可以说紧张到令人难以置信的程度。此刻，由于反作用，他像一个发条上得太紧的闹钟，变得精疲力竭了。

过了一会儿，他恢复过来之后，为我们打开了两个非常考究的庞大衣橱，里面放满他的西装、晨衣和领带，还有像砖块一样码了十几层高的一摞摞衬衫。

"我在英国请了个人专门为我添置衣服。入春和入秋的时候，他都会挑选一些寄给我。"

他拿出一摞衬衫，开始一件一件扔在我们面前，薄麻布的、厚丝绸的、细法兰绒的，全都抖散开来，五颜六色地散落，铺满了一桌子。我们欣赏着的时候，他又拿出来更多，柔软而贵重的衬衫堆得更高了——条纹的、带涡卷花纹的、格子的，珊瑚色的、苹果绿的、淡紫色的、浅橘色的，还有绣着紫蓝色组合字母的。突然，黛西发出了一个夸张的声音，一头埋进衬衫堆里，号啕大哭起来。

"这些衬衫真美，"她呜咽着，声音闷在衬衫堆里，"我好伤心，我从来没有见过这么——这么美的衬衫。"

看过房子之后，我们本来还要去看看庭院和游泳池，还有水上飞机和盛夏的繁花——但在盖茨比的窗外，雨又下了起来，于是我们三个人站成一排，眺望着水波荡漾的海湾。

"要不是因为有雾，我们就能看到海湾对面你的家。"盖茨比说，"你家码头的尽头总有一盏通宵不灭的绿灯。"

黛西蓦地挽住他的手臂，但他似乎还沉浸在他刚刚说的话里。或许是他突然想到，那盏灯的巨大意义从此永远消失了。相比那曾将他与黛西分开的遥远距离，那盏灯看起来却离黛西那么近，几乎可以碰得着她，就像一颗星星离月亮那么近。可现在，它又只是码头上的一盏绿灯而已了。让他心醉神迷的事物从此减少了一件。

我开始在屋子里随便走走，在半明半暗的光线中查看各种各样模糊的陈设。挂在他书桌上方墙上的一张大照片引起了我的注意，照片里是一个身穿游艇服的上了年纪的男人。

"这是谁？"

"那个？那是丹·科迪先生，老兄。"

这名字听上去有点耳熟。

"他已经去世了。多年以前他是我最好的朋友。"

五斗橱上有一张盖茨比的小照片，也穿着游艇服——他向后昂着头，一副目中无人的样子——显然是他十八岁左右的时候照的。

"我真喜欢这张。"黛西喊道，"这个蓬巴杜发型[1]！你从来没告诉过我你留过蓬巴杜发型——或者有过游艇。"

"看这个，"盖茨比忙不迭地说，"这儿有好多剪报——都是关于你的。"

他们并肩站着，仔细翻看那些剪报。我正想提议看看他收藏的红宝石，电话铃响了，盖茨比拿起听筒。

"对……嗯，我现在不方便谈……我现在不方便谈，老兄……我说的是一个小镇……他一定知道什么是小镇……算了，如果他觉得底特律是小镇，那他对我们来说没用了……"

他挂了电话。

"到这儿来，快！"黛西在窗边喊道。

---

〔1〕 这种发型将头发从前额向后梳，使头发隆起，呈坚硬的波浪状。

雨还在下，可是西边的乌云已经散开，粉色和金色的云朵像泡沫一样在海面上空翻腾着。

"看那儿啊。"她低语道。过了一会儿，又说："我真想摘一朵那粉色的云，把你放在里面，推着你到处游荡。"

我那时试图要离开，可他们说什么也不答应。或许有我在场能让他们更心安理得地"独处"。

"我知道干什么好了，"盖茨比说，"我们让克利普斯普林格弹钢琴。"

他走出房间，喊了一声"艾温"，几分钟后，一个神情尴尬，有点疲惫，戴着玳瑁边眼镜，有着稀疏的金黄头发的年轻男人跟着他走了进来。这男人现在穿得体面些了，一件敞领的"运动衫"，一双运动鞋，一条看不清颜色的帆布长裤。

"我们打扰您锻炼了吗？"黛西礼貌地问。

"我在睡觉呢，"克利普斯普林格先生难为情地大声说，"我是说，我刚才睡着了。然后起来……"

"克利普斯普林格会弹钢琴，"盖茨比打断他的话，"是吧，艾温，老兄？"

"我弹得不好，我不会——我几乎不会弹，我好久不练——"

"我们下楼去。"盖茨比插话道。他按了一个开关，那些灰暗的窗户不见了，明亮的光线洒满了整个房间。

在音乐室里，盖茨比打开钢琴旁边唯一的一盏灯。他用一根颤抖的火柴点燃黛西手里的烟，然后和她一起远远地坐在房间另一头的沙发上。那里没有光亮，除了前厅地板反射过来的一点微光。[1]

克利普斯普林格弹奏完《爱巢》[2]之后，从钢琴凳上转过身来，神情不悦地在一片昏暗中寻找盖茨比的身影。

"我好久不练了，你看。我告诉过你我弹不了。我好久不练——"

"别说那么多，老兄，"盖茨比命令道，"弹吧！"

> 在微微清晨，
>
> 在暮色时分，
>
> 我们岂能不及时行乐——[3]

---

〔1〕 这一句是菲茨杰拉德对约翰·济慈《夜莺颂》第三十八至第三十九行诗句的仿写，济慈的这两行诗后来被菲茨杰拉德用作《夜色温柔》的开场题词："但是，这里却没有光亮，／除了一线天光，被微风带过。"

〔2〕 1920年的一首流行歌曲，由里维斯·A.赫希（lewis A. Hirsch）作曲，奥托·哈巴克（Otto Harbach）作词。

〔3〕 选自1921年流行歌曲《我们岂能不及时行乐？》，理查德·A.怀汀（Richard A. Whiting）作曲，格斯·卡恩（Gus Kahn）和莱蒙德·B.艾根（Raymond B. Egan）作词。"在微微清晨／在暮色时分"这两句歌词本来是"每个微微清晨，／每个暮色时分"。

屋外风很大，海湾上掠过一阵隐隐的雷声。此时西卵所有的灯都亮了；从纽约开来的电动火车载着乘客，穿过雨幕向家的方向疾驰。在这人世发生深刻变化的时刻，空气中生发着兴奋的情绪。

> 有一件事千真万确，没有什么能超越，
> 富人生财，穷人生——孩。
> 在此期间，
> 须臾之间——[1]

我走过去告辞的时候，看到那种困惑的神情又浮现在盖茨比的脸上，仿佛他对眼下的幸福的实质有点隐隐的怀疑。快五年了！即使在那天下午，一定有过一些瞬间，黛西不如他的梦想中的那样好——这并不是因为黛西本人的过错，而是由于他幻想的生命力太旺盛了。这种幻想已经超越了她，超越了一切。他以一种创造性的激情投入了这个幻想中，不断地为它增光添彩，用迎面飘来的每一根绚丽的羽毛点缀着它。再炽热的火焰，再饱满的活力，都比

---

[1] 这里的歌词并非原曲歌词，但是这个非标准版本的歌词却在 20 世纪 20 年代很流行。

不上一个男人凄惶的内心积聚起的情思。

　　我注视着他，看得出来他稍稍动了动，握住了她的手。她低低地在他耳边说了些什么，他听了就冲动地转向她。我想，她的声音里最令他迷醉的是那波动又狂热的温存，因为那是他在梦里无法企及的——这声音是一首永不消逝的歌。

　　他们俩已经把我忘了，虽然黛西抬起头来瞥了一眼，伸出她的手。盖茨比现在则完全认不出我来。我又看了他们一眼，他们也看了看我，好像远在天涯，深陷在激烈的命运当中。于是我离开房间，走下大理石台阶，踏进雨中，留下他们两人在一起。

第六章

大约就在这段时间，有一天早上，一个野心勃勃的年轻记者从纽约赶来，登门采访盖茨比，问他有没有什么话要说。

"关于什么的话？"盖茨比客气地问道。

"哎呀——随便什么都行，能发表的就行。"

莫名其妙地谈了五分钟之后，事情才弄清楚。原来这个人在报社附近听人提起过盖茨比的名字，可是为什么会提起，他却不肯透露，或者他自己也不太清楚。今天他休息，于是就精神可嘉地主动跑出城来"看看"。

虽然只是来碰碰运气，但这位记者的直觉是对的。整个夏天，盖茨比的大名被几百名接受过他款待从而对他过去的经历了如指掌的客人传诵，越来越响，只差一点就成了新闻人物。当时的各种传奇事件都跟他扯上了关系，比如"通往加拿大的地下管道"[1]。还有一个故事一直在流传，

---

〔1〕 美国禁酒期间的一件奇事是，很多私酒是从加拿大通过管道贩运到美国的。

说他根本就不住在别墅里，而是住在一艘看起来像是一幢别墅的船上，悄悄沿着长岛海岸来回游动。至于为什么这些无中生有的谣言会让北达科他州的詹姆斯·盖兹感到满意，就不好解答了。

詹姆斯·盖兹——这是他真正的，至少是法律上的姓名。他在十七岁那年改了名字，也正是在那个时候，他开创了自己一生的事业——当时他看见丹·科迪的游艇在苏必利尔湖最险恶的沙洲上抛锚。那天下午，正是这位詹姆斯·盖兹穿着一件破旧的绿色毛线衫和一条帆布裤在沙滩上闲逛，而当后来他借到一条小船，划到"托洛美"号[1]附近，告知科迪半小时之内可能会有一场大风降临，掀翻他的游艇的时候[2]，他已经是杰伊·盖茨比了。

我猜他早已把名字想好了，当时就已经想好很长时

---

〔1〕 这艘游艇可能得名于加利福尼亚州矿产丰富的托洛美县。

〔2〕 盖茨比和科迪的会面，基于菲茨杰拉德在长岛大颈镇结识的朋友罗伯特·科尔（Robert Kerr）的童年经历。菲茨杰拉德在1924年在从法国给科尔的信中写道："在你告诉我的那些事情里，我把那艘船，也就是游艇，写进了我的小说，还有那个情妇的名字叫内莉·布莱（Nellie Bly）的神秘的游艇主人也被我写进去了。我的主人公的处境和你的一样，经历也和你一致。"参见 Joseph Corso, "One Not-Forgotten Summer Night: Sources for Fictional Symbols of American Character in The Great Gatsby", in *Fitzgerald/Hemingway Annual 1976*, pp. 8-33。

间了。他的父母是碌碌无为的庄稼人，在他的头脑里，从来就没有真正接受过他们是他的父母。实际上，长岛西卵的杰伊·盖茨比是从柏拉图式的对自己的构想中突然诞生的。他是上帝之子——这个称号如果有什么意义的话，就是它字面的意思——他必须效命于他的天父[1]，献身于一种博大、世俗、华而不实的美。所以，他虚构出这样一个杰伊·盖茨比，这正是一个十七岁男孩想要虚构的人物，而他始终不渝地忠于这个构想。

一年多来，他沿着苏必利尔湖的南岸闯荡，捞蛤蜊，捕鲑鱼[2]，或者干些其他能够维持生计的活。他那棕黑色的、愈加健壮的身体自在地应付着那些令人振奋的日子里时而辛苦时而闲散的工作。他很早就跟女人有了交往，因为女人们都宠爱他，他反倒瞧不起她们。他瞧不起年轻的处女，因为她们无知；他也瞧不起其他女人，因为她们容易对一些事歇斯底里，而在他那势不可当的自我陶醉中，

---

〔1〕 出自《圣经·新约·路加福音》第 2 章第 49 节："岂不知我应当以我父的事为念？"

〔2〕 苏必利尔湖内没有蛤蜊，但是湖里的鱼被当地人称为"内陆鲑鱼"。欧内斯特·海明威读到《了不起的盖茨比》后，于 1926 年 4 月写给菲茨杰拉德的信中说："苏必利尔湖里没有鲑鱼。"参见 Matthew Joseph Bruccoli, *Scott and Ernest*, New York: Random House, 1978, p.42。

那些事都是理所当然的。

但是他的内心却始终处于躁乱不安中。夜晚躺在床上的时候，各种最为诡异怪诞的幻想让他心神不宁。当闹钟在脸盆架上嘀嗒作响，地板上乱作一团的衣服浸在如水的月光里的时候，一个无以名状的浮华世界便会在他的脑海里展现。每个夜晚，他都会给这些幻想中的构图添枝加叶，直到睡意不知不觉袭来，拥着他合上这些栩栩如生的画面。有一段时间，这些空想为他的想象力提供了一个发泄的出口。它们令人满意地暗示，现实是不真实的，也让人相信，世界的基石牢牢地建立在一片仙女的羽翼上。

几个月以前，一种追求未来光辉的本能促使他前往明尼苏达州南部路德教的小小的圣奥拉夫学院[1]。他在那里只待了两个星期，因为学院对他擂响的命运之鼓和命运本身漠不关心，令他感到沮丧，他也不屑于为支付学费而去做看门人。之后他又四处游荡，回到了苏必利尔湖。那天，他还在找活儿干的时候，丹·科迪的游艇在湖边的浅滩抛了锚。

科迪那个时候五十岁，内华达的银子和育空的金子成就了他，1875 年以来的每一次淘金热中都能看到他的身影。他在蒙大拿州做铜矿生意发了好几百万美元的横财，结果

〔1〕 明尼苏达州南部诺斯菲尔德的一所学院。

他身体虽然依旧健壮，头脑却几近糊涂。无数女人觉察到这一点，便想方设法弄走他的钱。那个名叫艾拉·凯的女记者抓住了他的弱点，扮演了曼特农夫人[1]的角色，怂恿他乘上游艇去航海，她那些不光彩的手段成了1902年八卦报纸上的常识。他沿着所有那些舒适宜人的海岸航行了五年，就在那一天驶入"少女湾"[2]，成了詹姆斯·盖兹命运的转折点。

年轻的盖兹两手支在船桨上，抬头看着栏杆围起的甲板，对他而言，这艘游艇代表了世界上所有的美和魅力。我猜他当时对科迪笑了——他大概已经发现他微笑的样子很讨人喜欢。不管怎样，科迪问了他几个问题（其中一个引出了他那崭新的名字），发现他头脑敏捷，雄心勃勃。几天之后，科迪带他去了德卢斯城，给他买了一件蓝色外套、六条白帆布裤子和一顶游艇帽。等"托洛美"号起程向西印度群岛[3]

---

〔1〕 弗朗索瓦兹·德·奥比涅（Francoise d'Aubigne, 1635—1719），曼特农女侯爵，路易十四的第二任妻子，也是国王背后的实权人物。

〔2〕 苏必利尔湖的航行图上没有标注"少女湾"这个地方，而在密歇根湖岸边有一处"少女点"，不过我们现在无法确定菲茨杰拉德指的是不是一处现实中存在的地方。

〔3〕 曾有人误称，科迪的游艇不可能从苏必利尔湖驶入大西洋。但是，在圣路易斯水道开凿之前，250吨以下的轮船能够通过连接五大湖和圣路易斯河的水闸和运河，而圣路易斯河正好流入大西洋。

和巴巴里海岸[1]航行的时候，盖茨比也一起走了。

他以一种不太明确的私人雇员身份在科迪手下工作——先后当过厨房总管、大副、船长、秘书，甚至狱卒。因为清醒的丹·科迪知道喝醉的丹·科迪可能会很快大肆挥霍，所以为了防止这类意外，他越来越信任盖茨比。这种状况持续了五年，在此期间他们的船绕着美洲大陆环游了三圈。本来可以永远这样下去，然而一天晚上在波士顿，艾拉·凯上了船，一星期后丹·科迪便毫不客气地过世了。

我记得他那张挂在盖茨比卧室里的照片，头发灰白，肤色红润，一副冷峻却又空虚的面孔——这是个沉湎酒色的拓荒者，在美国历史的某一时期，这类人将边疆妓院和酒馆里的狂野粗暴带回到了东部海滨。盖茨比酒喝得这样少，这要间接归功于科迪。有时在欢闹的宴会上，女人们会把香槟揉进他的头发，但他自己却养成了不沾酒的习惯。

他正是从科迪那里继承了一笔钱——一笔两万五千美元的遗赠。不过他一分都没有拿到。他从未搞明白别人用了什么法律手段来对付他，只是那几百万财产余下的部分

---

[1] 巴巴里海岸原意指自埃及至大西洋的北非沿海地区，但不清楚科迪的游艇是否具备横跨大西洋的航行能力。而在 19 世纪，旧金山的低级酒吧区也被称为"巴巴里海岸"，也许菲茨杰拉德就是指这个地方。

通通归了艾拉·凯。留给他的是一份独特而恰当的教育：杰伊·盖茨比的模糊轮廓已经充实起来，成为一个有血有肉的男人了。

很久之后，他才告诉我这一切。但我在这里把它写下来，是想破除早前那些关于他身世的荒唐谣言，那些不含一丁半点儿真实状况的讹传。再有，他告诉我的时候我正处于困惑中，对他的所有事情半信半疑。所以现在趁这短暂的停顿，我把所有误解澄清一下，就当作让盖茨比喘口气吧。

这段时间也是我与他的交往中的一个停顿。我已经好几个星期没看见他，也没在电话里听到他的声音了——大多数时间我都在纽约，跟着乔丹到处跑，努力讨好她那老糊涂的姑妈。不过，我最终还是在一个星期日的下午去了盖茨比家。我刚到两分钟，就有人带着汤姆·布坎南来喝酒。自然，我很吃惊，但真正让我吃惊的是，这还是汤姆第一次来。

他们一行三人是骑马来的——汤姆，一个姓斯隆的男人，还有一个穿着棕色骑装的漂亮女人，她以前来过。

"我很高兴见到你们，"盖茨比站在门廊上说，"我很高兴你们顺道来坐坐。"

好像他们真会在乎他是否高兴似的！

"快请坐，抽支烟或者雪茄吧。"他在屋子里忙活起来，摇铃喊人，"我马上就让人给你们拿点喝的来。"

汤姆的到来让他的心绪深受影响。不过在招待好客人之前，他反正也不会安宁，他也隐约意识到他们就是为接受款待而来的。可斯隆先生什么都不要。来杯柠檬水？不，谢谢。来点香槟？什么都不要，谢谢……抱歉——

"你们一路骑过来挺开心吧？"

"这一带的路挺好。"

"我估计汽车把——"

"是嘛。"

抑制不住的冲动促使盖茨比转向汤姆。刚才介绍的时候，他们只把彼此当作陌生人。

"我想我们以前在哪儿见过，布坎南先生。"

"哦，是啊，"汤姆礼貌而生硬地说，显然他想不起来了，"我们是见过，我记得很清楚。"

"大概两星期前。"

"是啊，你当时和尼克一起在这儿。"

"我认识你太太。"盖茨比继续说道，几乎有点挑衅的意味。

"是吗？"

汤姆转向我。

"你住在这附近吧，尼克？"

"就在隔壁。"

"是吗？"

斯隆先生没有加入对话，而是傲慢地懒洋洋地靠在椅子上。那女人也什么都没说，直到喝了两杯姜汁威士忌之后，出人意料地兴奋起来。

"我们都来参加你下次的宴会，盖茨比先生，"她提议道，"你说怎么样？"

"当然。你们能来，我会很高兴的。"

"很好，"斯隆先生说，没有一点感谢之情，"嗯——我看该往家走了。"

"请不要忙着走。"盖茨比劝他们。他现在已经能控制自己了，他还想多观察观察汤姆。"你们为什么不——为什么不留下吃晚餐呢？我看说不定还有人会从纽约过来。"

"你到我家吃晚餐吧，"那女士热情地说，"你们两个都来。"

这也包括了我。斯隆先生站起身来。

"来吧。"他说——不过只是对她说。

"我是说真的，"她坚持道，"我真希望你们来。有的是地方。"

盖茨比疑惑地看了看我。他想去，并且他没看出斯隆先生打定了主意不让他去。

"我恐怕去不了。"我说。

"啊，那你来吧。"她把目标集中在盖茨比身上，催促道。

斯隆先生在她耳旁嘀咕了几句。

"我们如果现在出发，就不会晚。"她大声坚持道。

"我没有马。"盖茨比说，"我以前在军队里骑过，但从来没买过马。我得开车跟着你们。请稍等我一分钟。"

我们余下几人走到门廊上，斯隆和那位女士开始在一旁激烈地争吵起来。

"我的天，我看这家伙真的要来，"汤姆说，"难道他不知道她不想让他来吗？"

"她说她确实想让他来啊。"

"她要办一场盛大的宴会，那儿的人他一个也不认识。"他皱了皱眉头。"我就奇怪他到底在哪儿见过黛西。天晓得，也许我观念太老套，但是这年头女人们到处乱跑，我可看不惯。她们去见各种乱七八糟的人。"

突然，斯隆先生和那位女士走下台阶，上了马。

"来吧，"斯隆先生对汤姆说，"要迟到了，我们得走了。"然后对我说："告诉他我们没法等了，行吗？"

汤姆和我握了握手，另外两个人和我相互冷冷地点了点头，然后他们骑着马沿着车道快跑起来，消失在八月的树荫里。而盖茨比拿着帽子和薄外套，正从前门走出来。

汤姆对于黛西一个人到处乱跑显然感到不安，因为接下来那个星期六的晚上，他与黛西一同来盖茨比家赴宴了。也许是由于他在场，那个夜晚有一种奇怪的压抑感——它鲜明地留在我记忆里，与那个夏天盖茨比的其他宴会迥然不同。还是同样那些人，或者至少是同一类人，同样源源不断的香槟，同样五颜六色、七嘴八舌的喧闹，但是我感觉到，空气中有一种不愉快的气氛，弥散着一种从未有过的严峻气息。或许，只是我渐渐习惯了而已，渐渐习惯于把西卵看作一个独立完整的世界，有它自己的标准和大人物。它首屈一指，因为它对自己的这种地位不以为然。而现在我要通过黛西的眼睛，重新去看这一切。通过一双新的眼睛去看待你已经花了很多力气才适应的事物，总是会令人难过。

他们在黄昏时分到来，当我们漫步在数百位闪亮的客人中时，黛西又开始在喉咙里用她的声音玩起喃喃细语的把戏。

"这些东西太让我兴奋了，"她小声说，"如果今天晚上你想在任何时候吻我的话，尼克，尽管告诉我好了，我很乐意为你安排。只要提一下我的名字就行。或者出示一张绿色卡片。我正在发绿色的——"

"四处看看吧。"盖茨比建议道。

"我正四处看呀。我感觉棒极——"

"你一定看到许多你听说过的人物的面孔。"

汤姆傲慢的眼睛向人群随意一扫。

"我们不经常到处走。"他说，"事实上，我刚才正在想，这里的人我一个都不认识。"

"也许你认识那位女士。"盖茨比指着一位端坐在一棵白梅树下，世间少有、美若兰花的女人。汤姆和黛西目不转睛地看着，认出这是一位只能在电影中见到的神灵似的名人，流露出难以置信的神情。

"她真美啊！"黛西说。

"一旁向她弯着腰的是她的导演。"

盖茨比郑重其事地领着他们向一群又一群的客人介绍。

"布坎南太太……和布坎南先生——"犹豫片刻后，他又补充道，"马球健将。"

"哦，不，"汤姆连忙否认，"我可不是。"

但是盖茨比显然喜欢这个称呼的含义，因为接下来的整个晚上，汤姆一直被称作"马球健将"。

"我从来没有见过这么多名人，"黛西兴奋地说，"我喜欢那个男人——他叫什么来着？鼻子有点发青的那个。"

盖茨比说出了那人的姓名，又说他是一个小制片人。

"哦，反正我喜欢他。"

"我倒有点不想做马球健将，"汤姆愉快地说，"我宁可在一旁默默无闻地看着所有这些名人。"

黛西和盖茨比跳起了舞。我记得我为他那优雅保守的狐步舞而感到惊讶——因为我从没有见过盖茨比跳舞。然后他们漫步到我家，在台阶上坐了半个小时，黛西要求我在花园里为他们把风。"万一着火或者发大水，"她解释道，"或是发生什么天灾呢。"

我们坐下来要吃晚餐的时候，汤姆从他的"默默无闻"中现身了。"你们介意我跟那边的几个人一起吃饭吗？"他说，"有个家伙正在讲些有意思的事。"

"去吧，"黛西和颜悦色地答道，"如果你想记下谁的住址，这儿还有我的金色小铅笔呢……"过了一会儿，她四处望望，跟我说那个女孩"俗气却很漂亮"，于是我知道，除了跟盖茨比独处的那半个小时之外，她过得并不开心。

我们坐在一桌烂醉如泥的人中。都是我的错——盖茨比被叫去接电话，而我两个星期以前还挺喜欢这些人的。不过，那时令我觉得好玩的事，现在却像是悬在空中烂掉了一样索然无味。

"你感觉怎么样，贝达克小姐？"

我说话的这个姑娘正试图倒在我肩上，不过没有成功。

我一问，她就坐起身，睁开了眼睛。

"啥？"

一个块头很大、昏昏欲睡的女人原本一直在劝黛西明天和她到本地的俱乐部去打高尔夫球，现在倒为贝达克小姐辩白起来：

"哦，她现在没事啦。她一喝下五六杯鸡尾酒，总会开始这么大喊大叫。我都跟她说过她不该喝酒。"

"我确实没喝。"受到指责的人虚张声势地申明。

"我们听见你喊了，所以我跟这位西维特医生说：'这儿有人需要你的帮助，医生。'"

"她很领你的情，我确定，"另一位朋友用毫无感激的口气说，"但是你把她的头摁到游泳池里的时候，把她的裙子全弄湿了。"

"我最恨别人把我的头摁到游泳池里，"贝达克小姐嘟囔道，"有一次在新泽西他们差点儿把我淹死。"

"那你就不该喝酒了。"西维特医生反驳道。

"说说你自己吧！"贝达克小姐激烈地大喊，"你的手直发抖。我才不会让你给我做手术呢！"

情况就是这样。我记得的大约最后一件事就是我和黛西站在一起，望着那位电影导演和他的大明星。他们仍然在那棵白梅树下，脸颊几乎贴在一起，只隔了一束细细的暗淡的月光。我意识到，他整个晚上一直在非常缓慢地向她弯下腰，终于和她贴得那么近。然后正在我望着的这一刻，我看见他弯下最终的一度，吻上了她的脸颊。

"我喜欢她，"黛西说，"我觉得她美极了。"

但是其他一切都让她反感——这是不容置疑的，因为这不是一种姿态，而是一种情感。西卵，这个百老汇在一个长岛渔村生下的前所未有的"胜地"，让她惊恐；它那在传统的儒雅外表下躁动的原始活力让她惊恐；那驱使它的居民沿着一条捷径从白手起家又到一无所获的突兀命运也让她惊恐。她正是在这种无法理解的单纯中，看到了什么可怕的东西。

他们等车的时候，我和他们一起坐在门前的台阶上。这里往前看一片漆黑：只有敞开的门向浅黑色的黎明投射出十平方英尺的亮光。有时楼上化妆间的遮帘上有人影闪来，又为另一个人影让路，络绎而至的影子都对着一面从这里看不到的镜子涂脂抹粉。

"这个姓盖茨比的到底是谁？"汤姆突然问，"某个大私酒贩子？"

"你从哪儿听来的？"我问道。

"我不是听来的，我猜的。很多这种暴发户都不过是大私酒贩子，你知道。"

"盖茨比不是。"我简短地回答。

他沉默了一会儿。车道上的小石子在他脚底下咔嚓作响。

"我说，他一定花了很大力气才把这些三教九流的人弄到一块儿。"

一阵微风掠过黛西的灰色毛领子，像是搅动了一团薄雾。

"至少他们比我们认识的人有趣。"她有点勉强地说。

"可你看上去不怎么感兴趣啊。"

"哦，我感兴趣。"

汤姆笑着转向我。

"那个女孩让黛西帮她洗个冷水澡的时候，你有没有注意到黛西的表情？"

黛西开始跟着音乐小声唱起来，声音沙哑而有节奏，将歌词中的每个字都唱出了前无古人后无来者的韵味。当曲调升高，她的声音也像女低音一样跟着甜美地散开，每一点变化都向空气中倾泻出一丝她那温暖的人性魔力。

"很多人是不请自来的，"黛西突然说，"那个女孩就是。他们直接闯上门来，他只是太客气，不好意思拒绝。"

"我想知道他是什么人，是干什么的，"汤姆坚持道，"我想我会搞清楚的。"

"我现在就可以告诉你。"她回答,"他开药店,好多家药店。都是自己一手创办的。"

姗姗来迟的豪华大轿车沿着车道开了过来。

"晚安,尼克。"黛西说。

她的目光离开了我,寻着灯光照亮的最上一层台阶看去,一支当年流行的哀婉动人的小华尔兹舞曲《凌晨3点钟》[1]正从那里敞开的大门飘出来。毕竟,只有在盖茨比派对的这种轻松的气氛中,才能找到浪漫的可能,而这种浪漫在她的世界中是绝对不可能有的。那上面的曲子中有什么东西似乎在召唤她回去呢。在这幽暗而难以预测的时辰里,又会发生怎样的事情?或许某位客人会让人难以置信地光临,某位绝代佳人,某位真正明艳照人的少女,只要她鲜活的眼神一触到盖茨比,只要刹那的神奇邂逅,便可将五年来那矢志不渝的深情一笔勾销。

那一夜我待到很晚。盖茨比要我待到他能脱身的时候,于是我就在花园里徘徊,一直等到非得去游泳的客人打着寒战、兴奋地从黑漆漆的海滩上跑上来,等到楼上客房的

---

〔1〕 这首由朱利安·罗布莱多(Julian Robledo)作曲的华尔兹于1919年首次发行,随即风靡一时,而它的歌词则是多萝西·特里斯(Dorothy Terris)于1921年增添的。

灯全都熄灭。当他终于从台阶上走下来时，他脸上晒得黝黑的皮肤比往常绷得更紧，双眼明亮却带着倦意。

"她不喜欢这场宴会。"他直截了当地说。

"她当然喜欢。"

"她不喜欢这场宴会，"他坚持道，"她玩得不开心。"

他沉默下来，我猜他有满腔说不出的郁闷。

"我觉得我和她离得很远，"他说，"很难让她明白我的想法。"

"你是说跳舞的时候吗？"

"跳舞？"他打了个响指，把所有他开过的舞会都一笔勾销了，"老兄，跳舞并不重要。"

他就想要黛西过去跟汤姆说："我从来没有爱过你。"等她用这句话抹销过去这三年，他们就可以决定采取哪些更实际的措施。其中之一便是，等她自由之后，他们要回到路易斯维尔，在她家结婚——就好像是回到五年以前一样。

"可是她不理解，"他绝望地说，"她过去是能够理解我的。我们常常在一起坐上几个小时——"

他忽然停住话头，开始在一条遍地是果皮、丢弃的小礼物和被踩烂的鲜花的荒凉小道上走来走去。

"要是我，就不会对她要求太高，"我试探地说，"你不能重温旧梦的。"

"不能重温旧梦？"他难以置信地喊道，"哪儿的话，当然能了！"

他躁动地向四周张望，仿佛往昔就潜藏在他别墅的阴影里，只是他的手没抓到而已。

"我会把一切安排得跟过去一模一样，"他坚定地点点头，"她会看到的。"

他滔滔不绝地说着过去的事，我看得出他想修复些什么，也许是他自己的一些思绪，他爱上黛西时的那种心境。从那时起，他的生活一直是困惑而凌乱的，但如果能够再次回到开始的某个地方，慢慢地重来一遍，他就能找出他想修复的东西是什么……

……五年前，一个秋天的夜晚，他们走在落叶纷纷的街上，来到一处没有树木的地方，那里的人行道被月光照得发白。他们停下脚步，转向对方。夜凉如水，夜色中蕴藏着神秘的兴奋，那是一年两度季节更替时特有的气氛。家家户户静谧灯火的低声吟唱融入外面的黑夜中，繁星熙熙攘攘，变幻扰动。盖茨比用眼角的余光看见，一段段人行道仿佛真的搭成一架梯子，直通向树顶上空一处秘密的地方——只要他独自往上爬，就能爬上去，一旦到了那里，就可以吮吸生命的乳汁，大口咽下那无与伦比的神奇琼浆。

黛西那白皙的脸庞贴近他的脸时，他的心跳越来越快。他知道当他亲吻了这个女孩，并把他难以名状的憧憬和她凡尘间的生命气息结合在一起的时候，他的意志就再也不会像上帝的意志一样自由驰骋了。所以他等待着，再倾听一会儿那已经在一颗星上敲响的音叉。然后，他吻了她。经他的嘴唇一碰，她就像一朵含苞的花一样为他绽放，于是这个理想的化身完成了。

他所说的一切，以及那惊心动魄的感伤，让我想起了什么——很久以前在哪里听到过的一段难以捉摸的节奏，几个零落的词。有一瞬间，一个词拼命在我嘴里成形，我的双唇像哑巴的一样张开，仿佛除了一丝受惊的空气之外，还有别的什么挣扎着要出来。但是我的嘴唇没有发出声音，而我几乎要记起的东西也就永远无法传达了。

第七章

当人们对盖茨比的好奇心到达顶点的时候，一个星期六的晚上，他别墅的灯却没有点亮——于是，他作为特里马尔乔[1]的生涯莫名其妙地结束了，如同当初莫名其妙地开始一样。

慢慢地我才注意到，那些满怀期待拐上他家车道的汽车，只逗留了一会儿，便悻悻地开走了。我怀疑他可能是病了，于是过去看看——一个凶神恶煞的陌生管家从打开的门里怀疑地斜着眼睛看着我。

"盖茨比先生病了吗？"

"没有。"停了一下，他才拖拖拉拉、心有不甘地加了一句"先生"。

"我好久没看见他了，非常担心。告诉他卡拉威先生

---

[1] 指古罗马作家佩特洛尼乌斯（Petronius）所著的拉丁语讽刺喜剧《萨蒂利孔》（成书于公元 54—68 年）中的一个生活奢华、喜欢召开宴会的富翁。详情见附录第三部分"关于书名"。

来过。"

"谁？"他粗鲁地问道。

"卡拉威。"

"卡拉威。好的，我会告诉他。"

他突然砰的一声把门甩上。

我的芬兰女佣告诉我，盖茨比一个星期前解雇了他家的所有用人，又另外雇了五六个，这些人从来不到西卵去收那些店主的回扣，而只是打电话订购适量的日用品。据杂货店的小伙子说，他家厨房看上去就像个猪圈。镇里人普遍认为，新来的人根本就不是用人。

第二天盖茨比打电话给我。

"是要出门吗？"我问道。

"不是，老兄。"

"我听说你把所有用人都辞了。"

"我想要些不会说长道短的人。黛西经常过来——下午的时候。"

原来如此。由于她看不顺眼，所以这整座大酒店就像纸牌搭的房子一样坍塌了。

"他们是沃尔夫山姆想帮衬的人，都是哥们儿姐们儿，一起开过一家小酒店。"

"我明白了。"

是黛西让他打电话来的——问我明天能不能去她家吃午饭。贝克小姐也会去。半个小时之后黛西自己也打了过来，知道我会去，她似乎松了一口气。一定出了什么事。然而我还是不能相信，他们会选择这样一个场合来演一出戏——特别是盖茨比曾经在花园里勾画过的那苦情的一幕。

第二天，酷热灼人，几乎是夏季里最后当然也最炎热的日子。当我乘坐的火车从隧道里驶进阳光中，只听见全国饼干公司[1]那热辣辣的汽笛声打破了中午闷热的寂静。车座上的草垫子热得快要着火了。坐在我旁边的女人起初还很矜持地任汗水浸透她的白衬衫，但当手上的报纸也在手指下被汗水浸湿的时候，她哀叹一声，在酷热中绝望地往后一倒。她的钱包啪的一声掉在了地上。

"哦，啊呀！"她倒抽了一口气。

我疲惫地弯下腰把它捡起来，递还给她。我把胳膊伸得远远的，捏住钱包的尖端，表示我别无企图——可是旁边的每一个人，包括那个女人，照样怀疑我。

"热！"查票员对那些熟悉的面孔说，"什么鬼天气！……热！……热！……热！……你觉得够热吗？热不

---

〔1〕 皇后区的一家大型面包房，其运营者也被称为纳贝斯克公司。

热？是不是？"

我的月票回到我手上时，留下了他的一个黑手印。在这酷热的天气里，谁还会关心他亲吻了哪个人的红唇，哪个人的头依偎在他怀里，弄湿了他心口上的睡衣口袋！

……一阵微弱的风穿过布坎南家的前厅，将电话铃声带到等在前厅的盖茨比和我的耳边。

"主人的尸体！"管家冲着话筒嚷嚷，"抱歉，夫人，我们不能提供，今天中午太热了，没法碰啊！"

其实他说的是："好的……好的……我去瞧瞧。"

他放下话筒，向我们走来，头上渗出的汗珠微微闪光，接过我们的硬草帽。

"夫人在客厅里等你们呢！"他一边喊，一边没有必要地指着方向。在这酷热中，每一个多余的姿势都是对生命储备轻慢的浪费。

这间屋子被遮阳篷遮得严严实实，阴暗又凉爽。黛西和乔丹躺在一张巨大的沙发上，像两座银像压住自己白色的衣裙，不让电扇嗖嗖的风把它们吹起来。

"我们动不了了。"她们俩一起说。

乔丹那晒黑的手指搽了一层白粉，在我的手掌里放了一会儿。

"体育家托马斯·布坎南先生呢？"我问道。

就在这时我听见了他的声音，粗鲁、低沉而沙哑，在前厅里讲着电话。

盖茨比站在绯红的地毯中央，用着迷的眼神四处凝望。黛西看着他，发出甜蜜而动人的笑声，一缕香粉从她的胸口飘升到空中。

"有谣言说，"乔丹悄悄地说，"电话那边是汤姆的相好。"

我们默不作声。前厅的声音恼火地升高起来："那很好，我绝对不会把车卖给你了……我根本就不欠你什么人情……你在午饭时为了这点事来打扰我，我绝对不忍受！"

"挂上了话筒说给我们听的。"黛西嘲讽地说。

"不，他没有，"我向她保证，"这笔交易确有其事。我碰巧知道这事儿。"

汤姆猛地推开门，他粗壮的身躯片刻间堵住了门口，接着他快步走进屋里。

"盖茨比先生！"他伸出宽大而扁平的手，成功地隐藏起对他的厌恶，"我很高兴见到你，先生……尼克……"

"给我们来点冷饮吧。"黛西喊道。

他再次离开房间后，她站起来走到盖茨比身边，拉低他的脸庞，亲吻了他的嘴唇。

"你知道我爱你。"她喃喃地说。

"你忘了这儿还有位女士了吗？"乔丹说。

黛西暧昧地转头看看。

"你也亲亲尼克吧。"

"多么低俗下流的姑娘！"

"我不在乎！"黛西喊道，开始在砖砌的壁炉前跳起木屐舞来。然后她想起天气很热，便羞惭地在沙发上坐下来。这时，一个穿着新洗的衣服的保姆领着一个小女孩走进房间。

"心——肝，宝——贝，"她嗲声嗲气地说，伸出双臂，"到你亲妈这儿来，妈妈爱你。"

保姆一松手，孩子就从房间那头跑过来，害羞地一头埋进妈妈的裙子里。

"心——肝，宝——贝啊！妈妈把粉弄到你的小黄头发上了吗？现在站起身来，说声您——好。"

盖茨比和我先后弯下腰来，握了握那只不太情愿伸出的小手。然后他就一直吃惊地看着孩子，我想他从来没有真正相信过她的存在。

"我午饭前就打扮好了。"孩子热切地转向黛西说。

"那是因为你妈妈想显摆你。"她低下头用脸贴着那娇小白嫩的脖颈上唯一的褶皱，"你啊，你这个小美人儿。你绝对是个小美人儿。"

"是的，"孩子平静地承认，"乔丹阿姨也穿了一条白色的裙子。"

"你喜欢妈妈的朋友吗？"黛西把她转过身来，让她面对着盖茨比，"你觉得他们好看吗？"

"爸爸在哪儿？"

"她长得不像她父亲，"黛西解释道，"她长得像我。她的头发和脸型都像我。"

黛西向后靠在沙发上。保姆上前一步，伸出了手。

"过来，帕米。"

"再见，甜心！"

很懂规矩的孩子依依不舍地回头看了一眼，抓着她的保姆的手，被拉到门外去。正好这时汤姆回来了，领着用人端来了四杯杜松子利克酒，里面满满的冰块咔嚓作响。

盖茨比端过一杯酒来。

"这酒看上去真凉。"他说道，显然有些紧张。

我们贪婪地咽了好一会儿酒。

"我在什么地方看到过，太阳会一年比一年热，"汤姆和气地说，"看来地球很快就会掉进太阳里去——等等——恰恰相反——太阳一年比一年冷。"

"到外面来吧，"他向盖茨比提议，"我想请你看看这个地方。"

我和他们一起来到外面门廊上。碧绿的海湾在酷热中像一潭死水，一艘小帆船慢慢地朝清新的海域爬去。盖茨比的目光追随了它一会儿，然后他抬起手，指向海湾对面。

"我就住在你们正对面。"

"可不是嘛。"

我们的目光越过玫瑰花圃，越过发烫的草坪和酷暑中海边的乱草丛。那艘小船的白色羽翼正在蔚蓝清凉的天际的映衬下慢慢移动。前面是扇形的海域和星罗棋布的宝岛。

"这种运动多棒，"汤姆点点头说，"我真想去那儿，和他玩上一个小时。"

我们在餐厅吃午饭，这里也遮得很阴凉。大家把紧张的愉快和凉啤酒一起喝下肚去。

"我们今天下午做点儿什么好呢？"黛西大声问道，"还有明天呢，还有今后三十年呢？"

"别发神经了，"乔丹说，"等到秋高气爽，生活就又重新开始了。"

"可是现在好热啊，"黛西固执地说道，简直快要哭出来了，"什么事都一团糟。我们都进城去吧！"

她的声音在热浪中不断挣扎，横冲直撞，将热气的无知无觉塑成各种形状。

"我听说过有人把马厩改造成车库，"汤姆对盖茨比说，

"但我是第一个把车库改造成马厩的人。"

"谁想去城里？"黛西执拗地问。盖茨比的目光朝她游移过去。"啊，"她喊道，"你看上去真酷。"

他们四目相接，互相凝视着对方，超然物外。黛西好不容易才把视线移回到餐桌上。

"你看上去总是那么酷。"她重复道。

她已经告诉他，她爱他，汤姆·布坎南也看出来了。他大为震惊。他微张着嘴唇，看看盖茨比，又回过来看看黛西，好像刚刚认出她是他很久以前认识的一个人。

"你很像广告里的那个人，"[1]她继续天真地说，"你知道广告里那个人——"

"好啦，"汤姆连忙打断了她的话，"我非常愿意进城去。走吧——我们都进城里去。"

他站起身，目光仍然在盖茨比和他的妻子间闪来闪去。谁都没动。

"走呀！"他有点冒火了，"怎么回事啊到底？咱们要是进城，就动身啊。"

他的手因为竭力控制自己而在发抖，把杯中最后一点

---

〔1〕 很可能指的是当时流行的"箭领"衬衫插画广告，其突出特点是插画里往往有英俊的男青年。

啤酒抬到嘴边喝掉。黛西发声让我们站起来，走到外面炙热的石子车道上。

"我们这就走吗？"她反对道，"这样就走了啊？也不让人先抽根烟？"

"吃饭的时候大家从头到尾都在抽烟。"

"哦，我们开开心心的吧，"她央求他，"天气太热了，别闹了。"

他没有回答。

"你说怎样就怎样吧，"她说，"来吧，乔丹。"

她们上楼去做准备，我们三个男人站在那里，用脚把滚烫的小石子拨来拨去。一弯银月已经悬挂在西边的天上。盖茨比刚开口说话，又改变了主意，可是汤姆已经转过身来，期待地面向他。

"请再说一遍？"

"你的马厩是在这儿吗？"盖茨比好不容易问出一句话。

"沿这条路下去，大约四分之一英里就到了。"

"哦。"

一阵停顿。

"我真不明白到城里去干吗，"汤姆粗蛮地脱口而出，"女人总是心血来潮——"

"我们带点儿什么喝的吗？"黛西从楼上的窗口喊道。

"我去拿点威士忌。"汤姆答道。他走进屋子里去。

盖茨比身体僵直地转向我：

"我在他家什么话也不能说，老兄。"

"她的声音很不慎重，"我说，"声音里充满了——"

我犹豫了一下。

"她的声音里充满了金钱。"他忽然说。

正是如此。我以前从没有领悟到。她的声音里充满了金钱——这就是她的声音里高低起伏的永不衰竭的魅力，叮当作响的声音，铜钹鸣唱的声音……在一座高高在上的白色的宫殿里，国王的女儿，黄金女郎……

汤姆从屋子里走出来，用毛巾包着一瓶一夸脱的酒，黛西和乔丹跟在后面，两人都戴着用金属丝做撑子的又小又紧的纱帽，手臂上搭着薄纱披肩。

"大家都坐我的车去好吗？"盖茨比建议道。他摸了摸那滚烫的绿皮车座。"我应该把它停在阴凉的地方。"

"这车用的是标准排挡[1]吗？"汤姆问。

"是的。"

"好吧，你开我的小轿车，让我开你的车进城。"

---

[1] 在 20 世纪 20 年代，大多数轿车都会使用 H 形换挡杆。

这个建议不合盖茨比的口味。

"我看汽油不多了。"他表示反对。

"汽油多得很。"汤姆嚷嚷着说。他看看油表。"如果用光了，我可以找一个药房停下来。这年头你在药店什么都买得到。"

听了这句明显不相干的话，大家都顿住了。黛西皱着眉头看着汤姆，盖茨比的脸上掠过一种难以名状的表情，既十分陌生又似曾相识，好像我以前只听别人用语言描述过。

"来吧，黛西，"汤姆说着用手把她推向盖茨比的车，"我带你坐这辆马戏团的花车。"

他打开车门，但是她挣脱了他的臂弯。

"你带着尼克和乔丹。我们开小轿车跟在你们后面。"

她走近盖茨比，用手碰了碰他的上衣。乔丹、汤姆和我坐进了盖茨比车子的前排座位，汤姆试着扳动了几下不熟悉的排挡，然后我们就冲进压抑的热浪中，把他们甩在了视线之外。

"你们看见了吗？"汤姆问。

"看见什么？"

他敏锐地看着我，意识到乔丹和我肯定一直都知道内情。

"你们以为我很蠢，是吧？"他说，"也许我是蠢，不过我有一种——可以算是预知能力，有时候，它告诉我该怎么办。可能你们不相信，但是科学——"

他收住话头。眼下的意外事件压制住了他的思绪，把他从理论深渊的边缘拉了回来。

"我对这家伙做了一番小小的调查，"他继续说道，"我还可以调查得更深入些，要是我知道——"

"你是说你找过灵媒吗？"乔丹幽默地问。

"什么？"他困惑地盯着哈哈直笑的我们，"灵媒？"

"去问盖茨比的事啊。"

"问盖茨比的事！不，我没有。我是说，我对他的经历做了一番小小的调查。"

"然后你发现他是牛津毕业生。"乔丹帮腔道。

"牛津毕业生！"他不能相信，"他要是，那真是活见鬼了！瞧他穿的那套粉红衣服。"[1]

"不过他还是牛津毕业生。"

"新墨西哥州的牛津镇吧，"汤姆轻蔑地哼了一声，"或者类似的什么地方。"

---

[1] 牛津大学学生的校服为蓝色。20世纪20年代，美国流行粉色和蓝色的西装，但是通常受教育水平不高的纨绔子弟会穿着粉色西装。

"听着，汤姆。你既然这么势利，干吗还请他到你家吃午餐？"乔丹用驳斥的语气问。

"是黛西请他的。我们结婚之前她就认识他了——天知道在哪儿认识的！"

啤酒的酒劲儿过了，我们现在都很烦躁，意识到这一点，大家闷不作声地往前开了一会儿。当 T. J. 埃克尔堡医生暗淡的眼睛在路旁映入我们视线的时候，我想起盖茨比警告过汽油不够用了。

"这些油足够让我们进城。"汤姆说。

"可是这里就有个车铺呢，"乔丹反对道，"我可不想在这烤人的大热天里熄火。"

汤姆不耐烦地把两个刹车都踩下，车子在猛然扬起的尘土中滑行了一段，停在威尔逊的招牌下面。过了一会儿，店主从车铺里出现，眼神空洞地凝视着车子。

"给我们加点油！"汤姆粗暴地喊道，"你以为我们停下来做什么——欣赏风景吗？"

"我病了，"威尔逊说，身子没有动，"病了一整天了。"

"怎么回事？"

"我全身都被撞散了似的。"

"哦，那么要我自己动手吗？"汤姆问道，"你在电话里听起来挺好的啊。"

倚在门口的威尔逊吃力地从阴凉地里走出来，喘着粗气拧下汽油箱的盖子。在阳光底下，他的脸色发青。

"我并不是有意在午饭时打扰你，"他说，"但是我急需用钱，所以想知道你要怎么处理你的旧车。"

"你觉得这辆怎么样？"汤姆问，"我上周买的。"

"这辆黄色的真好看。"威尔逊说着，用力握动加油泵的把手。

"想买下来吗？"

"十拿九稳，"威尔逊虚弱地笑着，"不，不过我可以在那辆车上赚点钱。"

"你这么急着要钱干什么？"

"我在这儿待得太久了。我想离开这里。我老婆和我想到西部去。"

"你老婆想去！"汤姆吃惊地喊道。

"这事儿她念叨了有十年了。"他倚着加油泵休息了一会儿，用手遮住眼睛，"现在不管她愿不愿意都得去。我要让她离开这儿。"

那辆小轿车从我们身边一闪而过，扬起一阵尘土，车里挥着的一只手也一闪而过。

"我该给你多少钱？"汤姆刺耳地问。

"最近两天我才发觉了一些蹊跷的事，"威尔逊说，"所以我要离开这里。所以我才为那辆车打扰你。"

"我该给你多少钱？"

"一块二。"

无情的热浪滚滚袭来，开始把我搞得头昏脑涨。我有一会儿感到事情不妙，然后才意识到，威尔逊还没有怀疑到汤姆身上。他发现了茉特尔在与他疏离的另一个世界有着某种生活，这震惊使他身体垮了。我盯着他看看，又盯着汤姆看看，不到一小时前，汤姆也有同样的发现——我觉得，人们在智力和种族上的差异，远不如病人和健康人之间的差异深刻。威尔逊病得很厉害，看起来就像犯下了什么罪孽一样，不可饶恕的罪孽——好像他刚让一个可怜的姑娘怀上了孩子。

"我会把那辆车卖给你的，"汤姆说，"明天下午我派人送过来。"

那一带总是隐隐约约让人感到不安，即使在下午大片耀眼的阳光里也一样，于是现在我扭过头去，仿佛有人让我提防背后的什么东西似的。灰堆上方，T. J. 埃克尔堡医生那双巨大的眼睛依然在监视着这里，但过了一会儿，我发觉不到二十英尺之外，有另外一双眼睛正直勾勾地盯着我们。

车铺楼上面的一扇窗里，窗帘往旁边拉开了一点，茉特尔·威尔逊正窥视着下面这辆车。她那样全神贯注，没有意识到别人在观察她，一个接一个的神情偷偷漫上她的脸庞，就像一个个物体在一张慢慢显影的照片上出现。她的表情熟悉得奇怪——虽然我在女人的脸上常见到这种表情，可是在茉特尔·威尔逊的脸上，那表情却毫无意义又令人费解，直到我发现她那双充满妒火、瞪得大大的眼睛并不是盯在汤姆身上，而是盯着乔丹·贝克。她以为乔丹是他的妻子。

一个简单的头脑如果陷入混乱，那可非同小可。我们驱车离开的时候，汤姆感到恐慌像热辣辣的鞭子一样抽打着自己。一个小时以前，他的妻子和情妇还是安安稳稳、不容侵犯的，现在却猝不及防地从他的控制下溜走。本能让他猛踩油门，以达到赶上黛西和把威尔逊抛在脑后的双重目的。我们以每小时五十英里的速度朝着阿斯托里亚疾驰，直到我们开进高架地铁桥蜘蛛网般的钢架之间，看见那辆道遥自在的蓝色小轿车才放慢了速度。

"五十号街附近那些大电影院很凉快，"乔丹提议道，"我爱夏日午后的纽约，人都跑光了。它带上了一种特别性感的味道——熟透了的味道，好像各种神奇的果实就要纷纷落进你手里。"

"性感"这个词让汤姆更加惴惴不安，但他还没来得及找出话来抗议，那辆小轿车就停了下来，黛西示意我们把车停在它旁边。

"我们去哪儿啊？"她喊道。

"去看电影怎么样？"

"太热了，"她抱怨着，"你们去吧。我们去兜兜风，待会儿再和你们碰头。"好不容易，她的智慧虚弱地显现，她挤出两句俏皮话："我们在另一个路口跟你们碰头。我就是那个抽着两支香烟的男人。"

"我们没法在这儿争论。"汤姆不耐烦地说，一辆卡车在我们后面诅咒似的鸣着喇叭，"你们跟着我开到中央公园南边，广场酒店前面。"

他好几次转回头，去看他们那辆车子，如果交通阻隔了他们，他就放慢车速，直到他们出现在视野里。我想他是害怕他们会突然钻进一条小巷，从此永远地驶出他的生活。

但是他们没有。而我们所有人做出了一个更让人难以理解的举动——在广场酒店订了一间套房的客厅。

那场冗长而混乱的争论把我们赶进那间客厅里才偃旗息鼓。我现在已经弄不清是怎么回事了，不过我确实清清楚楚地记得，在争吵的过程中，我的内衣像一条湿漉漉的蛇一直绕着我的腿向上爬，汗珠断断续续地往下淌，凉凉地滑过我的脊背。黛西突发奇想，提议我们租五间浴室洗个冷水澡，然后提出了更可行的方案——把这儿变成个"喝杯冰镇薄荷酒的地方"。每个人都反反复复地说这是个"馊主意"——大家都同时对着一个不知所措的侍者发号施令，还以为，或者假装以为这样很有趣……

那间屋子又大又闷，而且，虽然已是 4 点钟，打开窗户却只有从中央公园的灌木丛吹来的一丝热风。黛西走到镜子前面，背对着我们，打理她的头发。

"这套间真高级啊！"乔丹毕恭毕敬地低声说，每个人都笑了起来。

"再打开一扇窗。"黛西头也不回地命令道。

"没有窗户可开啦。"

"哎呀，我们最好打电话要把斧头——"

"你要做的就是忘掉热，"汤姆不耐烦地说，"你再唠唠叨叨，只会热上十倍。"

他打开毛巾，把那瓶威士忌拿出来放在桌上。

"干吗不随她去呢，老兄，"盖茨比说道，"是你自己想到城里来的。"

大家沉默了一阵。电话簿从钉子上滑下来，啪的一声掉在地板上，而乔丹小声说了句"对不起"——不过这次没有人笑。

"我来捡。"我主动说。

"我捡起来了。"盖茨比仔细看了看断开的绳子，好像很在意似的"嗯"地咕哝了一声，然后把电话簿往椅子上一扔。

"那是你得意的口头禅，是不是？"汤姆语气尖利地说。

"什么是？"

"张口闭口都是'老兄'，你从哪儿学来的？"

"现在你听着，汤姆，"黛西从镜子前转过身来说，"如果你想搞人身攻击，我一分钟也不会在这儿待下去。打个电话，叫点冰来做薄荷酒吧。"

汤姆一拿起话筒，那憋得紧紧的热气突然爆发出声音，这时我们听到门德尔松的《婚礼进行曲》[1]那让人心惊肉跳的和弦声从楼下舞厅里传了上来。

"这么热的天，居然还有人结婚！"乔丹难受地喊道。

"还是有的——我就是在6月中旬结婚的，"黛西回忆道，"6月的路易斯维尔！有人晕倒了。昏倒的那个人是谁，汤姆？"

"毕洛克西。"他简短地答道。

----

[1] 菲力克斯·门德尔松（Felix Mendelssohn）为莎士比亚著名喜剧《仲夏夜之梦》所做的第六号配乐（1842—1843）。

"一个姓毕洛克西的男人。'大方块儿'毕洛克西，而且他是做盒子的——这是事实——他又是田纳西州毕洛克西市人。"[1]

"他们把他抬到我家，"乔丹补充道，"因为我家跟教堂只隔着两家的距离。他一住就住了三个星期，直到爸爸告诉他，他必须得走人。他走后第二天，爸爸就去世了。"停了一会儿她又加了一句，怕自己的话可能听起来不敬："这两件事儿没什么联系。"

"我以前认识一个叫比尔·毕洛克西的，是孟菲斯人。"我说道。

"那是他堂兄弟。他走以前我对他的整个家史都一清二楚了。他送了我一根铝的高尔夫球杆，我现在还在用呢。"

婚礼开始了，音乐渐渐停息。此刻从窗口飘进来一阵长长的欢呼声，然后是断断续续的"好啊——耶——耶！"的叫喊，最后爵士乐突然奏响，开始跳舞了。

"我们都变老了，"黛西说，"如果我们还年轻的话，我们也会站起来跳舞的。"

---

[1] 大方块儿、盒子在原文里都和毕洛克西谐音。毕洛克西市在密西西比州，而田纳西州没有叫这个名字的地方。无法确定这个地名错误是小说人物说错的还是作者写错的。

"别忘了毕洛克西都晕倒了，"乔丹提醒她，"你是在哪儿认识他的，汤姆？"

"毕洛克西？"他努力集中精力想了一会儿，"我不认识他。他是黛西的一个朋友。"

"他才不是哩，"她否认道，"我在那以前从没见过他。他是坐你的专车来的。"

"对啦，他说他认识你。他说他在路易斯维尔长大。阿莎·伯德在最后一分钟把他带了进来，问我们还有没有地方让他坐。"

乔丹笑了。

"他大概是想蹭车回家。他告诉我，他在耶鲁是你们班的班长。"

汤姆和我茫然地看着对方。

"毕洛克西？"

"首先，我们压根儿就没有班长——"

盖茨比的脚不安地在地板上连敲了几声，汤姆突然盯住他。

"顺便问一句，盖茨比先生，我听说你是牛津毕业生。"

"不完全是。"

"哦，是的，我听说你上过牛津。"

"是的——我去过那儿。"

一阵停顿。然后汤姆怀疑和侮辱的声音响了起来：

"你一定是在毕洛克西上纽黑文的时候去那儿的吧。"

又是一阵停顿。一个侍者敲了敲门，端着碎薄荷叶和冰块走了进来，但是他的"谢谢"和轻柔的关门声也没有打破沉默。这个关系重大的细节终于要被澄清了。

"我跟你说了，我去过那儿。"盖茨比说。

"我听见了，但我想知道是什么时候。"

"那是1919年。我只待了五个月。因此我不能自称是真正的牛津毕业生。"

汤姆向四周扫了一眼，看看我们脸上是否也反映出和他一样的怀疑。但我们都在看着盖茨比。

"那是停战之后他们为一些军官提供的机会，"他继续道，"我们可以去英国和法国的任何一所大学。"

我真想站起来拍拍他的后背。我又一次重新对他完全信任，一如我之前体验过的那样。

黛西站起来，微微一笑，走到桌子旁边。

"打开威士忌，汤姆，"她命令道，"我给你做杯冰镇薄荷酒。然后你就不会觉得自己这么蠢了……看看这些薄荷叶！"

"等一会儿，"汤姆厉声道，"我还有一个问题要问盖茨比先生。"

"请讲。"盖茨比礼貌地说。

"你到底想在我家闹腾个什么？"

他们终于把话挑明了，盖茨比倒也乐得如此。

"他没有闹腾，"黛西绝望地看看他们中的一个，又看看另一个，"是你在闹腾，请你自制一点儿。"

"自制！"汤姆不能置信地重复道，"我看最时兴的事儿就是干坐着，让一个来路不明的无名小子跟你老婆胡搞吧。哼，如果你是那个意思，那你可以把我除外……这年头大家开始根本不把家庭生活和家庭制度当回事，再下一步就该抛弃一切，搞黑人和白人通婚了。"

他满脸通红，情绪激动，语无伦次，俨然一副独自一人站在文明最后一道壁垒上的样子。

"我们这里都是白人嘛。"乔丹低声说。

"我知道我人缘不好。我不会办大型宴会。看来你非得把自己的家搞成猪圈才能交到朋友吧——在这个现代社会！"

尽管我和大家一样感到气愤，但他每次一张口我就忍不住想笑。一个放荡公子摇身一变，就如此彻底地成了卫道士。

"我也有话要告诉你，老兄。"盖茨比开口了。但是黛西猜到了他想说什么。

"请别说了！"她无助地打断他，"咱们都回家吧。咱们都回家不好吗？"

"这是个好主意。"我站起身，"走吧，汤姆。没人想喝酒了。"

"我想知道盖茨比先生要告诉我什么。"

"你的妻子不爱你。"盖茨比平和地说，"她从来没有爱过你。她爱的是我。"

"你一定是疯了！"汤姆不假思索地惊叫道。

盖茨比猛地跳了起来，整个人因激动而变得鲜活。

"她从来没有爱过你，你听到了吗？"他喊着，"她嫁给你只因为我那时很穷，她等我等烦了。这是个大错，但是她在心里除了我从来没有爱过任何人！"

到这个地步，乔丹和我都要走了，但是汤姆和盖茨比争先恐后地硬要我们留下，好像他们两人都没有什么不可告人的事，而间接地分享他们的感情也仿佛是一种荣幸。

"坐下，黛西，"汤姆试着装出父辈的口吻，可是并不成功，"到底怎么回事？我要听整个经过。"

"我已经告诉过你是怎么回事，"盖茨比说，"已经发生五年了——只是你不知道而已。"

汤姆霍地转向黛西。

"你这五年来一直和这家伙见面？"

"没有见面，"盖茨比说，"不，我们无法见面。但是我们这期间一直都爱着对方，老兄，只是你不知道。我从前总是会笑——"但是他眼睛里没有一丝笑意，"想到你都不知道"。

"哦——不过如此啊。"汤姆像牧师一样把他的粗手指合拢在一起，然后靠在椅背上。

"你疯了！"他破口而出，"五年前的事儿我没法说，因为那时候我还不认识黛西——但是我真他妈的想不明白你怎么能到她身边一英里的地界去，除非你是走她家后门送杂货的。但其他一切都他妈的是胡扯。黛西嫁给我的时候就爱我，她现在还爱。"

"不对。"盖茨比摇着头说。

"可她确实爱我。问题是她有时候脑子里会胡思乱想，不知道自己在干些什么。"他点点头，一副睿智的模样，"再说，我也爱黛西。偶尔我也出去找找乐子，干点蠢事，但我总会回来的，我在心里始终都爱着她。"

"你真让人恶心。"黛西说。她转向我，声音低了一个八度，使整个屋子都充满了她令人心颤的挖苦："你知道我们为什么离开芝加哥吗？我真奇怪他们没津津有味地给你讲过，他都找了些什么小乐子！"

盖茨比走过来，站在她身边。

"黛西，现在那一切都结束了。"他热切地说，"都不再重要了。就告诉他实情吧——你从来没爱过他——一切就永远勾销了。"

她茫然地看着他。"是啊——我怎么会爱他——怎么可能呢？"

"你从来没有爱过他。"

她犹豫了。她的眼神哀求地落在乔丹和我的身上，好像她终于明白了自己在做什么——好像她自始至终压根儿没有打算过要做什么。但是现在事情已经做了，为时已晚了。

"我从来没有爱过他。"她说，显然有些勉强。

"在卡皮奥拉尼[1]也没爱过吗？"汤姆突然问道。

"没有。"

楼下的舞厅里，沉闷而令人窒息的和弦声随着空气中的热浪飘了上来。

"那天我抱着你走下'潘趣酒碗'[2]，不让你的鞋子沾着水，你也不爱我吗？"他的嗓音里有一股沙哑的柔情，"……黛西？"

"请别说了。"她的声音是冷冷的，但是里面的怨恨已

---

〔1〕 夏威夷州欧胡岛上的一处公园，坐落于威基基市和钻石山之间。
〔2〕 潘趣酒碗（Punch Bowl），一艘游艇的名字。

经消失。她看着盖茨比。"你瞧，杰伊。"她说——但是她那想要点支烟的手却在发抖。突然，她把烟和燃烧的火柴都扔到地毯上。

"噢，你要得太多了！"她冲盖茨比喊道，"我现在爱你，难道这还不够吗？过去的事我无法挽回。"她开始无助地抽泣起来，"我的确一度爱过他——但我也爱你"。

盖茨比的眼睛张开，又闭上了。

"你也爱我？"他重复道。

"连这个都是胡扯，"汤姆恶狠狠地说，"她根本不知道你还活着。跟你说，黛西和我之间有许多事你永远也不会知道，我俩都永远不会忘记。"

他的话似乎在盖茨比的心里重重咬了一口。

"我想跟黛西单独谈谈。"盖茨比坚持道，"她现在太激动了——"

"即使单独谈，我也不能说我从没爱过汤姆，"她用可怜的声调承认道，"这不是实话。"

"当然这不是。"汤姆附和道。

她转身对着她的丈夫。

"就好像你还在乎似的。"她说。

"我当然在乎。从现在开始我要更好地照顾你。"

"你不明白，"盖茨比说，他有点儿慌了，"你不能再照顾她了。"

"我不能？"汤姆睁大眼睛，哈哈地笑起来。他现在能控制自己了。"为什么啊？"

"黛西要离开你了。"

"胡说八道。"

"不过，我是要离开你了。"她显然很费力地说。

"她不会离开我！"汤姆的话突然劈头盖脸地泼向盖茨比，"她绝不会为了一个连给她套在手指头上的戒指也是偷来的下贱骗子离开我。"

"我受不了这些了！"黛西喊道，"哦，我们快走吧。"

"你到底是什么人？"汤姆脱口而出，"你是跟梅耶·沃尔夫山姆混在一起的货色，我碰巧知道这些。我对你那些事儿做了点调查——明天还会调查更多。"

"悉听尊便，老兄。"盖茨比镇定地说。

"我发现了你的'药店'都是什么玩意儿。"他转向我们，快速地说，"他和这个沃尔夫山姆在这儿和芝加哥买下了很多街边的药店，私自贩卖粮食酒。这是他的小把戏之一。我第一眼见他就觉得他是个私酒贩子，我还真猜得差不离。"

"那又怎么样呢？"盖茨比彬彬有礼地说，"我想你的朋友沃尔特·蔡斯跟我们合伙也不觉得丢人嘛。"

"你们把他给坑了，是不是？你们让他在新泽西州坐了一个月的牢。天啊！你应该听听沃尔特是怎么说你的。"

"他来找我们的时候身无分文。他很高兴白捡了几个钱，老兄。"

"你别叫我'老兄'！"汤姆喊道。盖茨比没作声。"沃尔特本来可以告你违反赌博法的，但是沃尔夫山姆恐吓他，让他闭上了嘴。"

那种既陌生又似曾相识的表情又回到了盖茨比脸上。

"开药店的事儿不过是小儿科。"汤姆继续慢慢地说，"但是你现在又要搞什么名堂，沃尔特不敢告诉我。"

我瞅了黛西一眼，她正惊恐地来回瞪着盖茨比和她丈夫，还有乔丹——她又开始用下巴顶着一个看不见却引人入胜的物体保持平衡了。然后我转回身来看盖茨比，被他的神情吓了一跳。他看上去好像"杀过一个人"似的，不过我说这话与他花园里那些流言蜚语没有半点关系。只是就在那一瞬，他脸上的神情恰恰可以用这样荒唐的字眼来形容。

这种表情消失后，他开始激动地和黛西说话，否认一切，驳斥那些还没有人提出的指控，为自己的名声辩护。但是他每说一句话，都让黛西向后退一点，逐渐退回到她自己的世界中去。于是他放弃了，只有那死去的梦想还在随着下午的流逝继续挣扎，拼命想触摸到已经不可企及的东西，怀着一线希望朝着屋子另一头那个缄默的声音苦苦挣扎。

那个声音响起，再次央求要走。

"求求你，汤姆！我再也受不了这些了！"

她惶恐的眼神透露出，不管她曾有过什么意图、何种的勇气，现在都已消失殆尽了。

"你们两个动身回家吧，黛西，"汤姆说，"坐盖茨比先生的车。"

她看看汤姆，现在真是大为惊恐。但他却故作大度以示侮蔑，坚持要她跟盖茨比走。

"去呀。他不会再烦你了。我想他明白他那放肆的小挑逗已经玩儿完了。"

他们走了，一句话也没说，就这样被脱离开来，变得无足轻重，像一对孤立无援的鬼影，甚至和我们的怜悯都隔绝了。

过了一会儿汤姆起身，开始把那瓶没有打开的威士忌用毛巾包起来。

"来点儿这玩意儿吗？乔丹……尼克？"

我没回答。

"尼克？"他又问。

"什么？"

"来点儿吗？"

"不了……我刚想起今天是我的生日。"

我三十岁了，新的十年在我面前伸展开来，那是一条险象环生的路。

我们跟汤姆坐上小轿车动身回长岛的时候，已经是7点钟了。他一路说个不停，兴高采烈，哈哈大笑，但他的声音对乔丹和我来说，就像人行道上不相干的喧闹声或者头顶高架地铁桥上轰隆隆的车声一样遥远。人类的同情心是有限度的，我们也愿意让他们那所有可悲的争论与向后掠去的城市灯火一道逐渐消逝。三十岁——展望十年的孤寂，相熟的单身汉逐渐稀少，一腔浓烈的热忱逐渐冷淡，头发也逐渐稀疏。但是我身边有乔丹，与黛西不一样，她足够明智，不会背负早已忘却的梦走过岁岁年年。我们驶过漆黑的铁桥时，她苍白的脸懒洋洋地靠在我的肩上，让人宽心地紧紧握住我的手，三十岁生日带给我的可怕冲击逐渐消散。

于是我们在渐趋凉爽的暮色中向死亡驶去。

那个年轻的希腊人米凯利斯[1]在灰堆旁边开了一家咖

---

[1] 这个名字可能是菲茨杰拉德从约瑟夫·康拉德的小说《密探》（1907）中借鉴的。参见 Andrew Crosland, "The Great Gatsby and（转下页）

啡馆，他是后来审讯时的主要目击证人。那天天气太热，他一觉睡过下午5点。当他溜达到车铺的时候，发现乔治·威尔逊在办公室里病倒了——病得很厉害，脸色像他的头发一样苍白，浑身都在发抖。米凯利斯建议他上床睡觉，但是威尔逊不肯，说他睡着就会错过很多生意。这位邻居试着劝他的时候，头顶上突然传来猛烈的嚷叫声。

"我把我老婆锁在上面了。"威尔逊平静地解释说，"她得在那儿待到后天，然后我们就搬走。"

米凯利斯大吃一惊，他们做了四年邻居，威尔逊从来都丝毫不像能说出这种话的人。通常他总是个疲惫不堪的男人：不干活的时候，就坐在门口的椅子上，呆呆地盯着路上过往的人和车辆。不管谁跟他说话，他总会和和气气、苍白平淡地笑笑。他凡事都听老婆的，自己从不做主。

因此米凯利斯很自然地想弄清楚发生了什么事，但是威尔逊一个字也不肯说——反过来，他开始用好奇、怀疑的目光打量起这位客人来，盘问他某些日子的某段时间在做什么。正当米凯利斯开始感到不自在的时候，有几个工人从门口路过，朝他的餐馆走去，于是他借机离开，打算

（接上页）The Secret Agent"，in *Fitzgerald / Hemingway Annual 1975*, pp. 75–81。

过一会儿再来。但他没有再来。他认为他大概忘了，仅此而已。7点过一点儿，他再出门时，才想起之前的谈话，因为他听见车铺楼下传来了威尔逊太太的破口大骂。

"揍我啊！"他听见她嚷嚷，"把我撂倒狠狠地揍吧，你个肮脏卑鄙的窝囊废！"

过了一会儿，她冲出门来，向黄昏中奔去，挥着她的手大喊大叫。他还没来得及离开门口，事情就结束了。

那辆"死亡之车"——这是报纸上的提法——并没停下。它从渐浓的暮色中开出来，悲惨地摇晃了片刻，消失在拐弯处。米凯利斯[1]连车子的颜色都说不准——他告诉第一个警察说是浅绿色。另一辆开往纽约的车在一百码以外停了下来，司机匆忙跑回去。茉特尔·威尔逊的生命惨烈地消逝了，她蜷着膝盖躺在马路上，浓浓的黑血和泥土混杂在一起。

米凯利斯和这个司机最先赶到她身旁，但当他们撕开她仍是汗津津的衬衫时，看到她左边的乳房像鱼鳃盖子一样松垮地耷拉下来，便知道没有必要去听那下面的心跳了。

---

〔1〕 手稿中这个人物的名字是"马弗罗·米凯利斯"。菲茨杰拉德在校样里将之改为"米凯利斯"，却忘记把这处改过来。被警察记录下来的男人并非米凯利斯，而是另一位证人，其名字的开头是"马弗洛格"。

她的嘴大张着，嘴角撕裂了，仿佛她在释放储存在身体里许久的无比旺盛的活力时噎了一下。

离出事地点还有一段距离的时候，我们就看到前面有三四辆汽车和一大群人。

"出车祸了！"汤姆说，"这是好事啊，威尔逊终于有点儿生意了。"

他放慢车速，但并没打算停下，直到我们开得更近一点，车铺门口那群人肃穆而专注的神情才让他下意识地踩了刹车。

"我们去看一眼，"他心中生疑地说，"就看一眼。"

这时我听到空洞的哀号声不停地从车铺里传出来，等我们下了小轿车，走向门口时，那哀号又分解开来，变成翻来覆去、上气不接下气的悲叹："哦，我的上帝啊！"

"这儿出了大乱子了。"汤姆激动地说。

他踮着脚尖从一圈人头上朝车铺里瞄，那里只亮着一盏昏黄的灯，挂在摇摇晃晃的铁丝罩里。他嗓子里粗声粗气地哼了一声，两只强壮的胳臂猛地一推，从人群里挤了过去。

被挤开的圈子又合拢起来，传出一阵阵咕咕哝哝的不满声。一分钟过去了，我什么都没看见。然后新来的人把圈子打乱，乔丹和我突然被挤了进去。

茉特尔·威尔逊的尸体被裹在一条毯子里，外面又包了一条毯子，好像在这炎热的夜里她还着了凉似的。她躺在靠墙的一张工作台上，汤姆背对着我们，弯腰看着她，一动不动。他旁边站着一位骑摩托车来的警察，正满头大汗、涂涂改改地在一个小本子上记录人名。起初我找不到空荡荡的车铺里大声回荡的高高的呻吟声来自何处，后来我看见威尔逊站在办公室高高的门槛上，双手抓住门框，身体前后摇摆。有一个人低声跟他说着什么，不时想把一只手放在他肩上，但是威尔逊既听不见也看不见。他的目光从那盏摇曳的灯慢慢向下移到墙边停放着尸体的桌子上，然后又猛地转回那盏灯，不停地发出高亢而可怕的呼号：

"哦，我的上——帝啊！哦，我的上——帝啊！哦，上——帝啊！哦，我的上——帝啊！"

过了一会儿，汤姆猛地抬起头，用呆滞的目光扫视了一遍车铺，然后含糊而语无伦次地对警察说了一句话。

"马弗——"警察说，"奥——"

"不对，洛——"米凯利斯更正道，"马弗洛——"

"你听我说！"汤姆咬牙切齿地低声道。

"洛——"警察说，"奥——"

"格——"

"格——"汤姆的大手猛地落在他的肩上，他抬起头道："你想干吗，哥们儿？"

"出什么事了？——我要知道的就是这个。"

"一辆车把她撞了，当场死亡。"

"当场死亡。"汤姆重复道，两眼发直。

"她跑到了路中间。那狗娘养的连车子都没停。"

"当时有两辆车，"米凯利斯说，"一辆过来，一辆过去，明白吗？"

"去哪儿？"警察机警地问。

"两辆车方向不同。呃，她——"他的手抬起来指向毯子，但是抬到一半又落在身边，"她跑出去，纽约来的那辆车正好撞着了她，时速有三四十英里。"

"这个地方叫什么名字？"警察问道。

"没名字。"

一个脸色不佳、衣着体面的黑人走上前来。

"那是辆黄色的车。"他说，"大型的黄色汽车。新的。"

"看到事故发生经过了吗？"警察问。

"没有，不过那辆车从我身边开过去，时速超过四十英里，有五六十。"

"过来，让我们把你名字记下来。让开点儿，我要把他的名字记下来。"

这番对话中的几个词一定传到了在办公室门口摇晃的威尔逊的耳朵里，因为那气喘吁吁的哀号中突然出现了一个新的主题：

"你们不用告诉我那是辆什么样的车！我知道那是什么车！"

我注视着汤姆，看见他肩膀后面那团肌肉在上衣里紧绷起来。他急忙向威尔逊走过去，站在他面前，用力抓住他两只上臂。

"你一定要冷静。"他粗哑的声音里带着一丝安慰。

威尔逊的目光落到汤姆身上，他惊得踮起脚尖，要不是被汤姆扶住，差点就跪倒在地。

"听着，"汤姆边说边轻轻摇晃着他，"我刚刚才到这儿，从纽约回来，给你带来了我们谈过的那辆小轿车。今天下午我开的那辆黄色汽车不是我自己的，你听见了吗？我整个下午都没再见着它。"

只有那个黑人和我站得足够近，能听见他说了什么，但那位警察也觉察出他的声调有点不对劲，于是用尖利的目光朝这边看过来。

"说什么呢？"他质问道。

"我是他的一个朋友。"汤姆转过头去，双手依然紧紧抓住威尔逊的身体，"他说他认识那辆撞人的车……是辆黄色的车。"

一种隐隐的念头让警察感到有些蹊跷，他怀疑地看着汤姆。

"那你的车是什么颜色？"

"是蓝色的，小轿车。"

"我们真是刚从纽约来的。"我说。

一个跟在我们后面不远的地方开车的司机证实了这一点，警察于是转过身去。

"现在请你让我再把那名字正确地写——"

汤姆把威尔逊像玩偶一样提起来，扶到办公室里，让他在椅子上坐下，然后走回来。

"谁能来这儿陪他坐坐！"他发号施令似的喝道。他张望着，两个离得最近的人互相看看，不情愿地走进屋去。汤姆在他们身后把门关上，走下唯一的一级台阶，目光避开那张工作台。他经过我身边时低声说："咱们出去吧。"

他用威严的双臂推开仍在聚集的人群，辟出一条道来，我们不自在地穿了过去，碰上一位匆匆而来的医生，手里提着箱子，是半小时前有人抱着奢望请来的。

汤姆开得很慢，我们拐过那个弯后，他用力踩下油门，小轿车在夜色中飞驰起来。过了一会儿，我听见一声低沉沙哑的呜咽，然后看见泪水顺着他的脸颊流了下来。

"那该死的懦夫！"他啜泣着说，"他连车都没停。"

布坎南家的房子突然穿过一片黑压压、沙沙作响的树林，浮现在我们眼前。汤姆在门廊旁边停下，抬头看看二楼。藤蔓之中，两扇窗户里灯火通明。

"黛西回家了。"他说。当我们下车的时候，他看了我一眼，轻轻皱起眉。

"我应当在西卵让你下车的，尼克。今晚我们没有什么事能做了。"

他整个人都变了，说话很严肃，也很果断。我们穿过月光照亮的石子路走向门廊时，他三言两语地处理了眼前的情况。

"我去打个电话叫出租车送你回家。等车的时候，你和乔丹最好到厨房去，让他们给你们弄点晚餐——要是你们想吃的话。"他打开门，"进来吧。"

"不用了，谢谢。不过还是麻烦你帮我叫辆出租车吧。我在外面等。"

乔丹把手放在我的胳膊上。

"你不进去吗，尼克？"

"不了，谢谢。"

我觉得有点不舒服，想一个人清静一下。可乔丹还是逗留了一会儿。

"现在才 9 点半。"她说。

我要是进去就不是人。今天他们所有的人让我受够了，突然间连乔丹也不例外。她一定从我的表情中觉察了我这情绪的迹象，因为她猛然转过身，跑上门廊的台阶进屋去了。我双手抱着头坐了几分钟，直到听见屋里有人打电话，和男管家叫出租车的声音。我慢慢地沿着车道从房前走开，想到大门口去等。

我还没走出二十码就听见有人叫我的名字，盖茨比从两株灌木丛中间走了出来，站到小路上。那一刻我一定是觉得怪异极了，因为除了他那被月色照得发亮的粉色衣服，我脑子里一片空白。

"你在干什么？"我问道。

"就在这儿站着，老兄。"

不知为什么，他看上去好像要做什么可耻的勾当。就我来看，他是要去洗劫那幢别墅。这时即使看到许多险恶的面孔，"沃尔夫山姆那伙人"的面孔，躲在他后面黑黢黢的灌木丛里，我也不会感到惊讶。

"你在路上看到出什么事了吗？"过了一会儿他问。

"是的。"

他迟疑了一下。

"她撞死了吗？"

"是的。"

"我当时就料到了。我跟黛西说我估计她被撞死了。所有打击一起来，倒也好。她的承受能力还挺好的。"

他这样说，就好像黛西的反应才是唯一重要的事。

"我从一条小道开回西卵，"他继续说，"然后把车子停在我家车库里。我想没有人看到我们，但当然我也不能确定。"

这时候我已经十分厌恶他了，所以觉得没有必要告诉他，他错了。

"那女人是谁？"他问道。

"她姓威尔逊，她丈夫开了那家车铺。这到底是怎么发生的？"

"唉，我想把方向盘扳过来的——"他突然打住，我忽然猜到了真相。

"是黛西在开车吗？"

"是的，"过了一会儿他才说，"不过当然，我会说是我开的。你知道，我们离开纽约时，她非常紧张，以为开车能让自己镇静下来——然后我们在错开迎面过来的一辆车时，那个女人向我们冲了出来。前后不到一分钟的事，但我觉得她好像想跟我们说话，以为我们是她认识的人。唉，开始的时候黛西避开了那个女人，转向另一辆车，然后又惊慌失措地转了回去。我的手碰到方向盘的那一秒感到车子一震——一定是当场撞死了她。"

"都把她撕开了——"

"别和我说了，老兄。"他脸上的肌肉抽动了一下，"总之，黛西继续踩了油门。我试着让她停下来，但是她做不到，于是我拉了紧急刹车。她瘫倒在我的怀里，我就把车开走了。"

"她明天就会好的。"过了一会儿他说，"我只是想在这儿守着，看汤姆会不会因为下午那些不愉快的事找她的麻烦。她把自己锁在房间里了，如果他要动粗，她就会把灯关掉再打开。"

"他不会碰她的，"我说，"他现在想的不是她。"

"我信不过他，老兄。"

"你打算守多久？"

"如果有必要的话，通宵。至少等到他们都睡觉。"

一个新的想法闪现在我脑海里。假设汤姆已经发现开车的是黛西，可能会觉得事出有因，他可能会胡乱猜测。我看着那幢房子，楼下有两三扇窗户亮着灯光，二楼黛西的房间里透出粉红色的灯光。

"你在这儿等着，"我说，"我去看看有没有什么动静。"

我沿着草坪的边缘走了回去，轻轻跨过石子车道，然后踮着脚尖走上门廊的台阶。客厅的窗帘是拉开的，我看到里面空无一人。我穿过三个月前那个 6 月的晚上我们用晚餐的门廊，来到一小片长方形的灯光前面，我猜那是食品间的窗户。百叶窗拉了下来，但我在窗台上找到了一个缝隙。

黛西和汤姆面对面坐在厨房的桌边，两人中间放着一盘冷炸鸡，还有两瓶啤酒。他正隔着桌子聚精会神地跟她说话，说到恳切之处，他的手落下来，盖住了她的手。黛西不时抬起头来看看他，点头表示同意。

他们并不开心，两人都没动炸鸡或啤酒——然而他们也谈不上不开心。这幅画面明明白白透着一种自然的亲密气氛，谁见了都会觉得他们是在一起谋划着什么。

当我踮着脚尖离开门廊时，听见他们为我叫的出租车沿着漆黑的道路摸索着开过来。盖茨比还在刚才的地方守着。

"上面一切平静吗？"他焦急地问。

"对，一切平静。"我犹豫了一下，"你最好也回家睡点儿觉吧。"

他摇摇头。

"我想在这儿守到黛西睡了再回去。晚安，老兄。"

他把两手插进外衣口袋里，然后急切地转身继续观察那幢别墅，仿佛我的存在玷污了他的守望的神圣感。于是我走开了，留下他在那儿站在月光里——守望着虚空。

第八章

我彻夜无眠。一支雾笛在海湾上不停地呻吟，我好像生病了一样，在荒诞的现实与可怕的噩梦之间辗转反侧。黎明将近，我听见一辆出租车开上盖茨比家的车道，我马上跳下床开始穿衣服——我有话要告诉他，有事要警告他，等到早上就太迟了。

我穿过他家草坪，看见他家前门仍然开着，他倚在大厅里的一张桌子边。由于沮丧或者困倦，他似乎拖不动沉重的身体了。

"什么事也没发生，"他面色苍白地说，"我一直守着，大概4点，她走到窗前，站了一会儿，然后把灯关掉了。"

那天夜里，我们穿过那些大房间找烟的时候，我感到他的别墅前所未有地显得特别大。我们推开帐篷布一般的厚窗帘，又摸着漫无边际的漆黑墙壁寻找电灯开关，我还被一台幽灵般的钢琴绊了一下，摔在琴键上，溅起了一片巨响。到处是多得莫名其妙的尘土，房间都散发着霉味，仿佛有好多天都没有通过风了。我在一张不熟悉的桌子上找到了雪茄盒，里面有两支干巴巴的走了味的香烟。我们把客厅的落地窗打开，坐下来对着外面的暗夜抽烟。

"你应该离开这儿，"我说，"他们肯定会追查你的车。"

"现在离开，老兄？"

"到大西洋城待一个星期，或者往北到蒙特利尔去。"

他不肯考虑我的建议。在他知道黛西下一步准备怎么办之前，他不可能离开她。他紧紧抓着最后一线希望不放，我也不忍心叫他撒手。

就是在这天夜里，他把自己年轻时和丹·科迪之间的离奇故事告诉了我——他把这故事告诉我，是因为"杰伊·盖茨比"已经像玻璃一样被汤姆坚硬的恶意击得粉碎，而那出漫长的秘密狂想剧也落下了帷幕。我以为此时，他可以毫无保留地承认一切，但他想谈的是黛西。

她是他认识的第一个"淑女"。以前他也曾以各种未表明的身份接触过这类女孩，但却总有一道无形的藩篱隔在中间。他对她非常倾心。于是他去她家拜访，起初和泰勒营的其他军官一起去，后来就独自前往。她的家让他惊叹不已——他从未走进过这么漂亮的房子。然而，这里之所以具有那种让人屏气凝神的紧张氛围，全是因为黛西住在这儿。尽管对她而言，住在这儿就像他住在外面军营的帐篷里一样平淡无奇。整幢房子透着一股熟透了的神秘感，仿佛在暗示楼上有许多更美、更时髦的卧室，暗示走廊里到处是赏心乐事、风流艳史——不是发了霉、用薰衣草封存在一边的历史，而是活灵活现、有血有肉的浪漫故事，带着今年崭新锃亮的汽车的气味，带着鲜花仍未凋零的舞会的芬芳。许多男人都爱上过黛西，这更让他兴奋——让她在他眼中身价倍增。他感到屋子里到处都有他们的存在，空气里弥散着他们的身影和他们依然心旌荡漾的情绪的回声。

然而他知道，他能进黛西的家门，纯属偶然。不管作为杰伊·盖茨比他会有多么辉煌的前程，目前他还是一个身无分文、来历不明的年轻人，而且那身军服带来的看不见的幌子也随时都可能从他肩膀上滑落下来。因此他充分利用着他的时间，如饥似渴、肆无忌惮地占有能得到的东西，终于在一个寂静的10月的夜晚，他占有了黛西——占有了她，正因为他不能堂堂正正去碰她的手。

他也许应该鄙视自己，因为他的确是用欺骗的手段占有了她。我不是说他用那虚幻的百万家产做了交易，而是他故意给黛西制造了一种安全感：让她相信他所出身的阶层和她的很相似，相信他完全有能力照顾她。事实上，他没有这样的能力——他没有安逸优越的家庭背景，只要冷漠的政府一时起意，就能将他吹送到世界上任何一个地方。

但是他并没有鄙视自己，事情的发展也出乎他的意料。或许他原本打算能得到多少就占有多少，然后一走了之——但现在他发现自己已经献身于追求理想的圣杯。他知道黛西与众不同，但是他不了解一个"淑女"能够与众不同到什么程度。她消失不见了，回到她的豪宅中，回到宽裕完满的生活里，留下盖茨比——一无所有。他觉得自己已经和她结了婚，仅此而已。

两天之后他们再见面时，盖茨比慌得透不过气，好像是自己受了某种背叛。闪亮的灯光像买来的璀璨星光，映照着她家的门廊，当她转过身让他吻她美妙而可爱的双唇时，长靠椅的柳条发出时髦的嘎吱声。她着了凉，声音比以往更沙哑、更迷人，盖茨比深切地体会到财富是怎样令青春和神秘牢牢长驻，体会到一身身华服如何让人保持清新靓丽，体会到黛西像白银一样熠熠发光，在穷人激烈的生存挣扎之上，安逸而高傲地活着。

"我没法向你描述我发现自己爱上她的时候有多么惊讶，老兄。有段时间我甚至希望她把我甩掉，但她没有，因为她也爱我。她觉得我懂得很多，因为我懂的与她懂的不一样……唉，我就是那样，把雄心壮志撇在一边，陷入情网，每一分钟都越陷越深，然后突然之间我什么都不在乎了。如果只需要告诉她我打算做些什么，就能享受更美好的时光，去干一番大事业又有什么用呢？"

在他奔赴海外之前的最后一个下午，他搂着黛西默默地坐了很长时间。那是一个寒冷的秋日，屋子里生了火，她的脸颊通红。她不时地动一下，他也随着微微挪动胳臂，有一次他还亲吻了她那乌黑发亮的头发。[1]那天下午带给了他们片刻的宁静，似乎要为他们留下一个深深的记忆，因为第二天开始注定会有长长的别离。她默默地用嘴唇拂过他上衣的肩头，他则温柔地抚摩她的指尖，仿佛她已在睡梦中。在相爱的这一个月里，他们从没有如此亲密过，也没有这般深深地心心相印。

他在战争中表现非常出色，还没上前线就已经当了上尉。阿尔贡战役之后，他晋升为少校，当上了师里机枪连的连长。停战之后，他发疯似的想要回国，但由于情况复杂或者出于误会，他被送到了牛津。他开始焦虑，因为黛西在信中流露出紧张而绝望的情绪。她不明白他为什么不能回来。她开始感觉到外界的压力，一心想要见他，感受到他在身边陪伴自己，让她相信归根结底，自己做的事是正确的。

---

[1] 小说第七章曾描绘道，黛西的女儿帕米有着一头黄色的头发，而这一点像黛西。这和这里的描述有矛盾。

　　毕竟黛西还年轻，她那虚华的世界里充溢着兰花的芬芳、势利的愉悦和乐队的欢歌，正是那些欢歌为那一年定下了基调，用新的旋律总结着人世的忧伤和启迪。萨克斯风通宵哀唱着《比尔街蓝调》[1]那无望的倾诉，上百双金银舞鞋扬起闪亮的尘土。晚茶时分，总有一些房间随着这低沉而甜蜜的狂热节奏不停地悸动，新鲜的面孔飘来飘去，仿佛是被哀怨的号角吹落满地的玫瑰花瓣。

　　随着社交季节的开始，黛西又开始在这朦胧的世界里穿梭。忽然间，她又开始保持每天五六次约会，跟五六个男人见面，直到黎明才昏昏入睡，缀满珠子和雪纺绸装饰的晚礼服缠在凋零的兰花里，丢在她床边的地板上。她内心的某个地方总是渴望做出一个决定。她想现在就让未来的人生成形，刻不容缓——而且这必须由近在眼前的某种力量去推动——爱情呀，金钱呀，总之是实实在在的东西。

　　春意盎然的时候，汤姆·布坎南的到来使这种力量形成了。他的身材和身价都很有分量，令黛西觉得光彩十足。毫无疑问，她的确经历了一番思想斗争，当然后来又释然了。盖茨比收到她的信的时候，还在牛津大学。

---

〔1〕　这是 W.C. 汉迪（W.C. Handy）于 1917 年所作的一首曲子。

这时，长岛上已是黎明，我们走过去把楼下其他窗户都打开，让屋里充满渐渐变得灰白和金黄的光线。一棵树的影子突然斜在露珠上，幽灵般的鸟儿开始在蓝色的树叶间歌唱。空气中有一种舒缓而愉悦的流动，说不上是风，但预示着一个凉爽宜人的好天气。

"我相信她从来没有爱过他。"盖茨比从一扇窗前转过身来，用挑战的神情看着我，"你一定得记住，老兄，她今天下午非常激动。他告诉她那些事情的方式吓着她了——好像我是一个下贱的老千。结果她都几乎不知道自己在说些什么。"

他沮丧地坐了下来。

"当然她可能爱过他，只爱过一小会儿，就在他们刚结婚的时候——可即使那时，她也更爱我，你明白吗？"

突然间，他说出了一句奇怪的话。

"反正，"他说，"这只是件私事。"

你还能怎么理解这句话呢？只能揣测他对这件事的看法带有一种无法估量的强烈情感吧？

他从法国回来的时候，汤姆和黛西仍在度蜜月。他痛苦不堪又无法抗拒地用最后的军饷去了一趟路易斯维尔。他在那儿待了一个星期，走遍他们在 11 月的夜晚让足音一同叩响的街道，重访他们曾经开着她那辆白色跑车去过的偏僻地方。正如在他看来，黛西家的房子总是比其他房子更加神秘、华丽一样，路易斯维尔城也是如此，即使她已经离开那里，它也弥漫着一种忧郁的美。

他走的时候，一直觉得如果他更努力地去找的话，就有可能找到她——而现在他撇下她走了。他已身无分文，只能坐闷热的硬席车厢。他走到连接车厢的露天通廊上，在一把折叠椅上坐下来，看着车站向后掠去，陌生建筑物的背影也一一退去。然后火车驶入春天的田野[1]，与一辆黄色电车并排疾驰了一会儿。电车里可能有人曾无意间在街头巷尾见过她那苍白魅人的脸庞吧。

铁轨拐了一个弯，火车现在背着太阳行驶。夕阳西下，落日的余晖普照大地，似乎在将祝福洒向这座慢慢消失、曾与她息息相关的城市。他绝望地伸出手，仿佛只想抓住一缕空气，存下这座因她而在他眼中变得可爱的城市的一个碎片。然而在他蒙眬的泪眼中，这一切都走得太快，他知道自己已经失去了它的一部分，永远地失去了那最新鲜、最美好的一部分。

---

〔1〕 此处的时间"春天"与前文有冲突。黛西 6 月结婚时，盖茨比还在牛津。他回到路易斯维尔时，汤姆和黛西还在进行蜜月之旅，所以此处的时间最早应为夏天。

我们吃完早餐，走到外面门廊上的时候，已经是9点钟了。一夜之间气候骤然变了，空气中有了一丝秋意。那个园丁，盖茨比家先前的用人中留下的最后一个，走到台阶下面。

"我今天要把游泳池的水放掉了，盖茨比先生。叶子很快就会开始往下落，下水管道经常会被堵住的。"

"今天不要放了。"盖茨比回答。他带着歉意转身对我说，"你知道吗，老兄，我整个夏天都没用过那个游泳池呢。"

我看了看手表，站起身来。

"还有十二分钟我那班车就要开了。"

我并不想进城去。我没有心思做一点像样的工作，可原因不止于此——我不想离开盖茨比。我误了那班车，又误了下一班，然后才得以勉强离开。

"我会给你打电话的。"最后我说。

"一定，老兄。"

"我中午前后会打给你。"

我们慢慢地走下台阶。

"我猜黛西也会打电话来的。"他心神不宁地看着我，好像希望我能证实这一点。

"我猜会的。"

"好吧——再见。"

我们握了握手，然后我开始往外走。就在我快走到树篱的时候，我想起了什么，于是转过身来。

"他们是一群烂人，"我隔着草坪冲他喊，"他们那一帮人加起来也比不上你。"

我后来一直为我说了那句话感到欣慰。那是我对他说过的唯一一句恭维话，因为我自始至终都不赞同他。他先是礼貌地点点头，然后脸上绽放出那种灿烂而会心的微笑，仿佛我们在这个事实上一直都是热切的合谋者。他那身华丽的粉色行头在白色台阶的映衬下，成了一个闪亮的点。于是我想起三个月前，我第一次来到他这幢古香古色的豪宅的那个晚上。当时他的草坪和车道上挤满那些揣测他的腐败罪行的脸庞——而他站在这级台阶上，心中藏着永不腐蚀的梦想，向他们挥手告别。

我感谢他的殷勤招待。我们——我和其他的人——总是为此向他致谢。

"再见，"我喊道，"我很喜欢你的早餐，盖茨比。"

进城之后，我试着列了一会儿那些不计其数的股票的行情，然后就在转椅上睡着了。就在快到中午的时候，电话铃声把我吵醒，我吃了一惊，前额上汗珠直冒。是乔丹·贝克，她总在这个时间给我打电话，因为她行踪不定，出入于酒店、俱乐部和私人住宅中，我很难用其他任何办法找到她。她的声音从电话线里传来时，通常是清新而平静的，好像一小块草皮从绿茵茵的高尔夫球场上悠悠飘进办公室的窗户，但是今天上午她的声音却显得刺耳而干涩。

"我离开黛西家了。"她说，"我现在在亨普斯特德[1]，下午要去南安普敦[2]。"

或许她离开黛西家是挺机智的，但这种做法却让我不太高兴。她接下来的一句话更加令我腻烦。

"你昨天晚上对我可不怎么好。"

"那种情况下，这又算得了什么呢？"

一阵沉默。然后她说：

"反正——我想见你。"

"我也想见你。"

"要不我不去南安普敦了，下午进城去找你？"

"不——我想今天下午不行。"

"随你的便吧。"

"今天下午真的不行。有各种各样的——"

我们就这样你一言我一语地说着，然后突然之间两个

---

〔1〕 长岛上的一座小镇。
〔2〕 长岛南岸的富人区。

人都不说话了。我不知道我们俩是谁啪的一声挂掉了电话，但我知道我并不在乎了。那天我的确不可能跟她面对面坐在茶桌边聊天，即使她从此永远不再跟我说话也没办法。

过了几分钟我给盖茨比家打电话，但是占线。我打了四次，最后，一个恼火的接线员告诉我，这条线正在等从底特律打来的长途。我拿出火车时刻表，在3点50分那班车上画了个小圆圈。然后我向后靠在椅子上，想要理理思绪。这时刚到中午。

那天早上乘火车路过灰堆时，我故意走到车厢另一边去。我猜想那里整天都会聚着一群好奇的人，小男孩们在尘土中寻找黑色的血迹，唠叨的人一遍又一遍地讲着事情的经过，直到自己都觉得越来越不真实了，于是讲不下去了。然后茉特尔·威尔逊的悲剧所达到的成就也就被人遗忘了。现在我想将时光倒回一点，追述一下前一天晚上我们离开车铺之后，那里发生的情况。

人们好不容易才找到她的妹妹凯瑟琳。那一晚她肯定破了不喝酒的规矩，因为她到了车铺的时候，醉得稀里糊涂，不明白救护车为什么已经开到法拉盛去了。等大伙儿终于让她相信这一点，她马上就晕了过去，好像整件事中只有这一点让她难以承受似的。有个人不知是出于好心还是好奇，开上车带着她，跟在她姐姐的遗体后面开过去。

直到午夜过后很久，人们还络绎不绝地围在车铺前，乔治·威尔逊坐在里面的沙发上前后摇晃着身体。有一会儿，办公室的门敞开着，到车铺来的每个人都忍不住向里面张望。后来有人说这样太不像话了，关上了门。米凯利斯和其他几个男人陪着威尔逊，开始有四五个人，后来就只剩下两三个。再到后来，米凯利斯不得不让最后一个陌生人等十五分钟再走，他好回自己那儿去煮一壶咖啡。在那之后，他独自陪着威尔逊一直到天亮。

凌晨3点左右，威尔逊那颠三倒四的喃喃自语发生了变化——他渐渐安静下来，开始说到那辆黄色的车。他声称有办法查出那辆黄色的车是谁的，然后又脱口说出，两个月前他老婆有一次从城里回来时满脸瘀青，鼻子也肿了。

不过，当他听到自己说出这件事的时候，他畏缩了一下，接着又呻吟着哭喊起来："哦，我的上帝啊！"米凯利斯笨口拙舌地试图转移他的注意力。

"你结婚多久了，乔治？得啦，试着安安静静坐一会儿，回答我的问题。你结婚多久了？"

"十二年。"

"有过孩子吗？来，乔治，安静坐一会儿，我在问你问题呢。你有没有过孩子？"

棕色的硬甲壳虫不停地往昏暗的电灯上砰砰直撞，米凯利斯每次听见有汽车沿着外面的路呼啸而过，就觉得听起来像是几小时前没停下来的那辆车。他不想走到外面的修车间去，因为停放过尸体的工作台上血迹斑斑。所以他只好在办公室里不自在地走来走去——天亮之前，他已经熟悉了屋里的每样东西了——他时不时在威尔逊身边坐下，想办法让他更加平静一点。

"有没有哪家教堂你会时不时去一下，乔治？可能你都很久没去过了吧？要不然我打电话给教堂，请一位牧师来，让他跟你聊聊，好吗？"

"不去任何教堂。"

"你应该去一家教堂的，乔治，这种时候就有用了。你以前一定去过一次吧？你不是在教堂结的婚吗？听着，乔治，听我说，你不是在教堂结的婚吗？"

"那是很久以前的事了。"

回答这些问题所花费的精神打断了他摇晃的节奏——他安静了一会儿，然后，先前那种半清醒半迷惑的眼神又回到了他黯淡的双眼里。

"看看那个抽屉里的东西。"他指着写字台说。

"哪个抽屉？"

"那个抽屉——那一个。"

米凯利斯打开离他手边最近的抽屉。里面只有一根小而昂贵的狗绳，是用皮子做的，镶着银边。它显然是新的。

"这个吗？"他把它拿起来，问道。

威尔逊盯着它，点点头。

"我昨天下午发现的。她想告诉我它是怎么来的，但我知道她在糊弄我。"

"你是说它是你太太买的？"

"她用纸巾包着放在她的梳妆台上。"

米凯利斯看不出这有什么古怪，他给威尔逊说了十来个他的老婆会买这条狗绳的理由。但是可以想象，威尔逊之前已经从茉特尔口中听过其中一些理由了，因为他又开始低声喊："哦，我的上帝啊！"安慰他的人只好让几个没说出口的理由留在嘴边了。

"那么是他杀了她。"威尔逊说。他的嘴巴突然张得大大的。

"谁杀了她？"

"我有办法找出来。"

"你有病呀，乔治。"他的朋友说，"这事儿让你受了刺激，不知道自己在说什么。你还是尽量安安静静地坐着，等天亮了再说吧。"

"他谋杀了她。"

"那是场交通事故，乔治。"

威尔逊摇摇头。他的眼睛眯成一条缝，嘴巴稍稍咧开，不服地微微"哼"了一声。

"我知道，"他肯定地说，"我是个相信别人的家伙，从来没想伤害过任何人，但是只要我搞明白了一件事，那就准错不了。就是在那辆车里的那个男的。她跑出去想跟他说话，他却不肯停下来。"

米凯利斯也看到了这个场面，但是他并没想到其中有什么特殊的意义。他觉得威尔逊太太只是想从她丈夫身边逃开，而不是要试图拦住某一辆车。

"她怎么可能那样呢？"

"她是个有城府的人。"威尔逊说，似乎这就回答了米凯利斯的问题，"啊——嗬——嗬——"

他又开始摇晃起来，米凯利斯站在那儿，在手里拧着那条狗绳。

"乔治，也许你有什么朋友，我可以打电话把他们叫来？"

这是一个渺茫的希望——他几乎可以肯定威尔逊一个朋友都没有，他连老婆都应付不来。过了一小会儿，他很高兴地注意到屋里有了变化，窗外越来越快地变蓝，他知道黎明已经不远了。5点左右，外面天色已经足够蓝了，可以关上屋里的灯了。

　　威尔逊呆滞的目光转向外面的灰堆，那上面小小的灰色云朵呈现出离奇古怪的形状，在黎明的微风中迅速地飘来飘去。

　　"我跟她谈过，"沉默了半晌后，他喃喃地说，"我告诉她，她也许骗得了我，但是骗不了上帝。我把她拉到窗户边，"他费力地站起身来，走到后窗前，身子前倾，把脸贴在上面，"然后我说：'上帝知道你做了什么，你做的每一件事。你也许骗得了我，但是你骗不了上帝！'"

　　米凯利斯站在他身后，吃惊地看到他正看着 T. J. 埃克尔堡医生的眼睛，那双眼睛刚刚从消散的夜色中显现出来，黯淡无光，巨大无比。

　　"上帝看得见一切。"威尔逊又说了一遍。

　　"那是个广告。"米凯利斯向他保证。不知是什么让他从窗边转过身来，朝屋里看去。但威尔逊在那里站了很久，脸紧贴着玻璃窗，对着黎明不住地点头。

　　到了 6 点钟的时候，米凯利斯已经筋疲力尽，幸好听到有一辆车停在了外面。来的是头天晚上帮着守夜的一个人，他答应会回来的。于是米凯利斯做好三个人的早餐，跟这个人一起吃了。威尔逊现在安静了一些，米凯利斯便回家去睡觉。四个小时后他醒过来，匆匆赶回车铺，这时威尔逊已经不见了。

他的行踪——他一直是步行的——后来被查明了：先是到了罗斯福港，然后到了盖德山[1]。他在那里买了一个三明治，但是没吃，还买了一杯咖啡。他一定很累，走得很慢，因为直到中午他才走到盖德山。至此，查明他的时间安排并不难——有几个男孩见到过一个"举止疯疯癫癫"的男人，还有几个司机记得他在路边用古怪的眼神盯着他们看。之后的三个小时，就没有人看到过他了。根据他对米凯利斯说过的他"有办法找出来"，警方猜测他在那段时间里走遍一家家周围的车铺，打听那辆黄色的车。可是，没有哪家车铺的人看见他走上前过，或许他有更简单、更确定的办法查出他想知道的东西。下午 2 点半的时候，他到了西卵，跟人打听去盖茨比家怎么走。所以那个时候，他已经知道盖茨比的名字了。

———————————

〔1〕 任何长岛的地图上都没有标注过这个地区。菲茨杰拉德之所以采用这个名字，很可能是因为它暗指"盖茨比山庄"。英国有一处盖德山（Gadshill，而不是文中的 Gad's Hill），坐落于从伦敦到亨切斯特的路上，是莎士比亚《亨利四世》第一幕中福斯塔夫被哈尔王子"打劫"的地方。而狄更斯的居所也在这附近，被称为"盖德山宅院"。
　　在作者的手稿上，是这样描述有关威尔逊的行程的："他的行踪——他一直是步行的——后来被查明了：先是到了贝赛德，然后穿过亨廷顿到了盖德山，最后到了小颈镇。他在那里买了一个三明治，但是没吃，还买了一杯咖啡。他一定很累，走得很慢，因为直到中午他才走到小颈镇。"

下午 2 点，盖茨比换上泳衣，给男管家留了话：要是有人打电话来，就到游泳池边给他送口信。他走到车库那儿停下，拿了一个夏天供客人娱乐用的气垫子，司机帮他打上了气。然后他吩咐司机，不论发生什么情况，都不能把那辆敞篷车开出来——这个要求很奇怪，因为右前方的挡泥板需要修理。

盖茨比把垫子扛在肩上，向游泳池走去。有一次他停下来，把肩膀上的垫子稍稍挪动了一下，司机问他需不需要帮忙，但是他摇了摇头，一会儿就消失在正在渐渐变黄的树林中了。

没有人打来电话要传口信，但是男管家也没有睡午觉，一直等到 4 点——等到即使有人打来电话，要他传口信，接口信的人也早已不在了。我想，盖茨比本人并不相信有人会来电话，而且他或许已经不在乎了。如果真是如此，他一定是觉得自己已经失去了旧日那个温暖的世界，为了一个单一的梦想空守了太久，付出了太高的代价；他一定是透过可怖的树叶仰望到一片陌生的天空；他一定不寒而栗，当他发现玫瑰是一件多么怪诞的东西，而阳光照在刚刚冒出的小草上又是一件多么残忍的事。这是一个新世界，它是物质的，却是不真实的，可怜的幽魂呼吸着空气一般的轻梦，东游西荡……就像那个灰蒙蒙的、怪异的人形穿过杂乱的树林悄悄向他滑来一样。

司机——他是沃尔夫山姆的门徒——听到了枪声，事后他只能说当时并没有太在意。我从火车站直接开车到盖茨比家，看到我焦急地冲上前门的台阶，所有人才惊慌起来。但我敢肯定他们那时早就知道出事了。[1]我们四个人，司机、管家、园丁和我，几乎一言不发地赶到游泳池去。

从一端放进来的清水逐着整池水流向另一端的排水管，使泳池中的水微微地、不易觉察地波动着。随着隐隐的、几乎算不上是水波的影子的涟漪，那只负重的垫子在池子里漂移不定。一阵几乎吹不皱水面的微风就足以扰乱它那载着偶然重负的偶然航程。一簇落叶碰到了它，慢慢地转着它，像圆规的腿一样，在水里转出一道细细的红圈。

直到我们抬起盖茨比朝屋里走去之后，园丁才在不远处的草坪上看见了威尔逊的尸体，这场浩劫就此告终。

---

[1] 也许作为沃尔夫山姆的门徒，这些仆人已经习惯了枪声。

第九章

时隔两年，在我的记忆中，那天余下的时间、那天晚上以及第二天，只有一拨又一拨警察、摄影师和报社记者不断从盖茨比家的前门进进出出。外面的大门口拉起一根绳子，绳子边上站着一名警察拦住看热闹的人，但是小男孩们很快就发现他们可以从我的院子绕进去，因此游泳池边总是挤着几个目瞪口呆的孩子。那天下午，一个自信满满的人，大概是个侦探，俯身查看威尔逊的尸体时用了"疯子"这个词，他那显得颇具权威的语气为第二天早上的报纸报道定下了基调。

那些报道大多数都如同噩梦一般——古怪离奇，捕风捉影，情真意切，内容失实。在讯问中，米凯利斯的证词透露了威尔逊对他妻子的怀疑，我以为整个故事很快就会被添油加醋地写成讽刺剧——没想到凯瑟琳，这个本来可以信口胡言的人，却守口如瓶。她对这件事表现出一种惊人的魄力——她用描过的眉毛下面那双坚定的眼睛看着验尸官，发誓说她姐姐从没见过盖茨比，她姐姐跟丈夫生活得非常幸福，从来没有过任何不正当的行为。她说得连自己都信以为真，用手帕捂着脸哭了起来，就好像仅仅提出这种疑问都让她无法忍受似的。于是威尔逊就被归结为一个"悲伤过度、精神错乱"的人，整个案件也就能以最简单不过的案情结案了。事情就这样结束了。

然而事情的这一部分全都显得遥远而无关紧要。重要的是，我发现自己站在盖茨比这一边，而且形单影只。从我打电话到西卵报告惨案的那一刻起，每一个关于他的揣测，每一个实际的问题，都会找我来回答。起初我感到惊讶而困惑，后来一个又一个小时过去，他躺在他的房子里，没有动作，没有呼吸，没有言语，我越来越强烈地感觉到自己要负起责任。因为除我以外没人关心他——关心，我的意思是，每个人在生命终结时都或多或少有权得到别人真切的关心。

在发现盖茨比的尸体半小时之后，我就给黛西打了电话，出自本能、毫不犹豫地给她打了电话。但是她和汤姆那天下午很早就出门了，还带上了行李。

"没留地址吗？"

"没有。"

"说什么时候回来了吗？"

"没有。"

"知道他们去哪儿了吗？我怎么才能联系上他们？"

"我不知道。说不上来。"

我想为他找个人来。我想走进他躺着的房间去安慰他说："我会给你找个人来的，盖茨比。别担心。相信我好了，我会给你找个人来的……"

电话簿里没有梅耶·沃尔夫山姆的名字。管家给了我他在百老汇的办公室地址，我又打电话到电话局问讯处，但是等我拿到号码，早就过了 5 点，没有人接电话了。

"请你再接一次线好吗？"

"我已经接过三次了。"

"我有非常要紧的事。"

"对不起，恐怕那边没人。"

我走回客厅，发现那里突然挤满了人，有那么一瞬间我还以为是偶然到访的客人，但实际上他们都是官方人员。但是，当他们掀开被单，用冷漠的目光看着盖茨比的时候，我脑中不断响起他的抗议声。

"我说，老兄，你一定得给我找个人来，你一定得好好想法子呀。这种情况我一个人可经受不了啊！"

有人开始向我提问，但我脱身跑上楼去，急匆匆地翻着他书桌上那些没锁的抽屉——他从未明确告诉过我他的父母已经过世。但是什么也找不到，只有丹·科迪的那张照片，一段被人遗忘的风云岁月的象征，从墙上向下凝视着。

第二天早上，我派男管家去纽约给沃尔夫山姆送一封信，向他打听一些情况，催促他马上搭下一班火车过来。我写的时候觉得这个要求似乎是多余的。我确信他一看到报纸就会动身，正如我确信中午之前黛西一定会发来电报——但是电报没来，沃尔夫山姆先生也没到。除了更多的警察、摄影师和新闻记者外，什么人都没有来。当男管家带回沃尔夫山姆的回复，我开始有一种蔑视一切的感觉，感到盖茨比和我可以团结起来，藐视他们所有人。

亲爱的卡拉威先生：

这是有生以来让我感到极为震惊的事情之一，我简直无法相信这是真的。那个人做出如此疯狂的举动，值得我们所有人深思。我现在无法过来，因为我有非常重要的事务在身，目前不能跟这件事发生牵连。如果稍后有我能帮上忙的事情，请派埃德加送信告知我。听说这种事后，我简直不知道自己身在何处，像是被彻底击倒，昏过去一样。

您忠实的

梅耶·沃尔夫山姆

下面又匆匆添了一句：

让我知道葬礼的安排又及根本不认识他的家人。

那天下午电话铃响起，长途电话局说芝加哥有人来电话的时候，我以为是黛西终于打过来了。但是接通之后却传来了一个男人的声音，听上去很轻很远。

"我是斯莱格……"

"你好。"这名字听起来很生疏。

"那件事儿真是见了鬼了，对吧？收到我的电报了吗？"

"没收到任何电报。"

"小派克有麻烦了，"他急速地说，"他在柜台上递债券的时候被逮住了。[1]五分钟前他们刚从纽约接到的通知，给了债券号码。这事你能想得到吗，嘿？你怎么也想不到

---

[1] 这里暗示了盖茨比涉及窃取债券的交易，就像坊间流传的黑帮头目阿诺德·罗施斯坦（Arnold Rothstein）那样。1924 年 12 月菲茨杰拉德在罗马向珀金斯叙述了他对于小说的修改情况："总之，在我仔细地搜集有关富勒和麦吉案的资料（这里指的是在头脑中），而且还让泽尔达画图画到手疼之后，我对盖茨比的了解甚至超过了我对自己孩子的了解。"股票经纪人爱德华·M. 富勒（Edward M. Fuller）和其搭档威廉·F. 麦吉（William F. McGee）于 1922 年宣布破产，共欠下600 万美元的债务。富勒是大颈镇居民，他和麦吉被控犯下 12 件诈骗罪。在四次庭审期间，富勒与阿诺德·罗施斯坦的密切关系被曝光。参 见 Henry Dan Piper, "The Fuller–McGee Case," in *Fitzgerald's "The Great Gatsby"*, ed. Henry Dan Piper, New York: Scribners, 1970, pp.171–184。

在这种乡下地方——"

"喂！"我上气不接下气地打断了他，"我说——我不是盖茨比先生。盖茨比先生死了。"

电话线那头沉默了好长时间，接着是一声惊叫……然后是"咔嗒"一声，电话断了。

我想应该是在第三天，从明尼苏达州[1]的一个小镇发来了一封署名为亨利·C.盖兹的电报。上面只说发报人马上动身，葬礼推迟到他来了之后再举行。

来的是盖茨比的父亲，一个肃穆的老人，非常无助，非常沮丧，在这暖和的9月里，裹着一件廉价的长长的厚外套。他激动得双眼不住地流泪，我从他手里接过旅行包和雨伞的时候，他不停地用手去捋那稀疏的灰白胡子，所以我好不容易才帮他脱下外套。他人快要垮了，于是我把他带到音乐厅，让他坐下，派人去拿了点吃的东西。但是他不肯吃，手里哆哆嗦嗦地拿着牛奶杯，牛奶都洒了出来。

"我在芝加哥的报纸上看到的，"他说，"芝加哥报纸上全是关于这件事的新闻。我马上就出发了。"

"我不知道怎么联系您。"

---

[1]　第六章提到盖茨比的家乡为北达科他州，有可能他的父亲后来搬到了明尼苏达州。

他的眼神空洞茫然，不停地扫视着屋子。

"那人是个疯子，"他说，"他肯定是疯了。"

"您想喝点咖啡吗？"我劝他。

"我什么都不想要。我现在没事了，您是——"

"卡拉威。"

"唉，我现在没事了。他们把吉米放在哪儿了？"

我带他来到停放着他儿子遗体的客厅，把他独自留在那儿。有几个小男孩爬上了台阶，正往前厅里张望。等我告诉他们是谁来了，他们才不情愿地走开。

过了一会儿，盖兹先生打开门走了出来，他嘴巴微张，脸有点发红，眼睛里时而滴下一滴泪。他已经到了不再因死亡而感到惊骇的年纪，于是此刻他开始第一次环顾四周，看见前厅如此富丽堂皇，一间间大屋子从这里延伸出去，又通向其他屋子，他的悲伤开始与一股惊叹而骄傲的情感交织在一起了。我把他搀到楼上的一间卧室里。他脱下上衣和背心的时候，我告诉他，所有的安排都推迟了，只等着他来。

"我不知道您想要怎么办，盖茨比先生——"

"我姓盖兹。"

"——盖兹先生。我想也许您想把遗体运回西部。"

他摇摇头。

"吉米一直喜欢待在东部。他是在东部发迹，才有了今天的地位的。你是我孩子的朋友吗，卡——？"

"我们是很要好的朋友。"

"他本来是有远大的前程的，你知道的。他虽然只是个年轻人，但是他这儿很有能耐。"

他郑重地用手碰碰脑袋，我也点了点头。

"要是他活下去的话，一定会是个了不起的人。像詹姆斯·J.希尔[1]那样的人，为这个国家的建设做出贡献。"

"确实是这样。"我不自在地说。

他笨手笨脚地拉着绣花床罩，想把它从床上拽下来，接着直挺挺地躺下去——立刻就睡着了。

那天晚上，一个显然受了惊的人打来电话，一定要先知道我是谁才肯说出自己的名字。

"我是卡拉威先生。"我说。

"哦——"他听上去松了一口气，"我是克利普斯普林格。"

我也松了一口气，因为看来盖茨比的墓前有望再多一个朋友了。我不愿意登报，招来一大堆看热闹的人，所以

---

〔1〕 詹姆斯·J.希尔（1838—1916），铁路大亨，住在菲茨杰拉德的故乡，明尼苏达州的圣保罗市。

就自己打电话通知了几个人。他们可真是难找。

"葬礼定在明天，"我说，"3点，在他家这边。我希望你转告有意参加的其他任何人。"

"哦，我会的，"他慌忙地脱口而出，"其实，我不太可能见到什么人，但如果见到的话我会的。"

他的语气让我起疑。

"你自己肯定是要来的。"

"呃，我一定想法子去。我打电话来是想——"

"等等，"我打断他，"先说好你会来，怎么样？"

"呃，事实上——实际情况是这样的，我现在在格林威治[1]的一个朋友家里，他们特别想让我明天和他们一起玩儿。其实明天会搞一些野餐或者什么的。当然，我会尽全力离开。"

我忍不住叫了一声"哈"，他一定听见了，因为他紧张地继续说道："我打电话来是因为我把一双鞋落在那儿了。我想，如果不是太麻烦的话，你能不能让管家给我寄来。你知道，那是双网球鞋，我离了它简直没办法。我的地址是：转交自 B. F. ——"

---

〔1〕 康涅狄格州的一座富庶的小镇。

我没有听到下面的地址，因为我把听筒挂掉了。

在那之后，我为盖茨比感到有些羞愧——还有一个男人在我打电话找他的时候，竟然暗示盖茨比是死有应得。不过，这是我的错，因为他当初就是那种喝了盖茨比的酒就开始借着酒劲对盖茨比冷嘲热讽的人，我本来就不应该打电话给他。

葬礼的那天早上，我到纽约去找梅耶·沃尔夫山姆，似乎没有其他办法能找到他。在一名电梯工的指点下，我推开了一扇写着"卐控股公司"[1]的门，一开始里面看起来没有人。但是在我高喊了几声"你好"也没人答应之后，一扇隔板后面突然传来一阵争论声，一个漂亮的犹太女人出现在里屋的门口，用含着敌意的黑眼睛打量我。

"这儿没人，"她说，"沃尔夫山姆先生去芝加哥了。"

前一句话显然是假话，因为有人开始在里面用口哨吹起不成调的《玫瑰经》。[2]

---

〔1〕 这里并非暗示沃尔夫山姆是纳粹分子。事实上，他是个犹太人。尽管希特勒早在 1920 年就把"卐"用作纳粹党的标志，菲茨杰拉德创作该小说时这个标志作为纳粹的象征的意义并不广为人知。那时它还只是一个流行的装饰。

〔2〕 该曲最早于 1898 年发行，但直到 20 世纪 20 年代才流行开来。作曲者是埃塞尔伯特·内文（Ethelbert Nevin），作词者是罗伯特·卡梅隆·罗格斯（Robert Cameron Rogers）。

"请告诉他卡拉威先生想见他。"

"我不可能把他从芝加哥叫回来，对吧？"

正在这时一个声音，毫无疑问是沃尔夫山姆的声音，从门那边喊道："丝苔拉！"

"你把名字留在桌上，"她匆匆说道，"等他回来我把字条给他。"

"可我知道他就在里面。"

她向我面前迈了一步，两只手怒气冲冲地在臀部上下搓动。

"你们这些年轻人，以为随时都可以闯进来，"她厉声说道，"我们都腻烦透了。我说他在芝加哥，他就在芝加哥。"

我提了一下盖茨比的名字。

"哦——啊！"她又从头到脚打量了我一番，"请您稍——您贵姓来着？"

她转身不见了。过了一会儿，梅耶·沃尔夫山姆一脸肃穆地站在门口，伸出了双手。他把我拉进他的办公室，用虔诚的口吻说，这种时候我们大家都很难过，并递给了我一支雪茄。

"我还记得第一次见到他的情景。"他说，"他当时是刚从部队退役的一名年轻少校，军服上挂满了在战场上赢得的勋章。他手头非常紧，只好一直穿着他那身军装，因为他买不起便装。第一次见到他，是他走进四十三号街瓦恩布雷纳开的台球厅找工作的那天。他已经两天没吃饭了。'来吧，跟我一块儿去吃午饭。'我说。短短半个钟头他就吃了四块多钱的饭菜。"

"是你帮他创业的吗？"我问。

"帮他！我是造就了他。"

"哦。"

"我把他从一个阴沟里的穷光蛋栽培起来。我一眼就看出他是个仪表堂堂、有绅士派头的年轻人，当他告诉我他上过扭劲，我就知道我能让他派上大用场。我让他加入了美国退伍军人协会[1]，后来他在那里地位很高。他一上来就到奥尔巴尼替我的一个客户办了件漂亮事。我们俩无论做什么事都是这么亲密，"他举起两根粗胖的手指，"形影不离。"

我很想知道这种亲密合作是否也包括 1919 年世界棒球联赛那笔交易。

"现在他死了，"过了一会儿我说，"你是他最亲密的朋友，所以我知道，你会想来参加他今天下午的葬礼的。"

[1] 美国最大的老兵组织，成立于 1919 年。

"我是想来。"

"好啊，那就来吧。"

他鼻孔里的毛微微颤动，他摇了摇头，泪水盈眶。

"我不能来——我不能牵连进去。"他说。

"没什么事可牵连到你的，现在事情都结束了。"

"凡是有人被杀，我从来都不想有任何牵连。我不介入。我是个年轻人时，可不是这样——如果一个朋友死了，不管是怎么死的，我都会陪他们到最后。你可能觉得这是感情用事，但我是认真的——奉陪到底。"

我看出来他决意不来自有他的原因，于是我站起身。

"你是大学毕业吗？"他突然问。

有一会儿工夫，我还以为他要跟我拉"钢系"，但他只是点了点头，跟我握了握手。

"我们大家都应该学会在朋友活着的时候讲交情，而不要等到他死了以后。"他提议道，"在人死之后，我个人的原则是听天由命。"

我离开他办公室的时候，天色已经变暗，我在蒙蒙细雨中回到了西卵。换好衣服后，我来到隔壁，发现盖兹先生正激动地在前厅里走来走去。他儿子以及他儿子的财产给他带来的自豪感不断地增强，现在他有样东西要给我看。

"吉米给我寄了这张照片。"他用颤抖的手指掏出自己的钱包，"你瞧。"

那是这所房子的照片，四角破损，已经被很多只手摸脏了。他热切地将每一个细节都指给我看。"看那儿！"然后又在我的眼睛里搜寻着钦佩的神情。他经常把这张照片拿出来给别人看，我觉得对他来说现在它比这座房子本身更加真实。

"吉米给我寄的。我觉得这张照片真漂亮，照得很好。"

"是很好。您近来见过他吗？"

"两年前他回来看过我，给我买了我现在住的房子。当然，他离家出走的时候我们是断绝了关系，但是现在我明白他那样做是有道理的。他知道自己面前有远大的前程。自从他成功以后，对我一直都很大方。"

他似乎不愿意把照片收起来，又依依不舍地在我眼前举了一会儿。然后他把钱包收好，从口袋里拿出一本破破烂烂的旧书，书名是《霍巴隆·卡西迪》[1]。

"瞧这儿，这是他小时候看的一本书。真是从小看到大。"

他翻开书的封底，把书掉转过来让我看。在最后的空

---

〔1〕 霍巴隆·卡西迪（Hopalong Cassidy）是由克拉伦斯·E. 马尔福德
（Clarence E. Mulfor）于 1907 年创作的一个牛仔形象，然而同名小说
直到 1910 年才出版。所以小说中 1906 年这个盖茨比写下的日期和实
际年份不符。

白页上端端正正地用大写字母写着"作息时间表"这几个字，
日期是 1906 年 9 月 12 日。下面写着：

起床·······························早上 6：00

哑铃操和爬墙···············6：15—6：30

学习电学等等···············7：15—8：15

工作·······················8：30—下午 4：30

棒球和其他运动···········下午 4：30—5：00

练习演讲、仪态和如何保持仪态···晚上 5：00—6：00

学习有用的新发明··········· 晚上 7：00—9：00

总体决心

不再浪费时间去沙夫特家或者（另一个人名，字
迹辨认不清）

不再吸烟或嚼烟

每隔一天洗一次澡

每星期读一本有益的书或杂志

每星期存五美元（被划掉了）三美元

更加孝顺父母

"我无意间发现这本书，"老人说，"真是从小看大，是不是？"

"真是从小看大。"

"吉米是注定了要出人头地的。他总有这样那样的决心。你注意到他是用什么办法提高自己的心智了吗？他在这方面一向很了不起。有一次他说我吃东西跟猪一样，我把他揍了一顿。"

他舍不得把书合上，把每一个条目都大声读了一遍，然后热切地看着我。我觉得他是相当期望我会把这张表抄下来自己用的。

快到3点的时候，一位路德教会的牧师[1]从法拉盛来了，我开始不由自主地往窗外张望，看看有没有别的车来。盖茨比的父亲也和我一样。随着时间过去，用人们都走进来站在前厅里等候，老人开始焦急地眨起眼来，然后又不安而含糊地说起外面的雨。牧师看了好几次表，于是我把他拉到一边，让他再等半个小时。但是这完全没用。谁也没有来。

5点左右，我们三辆车组成的行列开到了墓地，在细密

---

[1] "路德教会的那位牧师"暗示盖茨比是新教徒，即一个"WASP"（"白种、盎格鲁–撒克逊、新教"）。

的小雨中停到大门旁边——第一辆是灵车，黑黢黢、湿漉漉的，跟着的是坐着盖兹先生、牧师和我的大轿车，稍后到来的是四五个用人和西卵邮递员乘坐的盖茨比的旅行车，大家都淋得透湿。我们穿过大门走进墓地的时候，我听见一辆车停了下来，接着是一个人踩着湿乎乎的地面向我们追上来的声音。我回头一看，是那个猫头鹰眼镜男人，三个月前的一天晚上，就是他对着盖茨比图书室里的书惊叹不已。

从那以后我再也没有见过他。我不知道他是怎么得知葬礼的消息的，连他的名字都不知道。雨水顺着他的厚镜片流了下来，他把眼镜摘下擦了擦，好看着那块挡雨的帆布在盖茨比的坟墓上方铺开。

当时有一会儿，我努力地回想着盖茨比，但是他已经离得太远了，我只记得黛西没有捎来一句话，也没有送来一朵花，不过我并不怨恨她。我依稀听见有人喃喃地说："雨中下葬的人，有福了。"然后猫头鹰眼男人用洪亮的声音说了声："阿门！"

我们很快四散开来，穿过雨朝着几辆车跑过去。猫头鹰眼男人在门口跟我说了一会儿话。

"我没能赶到他家去。"他说。

"其他人也都没能去。"

"不会吧！"他吃了一惊，"哎呀，我的上帝！他们以前可是一去就是几百人。"

他摘下眼镜，又里里外外地擦了一遍。

"这家伙真他妈的可怜。"他说。

我记忆中极为生动鲜明的景象之一，就是上预备学校和后来上大学的时候，每年圣诞节回西部的情景。那些要回到比芝加哥更远的地方去的同学，常常在12月某个傍晚的6点相聚在古老而幽暗的联邦车站，跟几个已经沉浸在节日的欢乐中的芝加哥朋友匆匆告别。我记得从这家或那家女校回来的姑娘们穿着裘皮大衣，记得大家嘴里呵出白气叽叽喳喳地聊天，记得我们看到熟人时在头顶上高高挥舞的手，记得我们收到邀请时互相攀比："你要去奥德韦家吗？赫西家吗？舒尔茨家吗？"还记得我们戴着手套的手紧紧抓着的长长的绿色车票。最后还有在暮色中朦朦胧胧的芝加哥、密尔沃基和圣保罗铁路公司的黄色客车[1]，停靠在车站门口旁边的铁轨上，看上去就像圣诞节一样令人愉快。

当我们的列车缓缓开出，驶入寒冬的黑夜的时候，真正的雪，我们的雪，开始从车厢两旁向远方伸展，迎着车

---

[1] 芝加哥、密尔沃基和圣保罗铁路起始于芝加哥的联合火车。菲茨杰拉德几乎明确地把尼克的家乡定为明尼苏达州的圣保罗市，他自己的家乡。

窗闪闪发亮。威斯康星州那些小站的昏暗灯光向后掠过，空气中突然传来一阵像尖锐的钳子一样的寒气。我们吃过晚餐，穿过寒冷的通廊往回走时，深深吸着这股寒气。在接下来奇妙的一小时里，我们难以言喻地意识到自己与这片乡土血肉相连，随即又不留痕迹地再次融入这片乡土中去。

那就是我的中西部——不是麦田，不是草原，不是瑞典移民的荒凉村镇，而是我青春时代那些激动人心的还乡的火车，是霜夜里的街灯和雪橇的铃声，是冬青花环从被灯光点亮的窗子里投射在雪地上的影子。我是它的一部分，感受着那些漫长的冬日，我养成了有些严肃的性格，在卡拉威宅邸成长的岁月，造就了我有点自满的态度——在我的城市里，人们的住处仍然世世代代都以姓氏命名。我现在才明白这个故事归根结底是一个西部的故事——汤姆和盖茨比，黛西和乔丹，还有我，都是西部人，或许我们具有某种共同的弱点，使我们都不能丝丝入扣地适应东部的生活。

即使在东部最让我兴奋的日子，即使当我最为敏锐地意识到，比起俄亥俄河边沉闷、凌乱、臃肿，只有孩童和垂暮老人可以幸免于无休止的闲言纠缠的城镇，东部更加优越——即使在那些时候，东部也总是给我一种扭曲的感觉。尤其是西卵，它经常显现在我那些怪异的梦中。在梦里，它就像埃尔·格列柯[1]画的一幅夜景：上百所房子，既平常又怪诞，蹲伏在阴沉沉的天空和暗淡无光的月色下。前景里，四个严肃的男人穿着晚礼服沿着人行道走着，抬着一副担架，上面躺着一个身穿白色晚礼服的喝醉了的女人。她一只手耷拉在一边，手臂因为戴着珠宝而闪耀着寒光。那几个人肃穆地拐进一所房子里——他们走错了地方。但是没人知道这个女人的姓名，也没有人关心。

盖茨比死后，东部在我心目中就是这样鬼影幢幢，扭曲到连我的视力都无法矫正的程度。因此，当焚烧枯脆叶子的蓝烟飘向天空，当寒风把晾在绳子上的湿衣服吹得僵硬的时候，我就决定回家了。

但是离开之前我还有件事要做，一件令人尴尬和不快的事，本来让它不了了之或许更好。但我希望把事情理顺，而不指望那好施恩惠却冷漠的大海能将我心头的垃圾冲走。我跟乔丹·贝克见了一面，好好谈了谈我们之间发生的一切，也谈到我后来的遭遇。她躺在一张大椅子里，一动不动地听着。

---

〔1〕 埃尔·格列柯（约1541—1614年），西班牙画家。作品多为宗教题材，并用冷色调渲染超现实的气氛。

　　她穿着打高尔夫球的运动服，我还记得我觉得她看起来像一幅漂亮的插图，下巴得意地微微扬起，头发是秋叶的颜色，脸颊和放在膝盖上的无指手套一样是浅棕色的。听完我的一席话，她没作任何评价，只告诉我她跟另一个男人订了婚。我有些怀疑她在说谎，虽然只要她一点头，就有好几个人愿意娶她。但我还是故作惊讶。刹那间我疑惑自己是否在做一件错误的事，但我很快思量了一番，便起身向她告辞。

　　"不管怎样，是你甩了我，"乔丹突然说道，"你在电话里把我甩了。我现在对你一点儿也不在乎了，但当时的体验可是前所未有，我有好一阵子都晕乎乎的。"

　　我们握了握手。

　　"哦，你还记得吗，"她又加了一句，"有一次聊天，我们说到开车？"

　　"怎么了——记不太清了。"

　　"你说一个车开得差的司机只有在遇上另一个差司机之前是安全的，记得吗？好吧，我碰上了另一个差司机，对吧？我是说我真够粗心大意的，竟然这样看走了眼。我以为你是个相当诚实、坦率的人。我以为你一直暗暗以此为荣。"

　　"我三十岁了，"我说，"要是我年轻五岁，或许还可以骗骗自己，以此为荣。"

她没有回答。我很生气，又对她仍存几分爱恋，心里极其难过，只好转身走了。

十月下旬的一个下午，我见到了汤姆·布坎南。在第五大道上，他走在我前面，还是那副机警又盛气凌人的样子，两只手稍稍离开身体，似乎要抵挡外来的侵扰。他的脑袋不时突兀地左转一下，右转一下，以适应他那双不安分的眼睛。我正要放慢脚步免得赶上他，他停了下来，开始皱着眉头朝一家珠宝店的橱窗里看。突然他看见了我，于是走回来伸出他的手。

"怎么了，尼克？你拒绝跟我握手吗？"

"对。你知道我是怎么看你的。"

"你疯了，尼克，"他急忙说，"疯得厉害啊，我不知道你到底是怎么回事。"

"汤姆，"我质问道，"那天下午你跟威尔逊说了些什么？"

他一言不发地盯着我，我知道我猜对了在那几个威尔逊不知所踪的小时里发生的事。我转身就走，他却跟上一步，抓住了我的胳膊。

"我对他说了实话。"他说，"我们正准备出门，他来到我家门口。我叫人传话下去说我们不在家，可他想冲上楼来。要是我不告诉他那车是谁的，他准会急疯到把我给杀了。在我家的每一刻，他的手都放在他口袋里的枪上——"他突然停住，语气强硬起来："就算我告诉他又怎么样？那家伙是自己找死。他把你的眼睛给蒙蔽了，就像蒙蔽了黛西一样，他其实是个心狠手辣的家伙。他轧死了茉特尔，就像你会轧死一条狗一样，连他的车都没停一下。"

我无话可说，除了那个不能说出来的事实：真相并非如此。

"你是不是以为我没有遭受痛苦啊——我跟你说，我去退掉那所公寓的时候，看见那盒该死的狗饼干还搁在餐具柜上的时候，我坐下来像个小孩儿一样放声大哭。老天啊，真让人难受——"

我无法原谅他，也不可能喜欢他，但是我明白，他所做的事情在他自己看来是完全合理的。一切都是这样漫不经心、混乱不堪。这两个无所顾忌的人，汤姆和黛西——他们砸碎了东西，毁掉了人，然后就退回到自己的金钱中去，或者退缩到麻木不仁或任何能将他们维系在一起的东西中去，让别人去收拾他们弄的烂摊子……

我跟他握了握手。不握手似乎有点幼稚，因为我突然感觉自己像是在跟一个孩子说话。然后他走进珠宝店去买一条珍珠项链——或许只是一副袖扣——永远地摆脱了我这乡下人的吹毛求疵。

我离开的时候，盖茨比的房子还是空的——他草坪上的草长得跟我家的一样高了。村上有一个出租司机载客经过他门口的时候，没有一次不把车子停一下，朝里面指指点点一番。或许出事的那天夜里，就是他开车送黛西和盖茨比回东卵的[1]，又或许完全是他自己编造了这么一个故事。我不想听他讲这故事，所以我下火车时总会避开他。

每个星期六的夜晚我都在纽约度过，因为盖茨比家那些灯火闪耀、光彩炫目的宴会依然在我脑海里栩栩如生，我甚至能听到音乐和笑声隐约不断地从他的花园里传来，还有一辆辆汽车在他的车道上开来开去。有一天晚上，我确实听见来了一辆车，看到车灯照在他门前的台阶上。但我没有去看个究竟。大概是最后一位客人，刚从天涯海角归来，还不知道筵席早已散场。

最后那个晚上，我的箱子已经装好，车子也卖给了杂货店老板，我走过去再看一眼那经历了巨大而断续的失败的房子。白色台阶上，有哪个男孩用砖块涂了一个脏字，在月光里分外触目，我把它擦掉，鞋底在石头上磨得沙沙

---

〔1〕 盖茨比有别的车，所以没有必要让一个出租车司机平白来当证人。

作响。然后我缓步来到海边，仰面躺在沙滩上。

此刻，那些海滨大别墅大多已经关上大门，四周几乎没有灯火，只有海湾对面一艘渡船上一丝影影绰绰的光亮在移动。月亮升高，那些无关紧要的别墅开始慢慢消融，直到我逐渐意识到，这里就是当年曾在荷兰水手的眼中盛放开来的古岛—— 一个新世界的鲜翠乳房。它那些消失了的树木，那些为建造盖茨比的豪宅而被砍伐的树木，曾经在此低声迎合着人类最后也是最伟大的梦想。当人类面对这片新大陆时，在转瞬即逝的沉醉的一刻，一定是屏住了气息，不由自主地沉浸到他既不理解也不渴求的美学思索中，这也是他在历史上最后一次直面与其感受奇迹的能力相称的奇观。

当我坐在那里，冥想那个古老而未知的世界时，我想到了盖茨比第一次认出黛西家码头尽处那盏绿灯时会有多么惊喜。他走过漫漫长路才来到这片蓝色的草坪上，他的梦想看起来一定近在咫尺，几乎不可能抓不到。他不知道的是，这梦想早已落在他身后，落在这城市之外一片漫无边际的晦暗中，落在夜色下共和国滚滚蔓延的黑色原野上。

盖茨比信奉那盏绿灯，这个年复一年在我们眼前渐渐退去的极乐未来[1]，它曾经从我们身边溜走，不过没关系——明天我们会跑得更快，把手臂伸得更远……总有一个明媚的清晨——

于是我们奋力搏击，那逆流向上的一叶叶小舟，不停被冲退，逝入往昔。

---

[1] 菲茨杰拉德显然故意用了"orgastic"这个词。他在1925年1月24日向珀金斯解释说："这个词表达出我所想表达的心醉神迷。"在菲茨杰拉德做标注的那个版本里，"orgastic"这个词里被加入了一个字母"i"，变成了"orgiastic"（狂欢、纵欲）。不过无法确认是否为作者亲笔添加。而在作者身故后，随着《最后的大亨》（1941）的出版，《了不起的盖茨比》第二次出版，两部小说的编辑埃蒙德·威尔逊（Edmund Wilson）在这一版的《了不起的盖茨比》中把"orgastic"改成"orgiastic"。之后，斯科里布纳之子出版社的版本都将此处印成"orgiastic"。

附　录

一

《了不起的盖茨比》情节大事年表

注释中标出了小说中一些年代顺序上的不连贯之处。菲茨杰拉德在时间的叙述上并不十分准确，而且他的手稿和打印稿中的第二章与第三章位置互换了，造成了一些时间上的矛盾。但是我们仍然可以大致梳理出小说情节的大事年表。

1890—1891 年　詹姆斯·盖兹（日后的杰伊·盖茨比）和汤姆·布坎南出生。

1892 年　尼克·卡拉威出生。

1899 年　黛西·费伊出生。

1901 年　乔丹·贝克出生。

1906 年 9 月 12 日　詹姆斯·盖兹（日后的杰伊·盖茨比）在一本《霍巴隆·卡西迪》中写下要达成的愿望。

1917 年秋　盖茨比遇见黛西并坠入爱河。一个月后，盖茨比赴欧洲参加第一次世界大战。

1919 年 6 月　黛西与汤姆成婚。

1919 年 10 月　梅耶·沃尔夫山姆操纵世界棒球联赛。

1922 年春 尼克搬到美国东部，投身债券行业。

1922 年 6 月 8 日 尼克到布坎南家用晚餐并邂逅乔丹。

1922 年 6 月底 汤姆带尼克到纽约见茉特尔·威尔逊。尼克参加盖茨比的宴会（第三章）。

1922 年 7 月底 盖茨比把尼克介绍给梅耶·沃尔夫山姆。尼克在时刻表上写下赴宴者的姓名。尼克和乔丹开始约会。乔丹告诉尼克有关黛西和盖茨比的事情。盖茨比和黛西在尼克家重逢。

1922 年 8 月中旬 汤姆随他人拜访盖茨比家。

1922 年 8 月中旬或月底 汤姆和黛西参加了盖茨比的宴会，黛西并不喜欢这场宴会。

1922 年 8 月底或 9 月初 在都市酒店，盖茨比和黛西向汤姆摊牌，黛西又动摇了。黛西在回东卵的路上，在慌乱中开车撞死了茉特尔，盖茨比被威尔逊枪杀。

1922 年 9 月初 盖茨比的父亲赶来，为盖茨比举行葬礼。

1923—1924 年 尼克叙述了这个故事。

二

《了不起的盖茨比》创作和出版大事年表

1922 年 6 月　菲茨杰拉德在明尼苏达州的白熊湖边开始计划写作一部小说。

1922 年 9 月　菲茨杰拉德创作了短篇小说《冬之梦》。

1922 年 10 月　菲茨杰拉德搬到纽约长岛的大颈镇。

1923 年 6 月　菲茨杰拉德开始创作小说的初稿。

1923 年 11 月　菲茨杰拉德创作了短篇小说《明智的事》。

1924 年 4 月　菲茨杰拉德在记事本上写道："终于拨开云雾，开始写作小说。"

1924 年 5 月　菲茨杰拉德动身前往法国。

1924 年 9 月　初稿完成。菲茨杰拉德在记事本上写道："艰巨的任务要开始了。"

1924 年 9 月至 10 月　菲茨杰拉德修订打印稿。记事本上写道："顶着巨大的压力完成工作。"

1924 年 11 月　把打印稿寄给麦克斯·珀金斯。记事本上写道："小说终于寄出去了。"

1924 年 11 月 20 日　珀金斯回复稿件的情况。

1925 年 1 月至 2 月　菲茨杰拉德在罗马修订活板校样。

1925 年 3 月　菲茨杰拉德到了意大利卡布里镇，就《了不起的盖茨比》出版事宜与珀金斯保持密切联系。

1925 年 4 月 10 日《了不起的盖茨比》出版。

参考资料：

Francis Scott Key Fitzgerald：*The Great Gatsby,* ed. Matthew Joseph Bruccoli, Cambridge: Cambridge University Press, 1991.

Roger Lathbury: *Literary Masterpieces,* Volume One: *The Great Gatsby*, Michigan: The Gale Group，2000.

三

关于书名

《了不起的盖茨比》是美国最著名的小说书名之一，可它却不被作者喜欢——菲茨杰拉德觉得这个书名毁了这部小说。小说最早的有记录可循的书名是《身处灰堆和百万富翁之间》，不过编辑麦克斯尔·珀金斯在 1924 年 4 月 7 日给菲茨杰拉德的信中却表示不赞同用这个书名。[1] 珀金斯在同年 4 月 16 日的信中暗示说出版社在考虑"了不起的盖茨比"这个标题："我总是觉得，'了不起的盖茨比'这个标题很有启发性也很有意义……"[2] 于是，菲茨杰拉德手稿的标题页写着"了不起的盖茨比"，所有字母都是大写。

当菲茨杰拉德 1924 年 10 月 27 日从法国通知珀金斯他要寄出小说时，提到除了"了不起的盖茨比"之外，小

---

〔1〕 该信未出版。来源于查尔斯·斯科里布纳之子出版社的档案，普林斯顿大学图书馆藏。

〔2〕 除非另有注释，这里所引用的菲茨杰拉德与珀金斯的所有通信都收录于 John Kuehl and Jack R. Bryer ed., *Dear Scott/Dear Max: The Fitzgerald –Perkins Correspondence*, New York: Scribners, 1971。

说还可以用"戴金帽子的盖茨比"做标题。随后菲茨杰拉德在给珀金斯的一封未署日期的信中写道：

> 我现在已决定，坚持用这个我在小说上写下的标题：西卵的特里马尔乔。
>
> 除此以外，看来适合这部小说的标题只有"特里马尔乔"和"通往西卵的路上"。我还起了两个标题"戴金帽子的盖茨比"和"高高跃起的情人"，但是它们似乎太浅白了。

特里马尔乔是古罗马作家佩特洛尼乌斯所著的拉丁语讽刺喜剧《萨蒂利孔》（成书于 54—68 年）中的一个生活奢华、喜欢召开宴会的富翁。菲茨杰拉德所说的"小说上写下的标题"意为一份已经遗失的打印稿上的标题。活体校样上插嵌的标题是"菲茨杰拉德的特里马尔乔"。不过此时作者还在犹豫之中，因为活体校样上，第一章有这样一句话："唯有盖茨比——这个将自己的名字赋予这本书的人——是个例外。"而手稿上此处则写道"只有盖茨比本人是个例外"。"戴金帽子的盖茨比"和"高高跃起的情人"两个标题则出自菲茨杰拉德的题诗。

珀金斯在同年 11 月 18 日第一次就小说的问题回复作

者，他写道：

> ……这里的很多先生都不喜欢这个标题，事实上只有我喜欢。在我看来，这几个词中奇异的不协调性读起来就和本书的笔调一样……
>
> 不过要是你不想改的话，你就得让这种笔调表现得更明显一些。现在的这种呈现方式太不利了……

珀金斯指的是"西卵的特里马尔乔"这个标题。

大约在同年的 12 月 1 日。菲茨杰拉德从罗马写信给珀金斯，说他在"特里马尔乔"和"盖茨比"这两个标题之间犹豫不决："我不知道为什么第一个标题所含的笔调不能呈现在封皮上。"12 月 16 日，菲茨杰拉德发电报说"标题定为'了不起的盖茨比'"。[1] 19 日，珀金斯给菲茨杰拉德写信说，林·拉德纳反对"特里马尔乔"这个题目，因为"没有人能读出来这个词"。泽尔达·菲茨杰拉德也反对这个标题。[2]"特里马尔乔"并非业内所说的"促销标题"，读者

---

[1] 来源于查尔斯·斯科里布纳之子出版社的档案，普林斯顿大学图书馆藏。

[2] 详情见菲茨杰拉德于 1925 年 2 月 1 日写给欧内斯特·博伊德的信，选自 Andrew Turnbull, ed., *The Letters of F. Scott Fitzgerald*, New York: Scribners, 1963, p. 478。

会因为不理解它的含义而影响阅读效果。

当菲茨杰拉德于 1925 年 1 月 24 日把修订好的校样寄回时，他表达了自己对题目的持续关注：

> 附言：我把标题页的校样还回来了。还不错，但是我从心里觉得标题应该改为"特里马尔乔"。不过，违背大家的建议，我觉得自己很愚蠢也很固执。"西卵的特里马尔乔"只是一个折中方案。"盖茨比"太像"巴比特"[1]，而"了不起的盖茨比"这个题目太缺乏说服力了，因为即使从讽刺意味上来说，小说都没有突出说明这个人物到底是不是了不起。算了，不要纠结这个了。

然而菲茨杰拉德还是无法停止他的纠结。第二年 3 月 7 日，他从意大利卡布里发电报说："现在改标题还来得及吗？"[2] 珀金斯回电报说太晚了。大约在 3 月 12 日，菲茨杰

---

〔1〕《巴比特》（Babbit）是美国第一位诺贝尔文学奖获得者、作家辛克莱·刘易斯（Sinclair Lewis）在 1922 年发表的长篇小说，以讽刺的手法反映了美国 20 世纪 20 年代中产阶级的价值观。
〔2〕来源于查尔斯·斯科里布纳之子出版社的档案，普林斯顿大学图书馆藏。

拉德解释说："我想把标题改回'戴金帽子的盖茨比'，但我觉得这无关紧要。这就是本书的败笔——我觉得最好的题目还是'特里马尔乔'。"

之后在 3 月 19 日菲茨杰拉德又发了电报说："太想把题目改为'星条旗下'了，推迟出版怎么样？"[1]珀金斯于同天回复说："广告说 4 月 10 日就要出版销售，改标题的话就意味着推迟几周出版，对读者会造成极大的心理影响。想想看，具有讽刺性的题目的效果会比不具有引导性的题目更好。大家都喜欢现在的标题，督促我们保留它。"[2]菲茨杰拉德 3 月 22 日表示妥协，发电报称："你是对的。"[3]不过，4 月 24 日左右他写信给珀金斯说，如果《了不起的盖茨比》销量不佳，一部分应归罪于这个标题："标题差强人意，与其说它好，不如说它差。"

---

〔1〕 选自 Matthew Joseph Bruccoli and Margaret M. Duggan, *Correspondence of F. Scott Fitzgerald*, New York: Random House, 1978, p.153。
〔2〕 电报稿。来源于查尔斯·斯科里布纳之子出版公司的档案，普林斯顿大学图书馆藏。
〔3〕 来源于查尔斯·斯科里布纳之子出版公司的档案，普林斯顿大学图书馆藏。

四

关于地理

菲茨杰拉德小说的突出特点之一是，书中的时间和地点都被赋予了真实性。所以把《了不起的盖茨比》书中"真实的"地方与故事的发生地点相对照是一种有趣的考证。虽然为了找到书中盖茨比的豪宅，人们做了许多无果的猜测，不过一些试图把书中地点和现实中长岛上的皇后区以及拿骚县的地理特征联系起来的研究还是很有启发性的，因为它们暗示了菲茨杰拉德是怎样在长岛的基础上勾勒了小说的地貌。

长岛自曼哈顿岛向东延伸，包括其西端的布鲁克林区和皇后区。[1]长岛的东段在纽约城的外围。"距离市区二十英里"的西卵和东卵指代大颈镇（菲茨杰拉德1922年至1924年住在那里）和曼哈西特颈镇，两地都位于纽约城外，属于长岛北岸的拿骚县，被曼哈西特湾隔开。大颈镇居住着从事表演业的人们，而曼哈西特颈镇的居民多为贵族世家，作风更为保守。

---

〔1〕 纽约城由五个区组成——曼哈顿、布朗克斯、布鲁克林、皇后区和斯塔滕岛——但是"市区"往往指曼哈顿区。

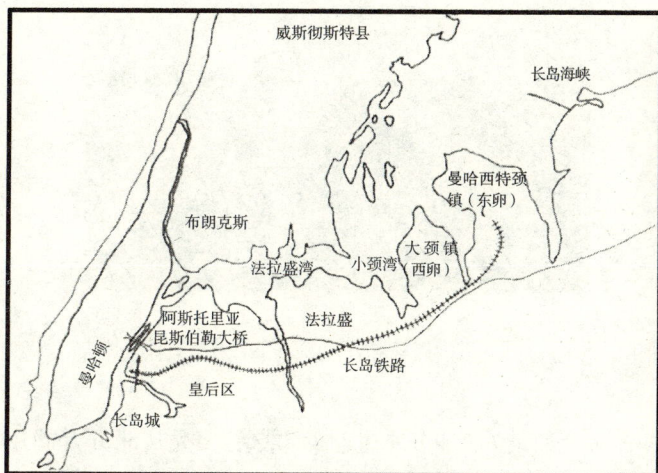

地图1　长岛：从东卵到曼哈顿

地图来源：Francis Scott Key Fitzgerald：*The Great Gatsby*, ed. Matthew Joseph Bruccoli, Cambridge: Cambridge University Press, 1991, p. 212。

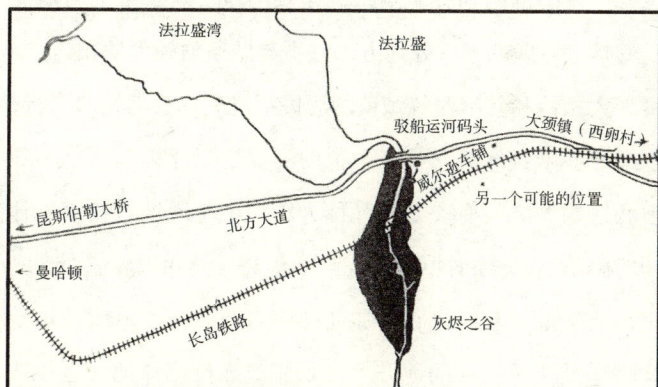

地图2　灰烬之谷

地图来源：Francis Scott Key Fitzgerald：*The Great Gatsby*, ed. Matthew Joseph Bruccoli, Cambridge: Cambridge University Press, 1991, p. 213。

灰烬之谷

图片来源：Vicent F. Seyfried, *The Story of Corona*, New York: Edgian Press, 1986。

　　从大颈镇／西卵开车进纽约市区，要先从北方大道开到长岛城（皇后区的一部分——并非一个独立的城市），然后穿过昆斯伯勒大桥进入曼哈顿的第五十九大街。菲茨杰拉德小说中的阿斯托里亚指的是长岛城；现实中的阿斯托里亚是皇后区的另一处地方，且不与昆斯伯勒大桥相连。

　　大颈镇和曼哈西特颈镇的居民都能利用长岛铁路出行，它通往曼哈顿区第三十三大街的宾夕法尼亚火车站。大颈镇和纽约城之间有一处沼泽称为废渣堆（现址为花旗体育场的停车场），当时填满了烧炭炉灰、马粪和垃圾。在现实中，威尔逊在灰烬之谷的加油站应该在北方大道或是长岛铁路穿过法拉盛河的地方。但是菲茨杰拉德却把大道和铁路的位置移近到一起，以便把车铺置于大道旁，离铁路吊桥的距离也不远。

五

关于小说《赦免》

1924 年 4 月，菲茨杰拉德给编辑麦克斯·珀金斯发了一份小说进度汇报，说他对去年夏天写的作品进行了大幅度删改，"删了一万八千字（这之中的一部分会成为一篇短篇小说，刊登在《水星》上）"[1]。这部小说就是刊登在 1924 年 6 月的《美国水星》杂志上的《赦免》。除了这封信之外，菲茨杰拉德还在 1934 年说过，"我写的一个叫作'赦免'的故事……原本是刻画他（盖茨比）的早年生活的，但我把它删了，因为我更想保留一种神秘感"[2]。但是，我们不能认定《赦免》就是《了不起的盖茨比》的一部分，因为菲茨杰拉德在给珀金斯的信中，强调说创作《赦免》时，他还没有找到一个"新角度"，即新的故事情节脉

---

[1] 被删的原稿现已无存。参见 John Kuehl and Jack R. Bryer ed., *Dear Scott/Dear Max: The Fitzgerald–Perkins Correspondence*, New York: Scribners, 1971, p.69。

[2] 这句话写给约翰·贾米森（John Jamison）。参见 Andrew Turnbull ed., The Letters of F. Scott Fitzgerald, New York: Scribners, 1963, p. 509。

络。因此，《赦免》是作者早期创作的一部小说的部分内容，而之后却另辟蹊径写成《了不起的盖茨比》。所以我们不能推断《赦免》的主人公鲁道夫·米勒（Rudolph Miller）与詹姆斯·盖兹（日后的杰伊·盖茨比）就是同一个人。

六

菲茨杰拉德早期手稿中的第七章选段[1]

一个简单的头脑如果陷入混乱，那可非同小可。汤姆感到恐慌冰凉地触碰着自己——一个小时以前，他的妻子和情妇还是安安稳稳、不容侵犯的，现在却正猝不及防地从他的控制下溜走。第一本能让他猛踩油门，以求达到赶上黛西和把威尔逊抛在脑后的双重目的。我们以每小时五十英里的速度，在法拉盛和杰克逊高地[2]之间的空旷公路上疾驰。开到阿斯托里亚的时候，我们看见了那辆逍遥自在的蓝色小轿车。

他在他们后面放慢了速度，眼神一刻也不离开小轿车椭圆形的后窗中盖茨比和黛西的头。突然，小轿车停下了，

---

〔1〕 此手稿忠实反映了菲茨杰拉德的原稿，没有经过编辑改动。稿件来源是 Matthew Joseph Bruccoli, ed., The Great Gatsby: *A Facsimile of the Manuscript*, Washington D.C.: Bruccoli Calrk/ NCR Microcard Editions Books, 1973, pp. 180–187。

〔2〕 纽约皇后区杰克逊高地（Jackson Heights）是纽约中产阶级仿效欧洲风格建造的高级公寓区。

黛西的手从车窗里出现，挥动着示意我们停到一边。

"你们先走。"当我们和他们并排停下时，她喊道。

"你在想什么？"

毫无疑问，他们有想法——或者至少，黛西和盖茨比有着明显的强烈情感。他们看起来是想明目张胆地两个人在一起。

"我们更想跟在你们后面。"

一辆卡车尖利的喇叭声诅咒似的响起，汤姆把车停到前面的路边，往回走向轿车。

"我们应该待在东卵，"乔丹说，"这在我看来简直是胡闹。"

几分钟后，汤姆皱着眉头回来了。

"我们去看棒球赛，"他简短地通知我们，"黛西说电影院太热了。"

即使汤姆隐瞒了很多事情，他也并不是个惯于遮遮掩掩的人，这不同寻常的安静让他显得很孤独。他看了我们几眼，像是想让我们说几句话，评论几句——他在找寻一个主意，哪怕算不上是主意，而只是几个词，让他能够权且抓住，直到他能通过行动扶正自己的存在感为止。

我们穿过大桥，划开城市的热浪，向北驶向马球场。每次转弯的时候，汤姆都会转回头，急切地找寻着他们那辆车子；如果交通阻隔了他们，他就放慢车速，直到他们出现在视野里。事情对他来说是这么突然，我想他是生怕他们会随时钻进一条小巷，从此永远地驶出他的生活。

到了马球场，我们下车等着——无所事事地待了一阵子后，我们看到那辆小轿车傲慢又悠闲地出现在转弯处。

"这是马球场吗？"黛西心不在焉地问道。

她看来并不想动身下车，而是迟疑地看了一眼盖茨比，他正在专注地盯着轮子看。

"出来，"汤姆命令道，"我们去看比赛。"

"这儿看起来太热了，"黛西抱怨道，"你们去吧。"

"谁？"

"谁愿意去谁就去吧，"她闪烁其词地说，"我们要去兜兜风，比赛结束后来和你们碰面。"

"什么意思，"汤姆质问道，他每过一分钟都把事情看得更明白一分，"我们为什么不能都待在一起。"

没人回答。马球场里扬起一阵雷鸣般的欢呼声，久久地充斥在哈莱姆[1]的黑人棚屋和天空之间。

"太热了，我简直没法呼吸，"黛西不快地说，"更没

---

〔1〕 纽约曼哈顿东北部的黑人聚居区。

法做决定。"

突然她和汤姆激烈地争吵了一小会儿，要弄清是谁先提议来纽约的。乔丹退到看台的阴影里，站在那儿边吃着冰激凌的蛋卷，边和一个小男孩说话。如果乔丹能给他五十美分，小男孩解释道，他就能进去看球赛。

"我们走吧。"我加入他们的谈话时，她小声说。

但是我们没有走。突然余下的几个人都走了过来，我们都去看球赛了。

我享受那个下午。天气那么热，我的内衣像一条湿漉漉的蛇绕着我的腿向上爬；天气那么热，当我脱掉上衣时，汗珠凉凉地滑过我的脊背——但是花生、热黄油和香烟的味道令人愉快地在空气中混在一起。有人被人从露天看台上粗暴地扔了下来，因为他喝醉了，或者太清醒了，或者做了什么错事。一个投手在我们眼前的草坪上出其不意地来了一记精湛的投球，引得全场气氛更加热烈。芝加哥小熊队[1]是客场球队，每到他们有一支安打或者有出人意料的好表现时，汤姆就会带着敷衍的爱乡之情鼓起掌来。但是当他催着黛西也这样做时，黛西回答说她和盖茨比是纽

---

[1] 芝加哥小熊队（Chicago Cubs）成立于1870年，是美国职业棒球大联盟的一支球队。

约这一边的——在那之后汤姆对球赛再也提不起兴趣了。

有个球队赢了，我们和人群一起蜂拥到薄暮之中。我们在一个位于中央公园炎热稀疏的灌木丛里的小餐馆喝了点东西——突然汤姆和盖茨比激烈地就黛西的情绪争吵了起来。

"安静点，汤姆，"黛西有点害怕地说，"这儿还有人呢。那个海姆斯坦德的罗尔富[1]夫人在这儿呢——"

汤姆一直盯着盖茨比。

"你到底想在我家闹腾个什么？"

"他没有闹腾，"黛西紧张地低声说道，"是你在闹腾，请自制一点儿。"

"自制！"汤姆不能置信地重复道，"自制！"

"是的，"黛西爽快地说，"而且，如果我们今晚要去戴施博德[2]家，我们就得出发往家走了。"

"什么戴施博德？"

"我不知道。他们是你的朋友。你应该——"

"你说的是戴胥尔家。奥斯汀·戴胥尔。"

---

[1] 这个姓氏的英文（Rolf）意为"呕吐"。

[2] 这个姓氏的英文（Dashboard）意为"马车挡泥板"。《了不起的盖茨比》中的人名总是带有隐含的意义。可参考第四章中出现的来赴盖茨比晚会的宾客名字。

"好吧，随便他们是谁。是你和他们约好的，要是你想守约，我们最好——"

有一阵子我以为黛西就要把他弄走了，但是不走运的是未发一言的盖茨比突然抬起头用爱慕的眼神看着黛西。

"自制！"汤姆嘲讽地再次重复道，"我看最时兴的事儿就是干坐着，让一个来路不明的无名小子跟你老婆做爱吧。哼，我也许没那么聪明，不过要是那就是你们要做的事，你们可别指望我同流合污……这年头大家开始根本不把家庭生活和家庭制度当回事，再下一步就该抛弃一切，搞黑人和白人通婚了。"

他满脸通红，情绪激动，语无伦次，俨然一副独自一人站在文明最后一道壁垒上的样子。

"我们这里都是白人嘛。"乔丹低声说。

"事情都结束了。"汤姆激烈地坚持说道。他转回身面向盖茨比，"你他妈的到底是谁？"

盖茨比望着黛西，似乎在寻求她的允许，让他回答这个问题。

"你是跟梅耶·沃尔夫山姆混在一起的货色，"汤姆接着说，"我碰巧知道这些。"

黛西从桌边站了起来。

"来吧，我们回家。"

"好吧，"汤姆表示同意，"但是我想让你的这位朋友明白，他那小挑逗已经玩儿完了。"

盖茨比看着黛西。

"他说这是一场小挑逗。"

黛西又无助地坐下了。

"是吗？"盖茨比问。

她极力想回避这个问题，但是沮丧地意识到已经太晚了。

"不是。"她低声承认。

到这个地步，乔丹和我都要走了。人的同情心是有限度的，他们的自我专注让我们厌烦，他们的矛盾欲求也让我们反感。但是他们却以为我们要从美好的事情中走掉，热情而慷慨地硬要我们留下，好像间接地分享他们的感情是一种荣幸似的。

邻桌的人离开了餐馆。他们走出门口的时候，好奇地扫了一眼我们这里。黛西松了一口气，盖茨比开始第一次向汤姆致辞。

"我不认为你妻子很爱你，"他说，"你爱他吗，黛西？"

"不。"她的回答几乎让人听不见。她嗓音中的乐音突然消退了。

"你太放肆了，"汤姆恶狠狠地说，"她当然爱我。"

"正相反，我想她想要和你离婚，"盖茨比听到自己说出这个词突兀的声音时，尴尬地红了脸，"不是吗，黛西？"

"是的。"

突然，黛西和乔丹忍不住紧张地笑了起来。

"这个词在被人说出来的时候，听起来真荒唐，"黛西解释道，现在她快要哭出来了，"我总是听人们谈——谈到它，但是当你真的要——要——"

"哦，这是个天大的小玩笑，好吧，"汤姆说着，噎了一下，"这是个天大的小玩笑，是吧尼克？"

"你说什么？"我心不在焉地说。

他们用受伤的眼神看着我。

"我刚想起今天是我的生日。"

我三十岁了。除了意识到这一点外，他们的烦扰又昏暗又遥远。新的十年在我面前伸展开来，那是一条险象环生的路。

"我并不想假装是圣人，"汤姆说，他总是说服自己不值得做个圣人，"但是我不因为爱我的妻子感到羞愧。偶尔我也出去找找乐子，干点蠢事，但我在心里始终都爱着她。"

"你真让人恶心。"黛西说。

但是现在汤姆知道，这不是上天给他的莫名其妙的一击，而是一场浪漫的可以理解的欲望，于是他的活力又显现了——他开始自信满满地、用一种沙哑而温柔的声音说起他们的蜜月。

"她从来没爱过你，"盖茨比不安地打断了他，"她嫁给你只因为你有钱，她等我等烦了。不是这样吗，黛西？"

"……是的。"

但是黛西回答时带着明显的勉强，盖茨比的脸上掠过一阵疑虑的阴影。

"他一直都爱我。"汤姆的自信心更加上升了，说道。他现在爱着黛西——从他声音里就能听出来。黛西点燃了一根颤抖的香烟，瞥了她丈夫一眼，感到他的存在是巨大而坚实的。

盖茨比注视着她的脸，不愿相信他所看到的，从桌子后面走过来，把一只乞求的手放在她的胳膊上。

"告诉他你从没爱过他"，他急切地说，"就告诉他简单的实情，你从没爱过他。"

黛西犹豫了。突然一盏灯在我们头顶亮起，然后是另一盏，屋顶和墙交接处的长长的一串灯都亮起来了。我意识到餐馆里正快速地被来吃晚餐的人挤满，领班正站在我们桌边询问。这是最后一张空着的桌子。

"诸位想在这里用餐吗？"

汤姆和我看了看表。7点半了。

"老天啊,"他大声说,"我得去给奥斯汀·戴胥尔打个电话。"

"我去打。"黛西主动说,迫不及待地想松一口气。

汤姆揣摩了一小会儿形势,盯着盖茨比哀痛的眼睛,轻蔑地笑着。

"不,我去打。你和你这位情郎一起坐着他的马戏团花车走。他会安安稳稳地把你送回家。我想他现在明白了,你是我的妻子。"

乔丹和我坐上小轿车,穿过五十九号大街动身回长岛的时候,已经快8点钟了。汤姆一路说个不停,扯着嗓子吹嘘,哈哈大笑,但他的声音就像人行道上孩子的喧闹声或者头顶高架地铁桥上隆隆作响、迅速穿过薄暮的车声一样遥远。我和乔丹一起驶入一个新鲜的世界,让他们那可悲的争论与向后掠去的城市灯火一道逐渐消逝。我三十岁了——十年的孤寂突然在我眼前打开,在我们之间徘徊的话最后被一只紧握的手说出了。

于是我们在渐趋凉爽的暮色中向死亡驶去。

七

菲茨杰拉德为小说重版所作的序言

　　1934年，纽约兰登书屋出版社出版的"现代图书馆"
系列文集收录了《了不起的盖茨比》，这是小说自1925年
首次于美国出版之后的第一次重版。菲茨杰拉德亲笔为本
书作序，报酬是五十美元。然而小说出版之际，他要求自
费为即将推出的下一版小说重新作序："我不喜欢序言，细
细读来感觉既草率又不连贯，而这之后的小说却没有这两
个毛病。"[1]然而，重版的六千册《了不起的盖茨比》没能
以九十五美分的定价出售，兰登书屋出版社也就没有继续
出版这部小说了。

　　在同一年，菲茨杰拉德的长篇小说《夜色温柔》出版，
销量和反响也欠佳。作者写下的这篇序言表达了他对自己
呕心沥血创作的两部长篇小说所遭批评的激烈回应。他在

---

〔1〕　菲茨杰拉德与"当代图书馆"系列文集的出版商兰登书屋的通信情
　　　况，详见 Andrew B. Myers, "'I Am Used to Being Dunned,'" Columbia
　　　Library Columns, 25 February 1976, pp.28–39。

序言中宣称"但是，我的上帝！这是我的素材，这就是我不得不处理的全部素材"。这是菲茨杰拉德在捍卫自己的事业，也在捍卫所有作家的事业。

序　言

对于任何在小说界度过职业生涯的人士而言，"写序言"都会带来各种方面的诱惑。而本书作者也屈从于其中的一种；不过他会尽全力保持沉着冷静，最大可能地以这部小说为中心，和读者之中的评论家们一起讨论。

首先，我必须声明，我没有理由抱怨我的任何一部小说的出版商。如果杰克（喜欢我上一部小说的人）不喜欢这部小说，但是约翰（不喜欢我上一部小说的人）却喜欢它，这样总体来说就扯平了。然而我认为，从这点来讲，与我同时代的评论家们都被惯坏了：他们生活在一个慷慨的年代，拥有大量的书面空间尽情地对小说做推理——这个空间主要是由门肯[1]创造的，因为他讨厌他驾临小说界并成名之前的那些所谓评论。他的勇敢和对文字的巨大而深沉

---

[1] H.L.门肯（Henry L.Mencken，1880—1956），文学和社会评论家，是文学杂志《时髦圈子》和《美国水星》的编辑。

的热爱鼓舞着评论家们。就他而言，豺狼们在不小心看到一只垂死的狮子时，早已洒下眼泪。不过我并不认为，很多像我这个年龄的人不对门肯报以敬意，或者对他的隐退不感到遗憾。[1]他对新人的每一点努力都给予建议，不过他也犯了许多错误——例如他早年低估了海明威——但是他往往有备而来，从来不会折回去拿武器。

现在门肯已经放任美国小说自生自灭，他的位置也后继无人。要是本作者像那些政坛老古董一样，正儿八经地跟门肯夸赞他自孩提以来就在实践的职业价值的话——好吧，那么，宝贝儿们，你们就把这页撕下来，在黎明时分给本作者一枪。

不过近些年来，比以上种种更让人沮丧的是，评论界变得越来越懦弱了。由于工作繁重且薪资低廉，他们似乎并不关心小说本身。而最近令人伤心的是，小说界的青年才俊们只是因为没有舞台来表现自己而被埋没：如韦斯特、麦克修[2]，还有其他好多作家。

---

[1] 1933年，门肯不再担任《美国水星》的编辑。

[2] 纳撒尼尔·韦斯特（Nathanael West, 1903—1940），小说家，曾出版过小说《巴尔索·斯奈尔的梦幻生活》（1931）、《寂寞芳心小姐》（1933）和《难圆发财梦》（1934）。文森特·麦克修（Vincent McHugh, 1904—1983），1933年著有小说《早餐前的歌唱》。

我和自己的主题越绕越近了，那就是：那些把这部小说当作对当代评论界的善意嘲讽的读者们，我很乐意和你们交流。只要不过于虚荣，一个人不论从事任何职业，都可以允许自己穿上一身练甲[1]。你的骄傲就是你的全部，如果你甘心让那些以午饭前玩弄他人自尊为荣的人来玩弄你的自尊，你注定会备受打击，而一个强硬的专业人士早已学会置身此事之外。

本书就是个恰当的例子。因为书页上并没有承载着什么大人物和大事件，主旨也无关乎农民（他们是红极一时的英雄），所以书中也只有一些称不上批评的随意的评价，和一些没有机会表达自己的人们的自我表达罢了。我不知道，若是没有敏锐和简明的生活态度，哪个人能做个称职的小说家？评论家们又怎能在短短几个小时内就呈现出涵盖十二个不同社会层面的观点？这看似恐龙一般庞大的观点，笼罩着一位极端孤独的年轻作家。

话题再和本书绕得近点，有一位女士很难用英文写出一封连贯的信，可她描述说，一个人读这部小说，就像去街角的电影院看场电影一样。许多年轻作家都受到了这种

---

〔1〕 用铁环串联做成的盔甲。

评价，而不是他们（评论家们）一直以来追求的，或多或少到达的幻想世界的赏识——在门肯监视我们的日子里，这个世界一直很稳定。

既然要重版这本书，作者想说的是，在此之前没有哪个人像我一样，在十个月的投入中保持着如此纯粹的艺术良心。仔细品读，人们可能发现它还有提升空间——但是却不用为书中有任何不实之处而难过，在我看来就是如此；追求事实，或者说事实的对等物，是一种忠实于想象力的努力。我刚刚重读了康拉德为其小说《黑人》[1]所作的序言，最近也被半疯的评论家们嘲笑，他们觉得我的素材绝不可能发生在成熟世界的成熟人身上。但是，我的上帝！这是我的素材，这就是我不得不处理的全部素材。

我从小说中删除的部分，无论从形式上还是情感上，都可以再写一本小说了！

我认为这是一本诚实的小说，也就是说，读者无须借助任何高超的技巧就能受到感染。而且，再自夸一下，读者要踩下钢琴的弱音踏板，弱化自己感性的一面，才能抑制住从左眼窝渗出的眼泪，或是驱散那张头脑中浮现出的

---

[1]　指的是1897年出版的约瑟夫·康拉德的小说《水仙号上的黑人》。

窥视小说角色内心角落的巨大面庞。

如果读者问心无悔，作品就能存活——至少存活在读者对它的感受中。与之相反，如果读者问心有愧，就会读出他想在评论中听到的东西。此外，如果读者年轻而好学，那么几乎所有的评论都会有参考价值，哪怕是那些看起来有失公允的评论。

本作者一直对自己的职业抱有一颗"赤子之心"，借此他能够不去想自己本可以做很多事情，来使自己在幻想的世界中稳稳地占据一席之地。还有许多人像他一样投身于此，来看看他们的亲身探索吧：

——看——它在这儿！

——我亲眼看到了它。

——这就是它的存在方式！

——不，它是这样的。

"看！这就是我告诉过你的那滴血。

——"停下来！这就是那个女孩眼中闪过的光，这就是我一想起她的眼睛时脑海里总会回显的映像。"

——"如果选择从一只脸盆不反光的那面再找到那张脸，如果选择让这张脸挂上汗珠，变得模糊，那么评论家的责任就是识破这种意图。

——"从没人有过这种感觉——这位青年作家说——

不过我就是这么感觉的；我很自豪，就像一位即将奔赴战场的战士；虽然不知道那里是否会有人授予我勋章，或仅仅记录我的存在。"

不过还要记住，年轻人：你不是第一个孤军奋战后，再孤军奋战的人。

F. 斯考特·菲茨杰拉德

马里兰州巴尔的摩市

1934 年 8 月

译后记
菲茨杰拉德的语言艺术

杨　博

菲茨杰拉德的小说《了不起的盖茨比》是美国文学史上的经典之作，它的出版次数和地点非常繁多，其中早期的、较为重要的版本是：

1. 纽约斯科里布纳之子出版社1925年4月10日的第一版；

2. 纽约斯科里布纳之子出版社1925年8月的第一版第二次印刷本——此印刷本加入了作者对校样的六处增改；

3. 由纽约兰登书屋出版社出版的，被收入"现代图书馆"（Modern Library）系列文集的1934年版——此版本加入了作者的一篇序言，包含了他对20世纪30年代无产阶级批评这部小说"轻浮"的回应："但是，我的上帝！这是我的素材，这就是我不得不处理的全部素材。"[1]

4. 由菲茨杰拉德的朋友、文学批评家埃德蒙德·威尔逊（Edmund Wilson）编辑，斯科里布纳之子出版社出版的 1941 年的第二版——此版本加入了威尔逊所做的至少一百三十四处修改；

5. 由马尔科姆·考利（Malcolm Cowley）编辑，斯科里布纳之子出版社出版的 1953 年的《F. 斯考特·菲茨杰拉德的三部小说》中的版本——此版本参照了菲茨杰拉德对自己保留的第一版样书的修改和注释，全面修订了第二版。

本译本选用的底本是剑桥大学出版社在 1991 年出版的《菲茨杰拉德系列作品集》中的评述版《了不起的盖茨比》。这个版本的编辑是菲茨杰拉德研究专家马修·约瑟夫·布鲁克利（Matthew Joseph Bruccoli），其原则是保留"作者的意图和习惯性的表达"[2]。这一版本以纽约斯科里布纳之子出版社第一版的第一次印刷本为底本，修改了其中的一些

---

[1] Francis Scott Key Fitzgerald : *The Great Gatsby*, ed. Matthew Joseph Bruccoli, Cambridge: Cambridge University Press, 1991, p. xxiii.

[2] Idid, p.xli.

语言错误，去掉了斯科里布纳之子出版社所做的那些影响菲茨杰拉德手稿和校样修改稿风格的改动，加入了菲茨杰拉德对校样的六处增改和对自己保有的第一版样书的四十处修改，并做出详细说明。而且，这一版本还提供了扎实的作品介绍、注释和附录。这些都可以为译本提供翔实的参考。

《了不起的盖茨比》是一幅描绘美国20世纪20年代生活的精美画卷。在刻画这个经济空前繁荣、消费主义和享乐主义至上的"爵士时代"时，菲茨杰拉德像作品中的尼克一样，"既在其中，又在其外"[1]，既沉浸其中细致描述，又超脱其外客观评判。这种浪漫和写实的浑然天成构成了这部伟大作品的主要写作风格之一。而且，作者通过对人们的思维、态度、举止和风尚的机敏观察，大量使用象征手法，并借由时空的转换和叙述角度的转变，展示了梦想的魅力与幻灭、爱情的甜蜜与痛苦、纵情的理念与虚妄的现实、永恒与无常、东部与西部、现代与前现代、新教伦理与其他教义、单一和多元、保守和自由、"盎格鲁－撒克逊裔"白人和其他种族、"上层阶级"和普通市民以及男性

---

[1] Francis Scott Key Fitzgerald, *The Great Gatsby*, ed. Matthew Joseph Bruccoli, Cambridge: Cambridge University Press, 1991, p. 30.

和女性之间的多重矛盾。因此,《了不起的盖茨比》经常被视为"考察美国社会历史的具有国际影响的原始资料"。由于作品中充满了"以真实的时间和地点对美国生活的记录"[1],对小说中出现的一些不影响作者写作风格、句法和行文,并且前后矛盾或者容易引起读者误解的事实性错误,剑桥大学出版社的这一版本进行了词汇替换修改。本译本也保留了这些修改。

　　菲茨杰拉德的文风优雅又率真,句子精妙又通达,词汇细腻又多彩,处处体现着他的匠心。细读小说,会发现字字句句都有自己的作用,全文无一句赘言。他又借由梦想家的情怀使作品充满了韵律感和想象力,让人读起来就像是沉浸在一曲华丽的爵士乐之中,回味无穷。本译本旨在让读者能够理解"作者的意图和习惯性的表达",尽力忠实地展现原文的内容和风格,在此举几个译例来和读者一同探讨。

　　原文第一章在叙述尼克刚到西卵时,有这样一段描述:"——and now I was going to bring back all such things

---

〔1〕　Francis Scott Key Fitzgerald : *The Great Gatsby*, ed. Matthew Joseph Bruccoli, Cambridge: Cambridge University Press, 1991, p. xlv.

into my life and become again that most limited of all specialists, the 'well-rounded' man。"[1]之前的一些译本将"most limited of all specialists"译为"最浅薄的专家"。但是仔细琢磨原文后，会发现这句话中的"such things"指的是前文提到的广泛阅读与写作，而后文又提到"life is much more successfully looked at from a single window"（毕竟，只从一个窗口去观察人生要容易得多）[2]。因此，尼克的打算是开始用功，通过广泛阅读与写作，成为那种能够从多个角度观察人生的、为数不多的专家，而不是满足于轻而易举地"只从一个窗口去观察人生"。这种理解也与尼克"允许不和谐音存在于他的观点中"的"消极能力"相符。"limited"还有"有限的、难得的"之意，因此译文译为"最难得的专家"更加贴切。

原文第一章还提到，"Daisy was my second cousin once removed"[3]。"second cousin"指尼克和黛西是从堂或从表亲戚关系，"once removed"指他们相差一个辈分。之前一些译本将黛西译为尼克的表妹，是不够准确的。将这

---

[1] Francis Scott Key Fitzgerald：*The Great Gatsby*, ed. Matthew Joseph Bruccoli, Cambridge: Cambridge University Press, 1991, p. 7.

[2] Ibid.

[3] Ibid., p. 8.

里译为"黛西是和我相差一个辈分的远房表亲"更加忠实于原文的内容。

原文第二章的开头部分描述"灰烬之谷"时，有这样一段文字：

> This is a valley of ashes — a fantastic farm where ashes grow like wheat into ridges and hills and grotesque gardens; where ashes take the forms of houses and chimneys and rising smoke and, finally, with a transcendent effort, of men who move dimly and already crumbling through the powdery air. Occasionally a line of grey cars crawls along an invisible track, gives out a ghastly creak, and comes to rest, and immediately the ash-grey men swarm up with leaden spades and stir up an impenetrable cloud, which screens their obscure operations from your sight.

菲茨杰拉德的这一段文字将"灰烬之谷"描述成一个阴郁荒诞之地，一个将普通民众阶层隔绝于其中的荒原，与纽约的繁华和长岛的奢侈形成了鲜明的对比。作者这一部分的行文风格受到了英国诗人托马斯·斯特尔那斯·艾略特（Thomas Stearns Eliot）的名作《荒原》的影响。译文为了重现原文的肃杀和怪诞的气氛，以及分别由"where"

和"of"连接的两个排比结构,用"长成……又长成……最后,借由一股鬼使神差般的力量,长成……"这样的句式译出原文的长句。并在后面的句子里,用"穿不透的烟云"和"屏蔽"这些词汇译出"上层阶级"与普通民众阶级的隔离感:

> 这是一个灰烬之谷——在这个奇异的农场上,灰烬像麦子一样生长,长成山脊、山丘和荒诞怪异的园子,又长成了房屋、烟囱和冉冉升起的烟雾的形状,最后,借由一股鬼使神差般的力量,长成了一个个隐约走动的人,却又已然在粉尘飞扬的空气中灰飞烟灭了。偶尔有一列灰色的车厢沿着看不见的轨道爬行,嘎吱一声鬼叫,停了下来,那些土灰色的人马上拖着沉重的铲子蜂拥而上,扬起一片穿不透的烟云,将他们隐秘的活动和你的目光屏蔽开来。

菲茨杰拉德是一位"用耳朵写作"的作家,通过对字句的推敲使小说的行文韵律十足。原文篇头的诗句更是富含韵律的精妙之笔:

Then wear the gold hat, if that will move her;
If you can bounce high, bounce for her too,

Till she cry "Lover, gold-hatted, hig-bouncing lover,
I must have you!"

——Thomas Parke D'Invilliers

　　这首诗借作者的成名作《人间天堂》中主人公艾默里·布莱恩的朋友托马斯·帕克·丹维里埃之名，点出了《了不起的盖茨比》的主题之一：盖茨比终其一生都将高高在上的"国王的女儿，黄金女郎"黛西作为自己追逐的梦想。诗句中的"hat""high""cry"和"have"押元韵，"her"和"lover"押尾韵，前三句的韵步一致。因此译文也做了相应的处理：

　　　　那就戴上那金帽，假若能使美人笑；若是你能跳得高，也来为她纵情跳。
　　　　直到她喊道："情郎，那戴着金帽、跳得高高的情郎啊，我定要把你得到！"

　　　　　　　　　　　　　　　　——托马斯·帕克·丹维里埃

　　译文还对原文中富有韵律的句子和歌词尽量做出相应的翻译。
　　菲茨杰拉德还通过对标点的使用加强文字的韵律感。菲茨杰拉德在形容词之间、独立分句之间及其连词"and"

和"or"前经常省略逗号，使句子读起来如行云流水，一气呵成。他也甚少用冒号和分号，而惯于用更有节奏感的破折号连接句子成分。译文在不影响读者理解的情况下，尽量保留了作者的标点使用风格。

本译本附上了较为详细的注释和附录，供有意深入了解的读者参考。

前人对《了不起的盖茨比》的翻译和研究中，有很多经典、精彩的译法、译句、译词，以及扎实的研究成果和注疏。本译本大胆借用了下列作品中的成果，谨向相关译者和学者表示深深的敬意和感谢！

参考译著

成皇《了不起的盖茨比》，中国华侨出版社，2004年。

邓若虚《了不起的盖茨比》，南海出版公司，2012年。

高克毅（乔志高）《大亨小传》，今日世界出版社，1971年。

李继宏《了不起的盖茨比》，天津人民出版社，2013年。

王晋华《了不起的盖茨比》，北京理工大学出版社，2015年。

巫宁坤《菲茨杰拉德小说选》，上海译文出版社，1982年。

姚乃强《了不起的盖茨比》，人民文学出版社，2004年。

参考论文和著作

程巍《卡罗威的"盖茨比"》，载《世界文学》2015年第1期，第 191—210 页。

程巍《私酒贩子与绅士——了不起的盖茨比》，载《文学的政治底稿：英美文学史论集》，复旦大学出版社，2014 年，第 178—200 页。

谷蕾《被撕裂的现代"悲剧英雄"——论盖茨比形象的内在矛盾与张力》，载《外语研究》2007 年第 1 期，第 74—77 页。

何维湘《文学翻译中语言风格的传达——巫译〈了不起的盖茨比〉初探》，载《中国翻译》1989 年第 3 期，第 39—44 页。

李立达《英译汉费解现象浅析——兼与〈了不起的盖茨比〉的译者商榷》，载《内江师范学院学报》1989 年第 1 期，第 92—95 页。

谭梦《〈了不起的盖茨比〉误译分析》，载《怀化学院学报》2015 年第 9 期，第 103—106 页。

全月春《〈了不起的盖茨比〉中人物与景物意象翻译——翻译美学的视角》，载《中南林业科技大学学报（社会科学版）》2014 年第 3 期，第 137—139 页。

张礼龙《试论〈了不起的盖茨比〉中的美国东西部差异》，载《解放军外国语学院学报》1995 年第 6 期，第 66—70 页。

Adam Meehan, "Repetition, Race, and Desire in The Great Gatsby", in *Journal of Modern Literature* 37.2 (2014):76-91.

Andrew Crosland, "The Great Gatsby and The Secret Agent", in *Fitzgerald/Hemingway Annual 1975*, pp. 75-81.

Andrew Turnbull ed, *The Letters of F. Scott Fitzgerald* , New York: Scribners, 1963.

Andy Logon, *Against the Evidence: The Becker-Rosenthal Affair*, New York: McCall, 1970.

Arne Lunde, *Nordic Exposures: Scandinavian Identity in Classical*

Hollywood Cinema, Washington: Washington University Press, 2010.

Benjamin Schreier, "Desire's Second Act: 'Race' and 'The Great Gatsby's': Cynical Americanism", in *Twentieth Century Literature* 53.2(2007) :153-181.

Charles Child Walcutt, *Man's Changing Mask: Modes and Methods of Characterization in Fiction*, Minneapolis: University of Minnesota Press,1968.

Colleen A. Ruggieri, "Great Gatsby and The Cacophony of The American Dream", in *English Journal* 97.3(2008):109.

Edward Stone, "More about Gatsby's Guest List" , in *Fitzgerald/ Hemingway Annual 1972*, pp. 315-316.

Eliot Asinof, *Eight Men Out*, New York: Holt, Rinehart & Winston, 1963.

Ernest H. Lockridge, Twentieth Century Interpretations of The Great Gatsby——A Collection of Critical Essays, Englewood Cliffs, N.J.: Prentice-Hall, 1968.

Frederic J. Hoffman, ed. *The Great Gatsby: A Study*, NewYork: Scribners, 1962.

Harold Bloom, "Introduction", to Harold Bloom ed., *F. Scott Fitzgerald's* The Great Gatsby, New York: Infobase Publishing, 2010.

Harold Bloom, ed. *Gatsby: Major Literary Characters*, New York & Philadelphia: Chelsea House, 1991.

Henry Dan Piper, "The Fuller-McGee Case" , in *Fitzgerald's "The Great Gatsby"*, ed. Henry Dan Piper, New York: Scribners, 1970

Henry Dan Piper, Fitzgerald's "The Great Gatsby": The Novel, The

Critics, The Background, New York: Scribners, 1970.

Jason R. Bryer, ed. *F. Scott Fitzgerald: The Critical Reception*, New York: Burt Granklin, 1978.

John Kuehl and Jack R. Bryer ed., *Dear Scott/Dear Max: The Fitzgerald –Perkins Correspondence*, New York: Scribners, 1971.

John Lawson Stoddard, *John Lawson Stoddard's Lectures V1*, New York: Balch Brothers Co., 1897.

Joseph Corso, "One Not-Forgotten Summer Night: Sources for Fictional Symbols of American Character in The Great Gatsby", in *Fitzgerald/Hemingway Annual 1976*, pp. 8-33.

Katie de Koster, ed, *Readings on the Great Gatsby,* San Diego: Greenhaven, 1998.

Leo Katcher, *The Big Bankroll*, New York: Harper, 1959.

Lothrop Stoddard, *The Rising Tide of Color Against White World -Supremacy*, New York: Scribners, 1920.

Matthew Joseph Bruccoli and Jackson R. Bryer (ed.), *F. Scott Fitzgerald in His Own Time*, Ohio: Kent State University Press, 1971.

Matthew Joseph Bruccoli and Margaret M. Duggan, *Correspondence of F. Scott Fitzgerald*, New York: Random House, 1978.

Matthew Joseph Bruccoli and Scottie Fitzgerald Smith, *Some Sort of Epic Grandeur: The Life of F. Scott Fitzgerald*, Columbia: University of South Carolina Press, 2002.

Matthew Joseph Bruccoli, ed. *New Essays on the Great Gatsby,* Cambridge & New York: Cambridge Univeristy Press, 1985.

Michael D. Dubose, "From 'Absolution' through Trimalchio to 'The

Great Gatsby': A Study in Reconception", in *The F. Scott Fitzgerald Review* 10.1 (2012):73-92.

Michael Nowlin, "Naturalism and High Modernism", in Bryant Mangumed ed., *F.Scott Fitzgerald in Context*, New York: Cambridge University Press, 2013.

Michael Nowlin, *"Trashy Imaginings" and the "Greatness" of "The Great Gatsby"*, US: Palgrave Macmillan, 2007.

Nancy Milford, *Zelda: A Biography, New York: Harper & Row,* 1970.

Nikolai Endres, "Petronius in West Egg: The Satyricon and The Great Gatsby", in *The F. Scott Fitzgerald Review* 7.1 (2009):65-79.

Robert Beuka , *American Icon.* Rochester, N.Y. : Camden House, 2011.

Robert Emmet Long, "The Vogue of Gatsby's Guest List", in *Fitzgerald/Hemingway Annual 1969*, pp. 23-25.

Roger Lathbury, *Literary Masterpieces, Volume One: The Great Gatsby*, Michigan: The Gale Group, 2000.

Ronald Berman, "F. Scott Fitzgerald, Gerald Murphy, and The Practice of Modernism" , in *The F. Scott Fitzgerald Review* 6.1 (2007—2008):145-153.

Ronald Berman, *The Great Gatsby and Fitzgerlad's World of Ideas*, Tuscaloosa & London: University of Alabama Press, 1997.

Ronald Berman, *The Great Gatsby and Modren Time*, Urbana & Chicago: University of Illinois Press, 1994.

Ruth Prigozy, "Gatsby's Guest list and Fitzgerald's Technique of

Naming", in *Fitzgerald/Hemingway Annual 1972*, pp. 99-112.

Scott Donaldson, *Critical Essays on The Great Gatsby*, Boston: G. K. Hall, 1984.

Stephen Matterson, *The Great Gatsby*, London: Macmillan, 1990.

Thomas Dilworth, " 'The Great Gatsby' and The Arrow Collar Man", in *The F. Scott Fitzgerald Review* 7.1 (2009):81-93.

Timothy W. Galow, *On The Limitations of Image Management: The Long Shadow of "F. Scott Fitzgerald"*, US: Palgrave Macmillan, 2011.

United States War Department, *Battle Participation of Organizations of the American Expeditinary Forces in France, Belgium and Italy*, Washington D.C.: Government Printing Office, 1920.

Vicent F. Seyfried, *The Story of Corona*, New York: Edgian Press, 1986.